LA TENTACIÓN DE UNA CARICIA

TERESA MEDEIROS

LA TENTACIÓN DE UNA CARICIA

TITANIA

ARGENTINA — CHILE — COLOMBIA — ESPAÑA
ESTADOS UNIDOS — MÉXICO — PERÚ — URUGUAY — VENEZUELA

Título original: *The Temptation of Your Touch*
Editor original: Pocket Books, a division of Simon & Schuster, Inc., New York
Traducción: Victoria Horrillo Ledezma

1.ª edición Octubre 2014

Copyright © 2013 by Teresa Medeiros
All Rights Reserved
Published by arrangementwith the original publisher, Pocket Books, a Division of Simon & Schuster, Inc.
Copyright © 2014 de la traducción *by* Victoria Horrillo Ledezma
Copyright © 2014 *by* Ediciones Urano, S.A.
Aribau, 142, pral. – 08036 Barcelona
www.titania.org
atencion@titania.org

ISBN: 978-84-92916-73-3
E-ISBN: 978-84-9944-770-4
Depósito legal: B-18.692-2014

Fotocomposición: Jorge Campos Nieto
Impreso por: Romanyà Valls, S.A. – Verdaguer, 1 – 08786 Capellades (Barcelona)

Impreso en España – *Printed in Spain*

A Luanne, mi tierna hermana del alma.
Y para Michael, el hombre que hizo que se cumplieran
todos mis sueños.

Agradecimientos

Quisiera dar las gracias a Garnet Scott, Stephanie Carter, Tina Holder, Gloria Staples, Veronica Barbee, Diane Alder, Richard Wimsatt, Janine Cundiff, Ethel Gilkey, Nadine Engler, Nancy Scott, Elliott Cuningham, Tim Autrey, y a todos mis compañeros de tenis por seguir haciéndome sonreír hasta cuando tengo un plazo de entrega a la vuelta de la esquina.

Y mi más sincera gratitud a la ciudad de Metropolis, Illinois, por mantener vivos los sueños de Supermán y por ser mi hogar lejos de casa cada vez que necesito redescubrir mi espíritu creativo.

Capítulo 1

*M*aximillian Burke era un hombre malísimo.

Mientras veía cómo un hilillo de humo se elevaba desde el cañón de la pistola que empuñaba, intentó descubrir cuándo exactamente había asumido el papel de villano de aquella farsa en la que se había convertido su vida. Siempre había sido el honorable, el formal, el que sopesaba con todo cuidado cada paso que daba para evitar hasta la posibilidad de un tropezón. Se había pasado la vida entera luchando por ser el hijo del que cualquier padre se habría sentido orgulloso. El hombre con el que cualquier madre querría ver casada a su hija.

Al menos, eso era lo que creía todo el mundo.

Era su hermano menor, Ashton, quien iba por ahí metiéndose en trifulcas, desafiando a duelo a bocazas borrachos, y el que alguna que otra vez se había enfrentado a un pelotón de fusilamiento por robarle una preciosa reliquia, o una mujer, a algún potentado de Oriente Medio. Ahora, sin embargo, Ash se hallaba cómodamente instalado en Dryden Hall, la casa solariega de la familia, con su enamorada esposa y su charlatana y linda hijita. Una hija que, según se rumoreaba, había sido agraciada con el cabello rubio y los ojos verdes y risueños de su madre. Una hija que debería haber sido suya.

Maximillian cerró los ojos un momento, como si al hacerlo pudiera borrar la imagen de la sobrina a la que nunca conocería.

Mientras su hermano disfrutaba de la felicidad doméstica que él debería haber compartido con la mujer a la que había amado casi toda su vida, él se hallaba en un escarchado prado de Hyde Park al amanecer, con las lujosas botas hundidas en la hierba mojada y el hombre al que acababa de disparar tendido en el suelo, gimiendo, a veinte pasos de distancia. Ash se habría reído de su aprieto, a pesar de que lo habían causado los infundios vertidos por un borracho sobre el buen nombre de su cuñada.

Max parecía incapaz de recordar que ya no le concernía a él defender el honor de Clarinda.

Cuando abrió los párpados, sus ojos grises parecieron tan duros como el pedernal.

—¡Levántese y deje de gimotear, cretino! —ordenó al hombre que seguía revolcándose en la hierba—. La herida no es mortal. Sólo le he rozado el hombro.

Agarrándose el brazo con los dedos manchados de sangre, el joven lechuguino lo miró con reproche. Su respiración entrecortada y el temblor de su labio inferior hicieron temer a Max que estuviera a punto de romper a llorar.

—No hace falta que se ponga tan grosero, milord. Aun así duele de lo lindo.

Max exhaló un suspiro exasperado, entregó la pistola al teniente de la Compañía de las Indias Orientales al que había convencido casi a la fuerza para que fuera su padrino y cruzó la hierba con paso firme y tranquilo.

Ayudó al herido a levantarse, haciendo un enorme esfuerzo por no apretar en exceso su mano.

—Le va a doler aún más si se queda ahí tendido, gimoteando, hasta que venga un alguacil y nos mande a los dos a Newgate por batirnos en duelo. Probablemente se le infectará con tanta mugre y acabará perdiendo el brazo.

Mientras cruzaban la hierba húmeda, el joven se apoyó pesadamente en él.

—No era mi intención ofenderle, milord. Habría creído que me daría las gracias en lugar de dispararme por tener la osadía de decir en voz alta lo que todo el mundo lleva tiempo murmurando a sus espaldas. Es cierto que la dama en cuestión lo dejó plantado ante el altar. ¡Y por su hermano de usted, nada menos!

Max despojó deliberadamente su voz de toda emoción, consciente del efecto helador que surtía siempre entre sus subordinados.

—Mi cuñada es una dama de extraordinario coraje y temple moral excepcional. Si me entero de que vuelve a hablar mal de ella, aunque no sea más que un murmullo, iré detrás de usted y acabaré lo que hemos empezado aquí hoy.

El muchacho se sumió en un torvo silencio. Max lo dejó en manos de su padrino, que se había puesto muy pálido, y del cirujano que rondaba por allí. Aliviado por verse libre de él, apoyó las manos en las caderas y los vio cargar al necio petimetre en su carruaje de alquiler.

Si no hubiera estado borracho como una cuba cuando había oído a su infortunado rival contar a sus amigos en voz alta que Ashton Burke, el legendario aventurero, se había casado con la fulana de un sultán, jamás habría desafiado a aquel zoquete en duelo. Lo que de verdad necesitaba el chico era una buena azotaina antes de que lo mandaran a la cama sin cenar.

A pesar de los pesares, Max tenía que reconocer que despojarse de su heroica fachada era casi liberador. Cuando eras un villano, nadie te miraba de reojo si frecuentabas sórdidos tugurios de juego, si bebías demasiado brandy u olvidabas atarte la corbata con un nudo impecable. Nadie murmuraba a escondidillas si el pelo sin cortar se te rizaba sobre el borde del cuello de la camisa, o si hacía tres días que no te afeitabas.

Frotó con desgana la barba áspera y negra como la carbonilla que asomaba en su mandíbula y se acordó de un tiempo en que habría despedido a su ayuda de cámara sin una carta de recomendación por permitirle aparecer en público con semejante facha.

Desde que había renunciado a su ambicionado sillón en la Junta de Directores de la Compañía de las Indias Orientales, después del escándalo que durante meses había sido la comidilla de la alta sociedad, ya no se veía forzado a mantener penosas y educadas conversaciones con quienes buscaban su favor. Ni tenía que aguantar a cretinos gentilmente, aunque de muy mala gana. Al contrario: ahora todo el mundo se escabullía a su paso para evitar el cáustico azote de su lengua y el desdén que ardía constantemente en sus ojos del color del humo. La gente no tenía forma de saber que su desprecio no iba dirigido contra ellos, sino contra el hombre en el que se había convertido: el hombre que siempre había sido en secreto, detrás de la máscara de respetabilidad que lucía en público. Prefería que lo temieran a que se apiadaran de él. Además, su ferocidad desalentaba a las mujeres bienintencionadas a las que les parecía inconcebible que un hombre que había sido uno de los partidos más deseados de Inglaterra durante más de una década, hubiera sido despreciado sin ceremonias por su prometida. Aquellas mujeres estaban ansiosas por atribuirle el papel de héroe doliente, de hombre que recibiría con agrado sus cloqueos de compasión y sus zalameros intentos de reconfortarlo, tanto en los salones de baile como entre las sábanas de sus camas.

Meneando la cabeza, asqueado, Max giró sobre sus talones y echó a andar hacia su carruaje. Tenía que salir de Londres o acabaría matando a alguien y lanzando un oprobio aún mayor sobre el buen nombre de su familia y sobre su propio título. Y casi con toda probabilidad ese alguien sería él mismo.

El teniente devolvió la pistola a su estuche de caoba y salió al trote detrás de Max.

—¿Mi-mi-mi-milord? —preguntó con un tartamudeo que evidenciaba su nerviosismo—. ¿A-a-adónde?

—Al infierno, seguramente —contestó Max sin aflojar el paso—. Lo único que queda por ver es cuánto tardaré en llegar.

Capítulo 2

*A*nnie! ¡Annie! ¡Tienes que ver una cosa!

Anne Spencer sacó la cabeza del horno de hierro forjado cuando el joven Dickon, larguirucho y rebosante de entusiasmo, entró corriendo en la cocina de Cadgwyck Manor. Con su techo bajo, sus vigas vistas, su enorme chimenea de piedra y sus esteras de trapo descoloridas esparcidas aquí y allá, la cocina era con mucho la estancia más acogedora de la vieja casona recorrida por corrientes de aire, y aquélla en la que sus moradores preferían pasar la mayor parte de su tiempo libre.

—Cuidado con lo que dices, muchacho —lo regañó Annie mientras sacaba una gran paleta de madera del horno y la acercaba a la recia mesa de pino, sobre cuyo tablero arañado depositó dos hogazas de pan recién hecho coronadas por una dorada y mantecosa corteza.

Como nunca había soñado con sobresalir en una tarea tan doméstica, no pudo resistirse a admirar su obra un momento. Sus primeras tentativas de hacer pan habían dado como resultado que el antiguo fogón arrojara negras nubes de humo antes de expectorar algo que parecía más bien un amasijo de sebo achicharrado que algo comestible por el ser humano.

Cuando por fin fijó su atención en Dickon, el chico estaba brincando de emoción.

—¿Cuántas veces te he dicho lo importante que es que conserves la costumbre de llamarme «señora Spencer»?

—¿Hasta cuando no hay nadie que pueda vernos?

—¿Vino? No hay vino, jovencito, y aunque lo hubiera eres demasiado pequeño para beberlo.

Se volvieron los dos a mirar a la anciana que se balanceaba en una mecedora, en el rincón de la cocina. Nana los miró entornando sus ojos pitañosos, sin que el alegre tamborileo de sus agujas de calceta cesara ni un instante pese a sus dedos retorcidos y sus nudillos hinchados. Hacía mucho tiempo que habían dejado de intentar adivinar qué estaba tejiendo. Quizás hubiera empezado siendo una media o una bufanda, pero ahora se extendía como una cola tras ella cuando Nana caminaba arrastrando los pies, y se hacía más larga cada vez que Anne arañaba unos peniques para comprarle en el mercado otra madeja de lana.

Anne cruzó una mirada divertida con Dickon antes de responder a voz en grito:

—Descuida, Nana. Aquí nuestro pequeño Dickon siempre ha preferido el coñac al vino.

Nana resopló, divertida por la broma, y siguió tejiendo. Tal vez le estuviera fallando el oído, pero su mente seguía siendo tan afilada como un clavo.

Anne dejó a un lado la paleta, se sacudió las manos y señaló con la cabeza hacia el orondo chucho que dormitaba sobre la estera más próxima al hogar.

—Puede que Nana esté demasiado sorda para oírte, pero ¿qué me dices del bueno de *Pipí*? Siempre ha sido un cotilla insaciable.

Pipí, fruto más bien poco agraciado y arisco de los devaneos amorosos entre un doguino y un *bulldog*, levantó su hirsuta cabeza lo justo para lanzarles un bufido desdeñoso por la chata nariz y a continuación volvió a hacerse un ovillo. Anne señaló después al gato tricolor que se comportaba como si el raído cojín de la otra mecedora fuera su trono particular.

—Y luego está *Sir Almohadillas*. ¿Quién sabe qué secretos sería capaz de revelarles ese granuja a sus numerosas amantes para que se quiten los pololos?

Dickon la miró arrugando la nariz moteada de pecas por el sol.

—Eso es una tontería. Todo el mundo sabe que los gatos no llevan pololos. Sólo llevan pechera, botas y mitones.

Riendo, Anne revolvió con cariño el pelo ya irremediablemente enredado del chico.

—Bueno, ¿qué tesoro me traes hoy? ¿Otro huevo de dinosaurio, quizás, o el cadáver momificado de alguna musaraña que encontró su trágico destino entre las garras implacables de *Sir Almohadillas*?

Dickon la miró con reproche.

—No dije que fuera un huevo de dinosaurio. Dije que los dinosaurios tenían un montón de cosas en común con los pájaros.

Cuando el muchacho se metió la mano en la chaqueta, Anne retrocedió por pura costumbre. Había aprendido por experiencia que convenía palparle los bolsillos en busca de serpientes, ranas, ratones o cualquier otro reptil o roedor capaz de provocar en Lisbeth o en alguna de las criadas más escrupulosas un auténtico ataque de pánico. Su sonrisa se borró cuando la mano pecosa de Dickon apareció con un cuadrado de vitela de aspecto caro, sellado con una gota de lacre rojo.

—Nos estaba esperando en el pueblo.

Anne le quitó la carta, casi deseando que fuera una serpiente.

Sabía, también por experiencia, que el correo rara vez traía buenas noticias. Un rápido vistazo a las aristocráticas señas de Bond Street que figuraban en el dorso de la misiva le confirmó que ese día no iba a ser una excepción.

Tal y como se temía, la carta no iba dirigida a ella, sino al señor Horatio Hodges, el mayordomo y amo y señor de la casa cuando no estaba en ella su actual propietario.

Haciendo caso omiso de ese detalle, Anne metió una de sus uñas rotas bajo el sello de lacre y desdobló la hoja de papel de color crema. Mientras leía el contenido de la carta, su rostro pareció revelar mucho más de lo que deseaba, pues Dickon le quitó de inmediato la misiva de las manos y luchó por descifrar la elegante caligrafía, moviendo los labios al leer. Anne lo había enseñado pacientemente a leer, tarea nada fácil teniendo en cuenta que el chico prefería de lejos vagar por los páramos o andar trepando por empinados acantilados en busca de olvidadas cuevas de contrabandistas o nidos de cormoranes.

A pesar de su escasa habilidad para la lectura, Dickon no tardó mucho en entender la gravedad de la situación. Cuando levantó la vista para mirarla, el desaliento había ensombrecido sus ojos de color caramelo.

—¿Vamos a tener un nuevo señor?

—¿Un dolor? —preguntó Nana casi gritando, sin dejar de mover sus agujas—. ¿Quién tiene un dolor?

—Eso parece —contestó Anne amargamente mientras se quitaba una mancha de harina de la mejilla colorada. Dado que había jurado que ningún hombre sería nunca su señor, no se le escapó lo irónico de su situación—. Me había hecho ilusiones de que nos dejaran un tiempo a nuestro aire.

—No pongas esa cara de preocupación, Annie. Digo, señora Spencer.

A la exaltada edad de doce años, Dickon se consideraba un hombre hecho y derecho, más que capaz de cuidar de todos ellos.

Anne se preguntó si la culpa era suya por haberlo obligado a madurar demasiado deprisa.

—Dudo que el caballero se quede aquí lo suficiente para darnos problemas. Tardamos poco en librarnos del último, ¿no?

Una sonrisa reticente se dibujó en los labios de Anne al recordar la estampa de su anterior amo corriendo a todo correr por la colina, camino del pueblo, como si la Bestia de Bodmin Moor le pisara los talones. Puesto que había jurado públicamente no volver a pisar la finca, Anne había dado por descontado que vendería la mansión o que se la cedería a algún pariente incauto. Sólo que no esperaba que fuera tan pronto.

—Y también estuvo el penúltimo —le recordó Dickon.

En aquel caso, sólo por los pelos se habían librado de una investigación oficial. El alguacil del pueblo miraba de reojo a Anne cuando iba a comprar al mercado los viernes, lo que la obligaba a lucir su sonrisa más candorosa.

—Eso no fue cosa nuestra, exactamente —le dijo a Dickon—. Y creía que habíamos acordado no volver a hablar de él. Que Dios se apiade de su alma lasciva —masculló en voz baja.

—Pues si quieres que te diga mi opinión —añadió Dickon sombríamente—, ese bribón tuvo lo que se merecía.

—A ti nadie te ha preguntado. —Anne le arrancó la nota de las manos para leerla más detenidamente—. Por lo visto nuestro nuevo amo es un tal lord Dravenwood.

Algo en aquel apellido hizo que un escalofrío de mal agüero recorriera su espalda. Antaño tal vez habría reconocido el nombre, habría sabido quiénes eran el padre, la madre y los primos terceros de aquel caballero. Pero los linajes nobiliarios inmortalizados entre las páginas del anuario *Debrett* habían cedido lugar hacía tiempo dentro de su cerebro a información de índole más práctica, tal como la forma de sacudir el polvo de siglos de una alfombra de salón o cómo aderezar un montoncillo de magras codornices para que dieran de comer a diez sirvientes hambrientos.

Achicó los ojos intentando leer entre líneas, pero nada en la carta del abogado del conde daba pistas acerca del carácter de su nuevo señor o de si llegaría acompañado por su esposa y media docena de mimados chiquillos. Con un poco de suerte sería un borrachín panzudo y aquejado de gota, chocho y medio inválido por haberse regalado en exceso, durante décadas, con riquísimos bizcochos de ciruela y coñacs de sobremesa.

—Oh, no —susurró, y el temor oprimió su pecho cuando posó la mirada en la fecha pulcramente escrita en lo alto de la página.

La había pasado por alto para leer el resto de la carta.

—¿Qué pasa?

Dickon empezaba a parecer otra vez preocupado.

Anne fijó en la cara del chico sus ojos angustiados.

—La carta está fechada hace casi un mes. El correo debe de haber tardado mucho en llegar al pueblo. Lord Dravenwood no tiene que llegar a la mansión dentro de una semana. Tiene que llegar... ¡esta noche!

—Maldita sea —masculló Dickon.

Anne podría haberle reprendido por soltar aquel juramento si las palabras del chico no hubieran sido un reflejo fiel de lo que ella misma sentía.

—¿Qué vamos a hacer? —preguntó Dickon.

Anne recobró la compostura y se guardó la carta en el bolsillo del delantal mientras su mente trabajaba a marchas forzadas.

—Trae a Pippa y a los demás enseguida. No tenemos un segundo que perder si queremos darle a nuestro nuevo amo la bienvenida que merece.

Capítulo 3

*E*l viaje al infierno era mucho más corto de lo que esperaba Max. Al parecer, la morada de los condenados no se hallaba en las profundidades estigias del inframundo, sino en la costa suroeste de Inglaterra, en un lugar agreste y ventoso que los paganos habían bautizado con el nombre de Cornualles.

Mientras su carruaje alquilado avanzaba sacudiéndose por los extensos pedregales de Bodmin Moor, la lluvia laceraba las ventanillas y los truenos gruñían a lo lejos. Max retiró la cortina de terciopelo que cubría la ventana y entornó los párpados para escudriñar la oscuridad de más allá. Vislumbró fugazmente su propio reflejo ceñudo antes de que el violento destello de un relámpago mostrara en diáfano relieve el siniestro paisaje. El relámpago se desvaneció tan rápidamente como había llegado, volviendo a sumir los páramos en una negrura tan densa y opresiva como la muerte. Teniendo en cuenta lo absurdamente agreste que era el panorama, no le habría sorprendido oír los cascos fantasmales del rey Arturo y sus caballeros perseguidos por el espectro de Mordred, o ver corriendo junto al carruaje a la Bestia de Bodmin, la fantástica criatura que, según se decía, se aparecía en aquellos parajes, con los ojos incandescentes y los colmillos al aire.

Dejó caer la cortina y al recostarse en los mullidos cojines sintió una inesperada oleada de euforia. El terreno abrupto y el clima implacable se conjugaban a la perfección con su actual estado de ánimo. Si lo que buscaba era alejarse de las comodidades y los encantos de la civilización, había elegido bien. Sólo el incómodo viaje desde Londres habría bastado como penitencia para un hombre con menos pecados que él a sus espaldas.

En otro tiempo, tal vez su padre habría intentado disuadirlo de abandonar Londres. Pero cuando las habladurías acerca del duelo habían llegado a sus oídos, y a las páginas de sociedad de los diarios más escandalosos, el duque se había visto obligado a reconocer que tal vez fuera lo más conveniente para todos que Max se tomara un breve «descanso» lejos de la sociedad elegante. Aún no se había recobrado del golpe que para él había supuesto la dimisión de su hijo de su prestigioso puesto en la Compañía de las Indias Orientales. Hasta su madre, que aún no había abandonado la esperanza de que encontrara una nueva y más conveniente prometida, apenas había protestado cuando le había comunicado su propósito de marcharse a la finca más remota entre las extensas posesiones de la familia.

Si hubiera estado en su poder, Max habría renunciado de buena gana a su título, además de a su carrera. Ash se había quedado con lo que más había querido. ¿Por qué no cederle también el condado y convertirlo en heredero del ducado de su padre?

Al despedirse cariñosamente de él en el salón de su mansión londinense, sus padres no habían sido capaces de mirarlo a los ojos por temor a que viera, reflejado en su mirada, el alivio que ambos sentían por su marcha. Desde que sus pasadas faltas habían salido a la luz el día en que lo había dejado plantado su novia, demostrando así que no era el hijo perfecto que siempre le habían creído, Max se había convertido en un extraño para ellos, peligroso e impredecible.

A pesar de su empeño en abrazar los rigores de su exilio, sintió un destello de alegría cuando el carruaje abandonó el camino sembrado de baches y entró en un patio adoquinado. No era inmune a la tentación de estirar las largas piernas después de pasar horas, y días, sin fin confinado entre las cuatro paredes del carruaje.

Estaba recogiendo su sombrero, sus guantes y su bastón cuando do el cochero abrió la portezuela, con la lluvia goteando sin pausa del ala caída de su sombrero.

—¿Hemos llegado a nuestro destino? —preguntó Max, prácticamente gritando para hacerse oír por encima del golpeteo rítmico de la lluvia sobre los adoquines.

—Yo sí —contestó secamente el cochero, cuya cara larga parecía capaz de resquebrajarse por completo si se atrevía a esbozar una sonrisa—. Yo llego hasta aquí. Tendrá que contratar a alguien del pueblo para que lo lleve el resto del camino.

—¿Cómo dice? Tenía la impresión de que habíamos quedado en que me llevaría a Cadgwyck Manor.

—Quedamos en que lo llevaría al pueblo de Cadgwyck —insistió el hombre.

Max suspiró. Su diplomacia había sido en tiempos legendaria, pero últimamente su reserva de paciencia se había agotado casi por completo.

—Si esto es el pueblo, la mansión no puede estar mucho más lejos. ¿No es más lógico que sigamos, en vez de pasar por la molestia de descargar mi equipaje para volver a cargarlo inmediatamente en otro vehículo? Sobre todo, con este tiempo.

—Yo llego hasta aquí. No pienso ir más lejos.

Max no estaba acostumbrado a que desafiaran su autoridad, pero cada vez estaba más claro que el taciturno cochero no pensaba dejarse convencer ni mediante la lógica, ni mediante las amenazas. Y puesto que no tenía a mano una estaca, un pelotón de fusilamiento o una pistola de duelo, comprendió que no le quedaba más remedio que apearse.

—Muy bien —dijo rígidamente, tirándose de los guantes.

Bajó del carruaje y se tiró del ala del sombrero hacia delante para protegerse la cara de las rachas de lluvia empujadas por el viento. Al erguirse se halló en el patio empedrado de una posada destartalada. Casi esperaba que la posada tuviera el nombre de «Purgatorio», pero en el mellado letrero que colgaba sobre la puerta, suspendido de chirriantes cadenas, se leía: «El gato y el ratón». Max sólo pudo esperar que el nombre hiciera referencia al descolorido gato negro con un ratón colgándole de la boca pintado en el letrero, y no al menú de la cena.

Saltaba a la vista que el establecimiento había conocido mejores tiempos, pero el resplandor acogedor de las lámparas que salía por las ventanas prometía ser un refugio para el viajero cansado y calado hasta los huesos.

Max vio que los mozos del cochero amontonaban sus baúles bajo el saledizo del tejado, donde al menos se librarían de lo peor del aguacero. Supuso que debía dar gracias por que aquel chiflado no lo hubiera dejado en medio del páramo junto con su equipaje.

El cochero volvió a subir al pescante y se echó sobre el sombrero una capucha embreada para proteger su amargo semblante.

Debe de tener mucha prisa por escapar de este sitio, se dijo Max. Ni siquiera iba a quedarse el tiempo justo para cambiar de tiro o dejar descansar un rato a los mozos.

Cuando bajó la mirada hacia Max, las sombras ocultaban por completo su rostro, salvo el nítido brillo de sus ojos.

—Vaya usted con Dios, señor —dijo antes de mascullar para sí—: Le hará falta que Él le acompañe allí donde va.

Con aquella enigmática despedida, el cochero hizo restallar las bridas sobre el lomo de sus caballerías y el carruaje se adentró traqueteando en la oscuridad.

Max se quedó mirándolo bajo la lluvia. Hasta ese momento no se había dado cuenta de lo cansado que estaba. Su cansancio tenía muy poco que ver con las penalidades del viaje y mucho, en cambio, con los treinta y tres años precedentes. Años pasados persiguiendo un único sueño que se le había escapado entre los dedos, como el lacio cabello rubio de una mujer, justo cuando por fin lo tenía a su alcance.

Su semblante se endureció. No se merecía la piedad de nadie, y mucho menos la suya propia. Obligándose a sacudirse el hastío junto con las gotas de lluvia pegadas al capote de su gabán, se dirigió con paso firme hacia la puerta de la posada.

Entró en la posada acompañado por un tumultuoso remolino de viento, lluvia y hojas mojadas. La sala común estaba mucho más llena de lo que imaginaba para una noche tan inhóspita. Había más de una docena de clientes dispersos entre las mesas desiguales, la mayoría de ellos acunando cervezas servidas en jarras de peltre. Max no había visto ningún otro carruaje en el patio. Dado que era el único establecimiento semejante en aquella comarca, seguramente los aldeanos se reunían allí por las noches para disfrutar de una pinta, o de tres, antes de buscar la comodidad de sus propias camas.

Una espesa niebla de humo de pipa pendía sobre la estancia. En el hogar de la chimenea de piedra crepitaba alegremente un fuego, y Max deseó de pronto ser un hombre corriente que pudiera permitirse el lujo de quitarse los guantes mojados y calentarse las manos al fuego para acto seguido disfrutar de una pinta y de un poco de amena conversación con sus vecinos.

Cerró la puerta de un tirón a su espalda. El viento protestó con un aullido al verse obligado a retirarse. Un violento silencio descendió sobre la sala mientras todos los hombres y mujeres de la taberna fijaban sus ojos en él.

Les devolvió una mirada despreocupada y sin rastro alguno de timidez. Siempre había tenido un porte imponente. Durante la mayor parte de su vida, no había tenido más que entrar en una habitación para establecer su autoridad sobre ella, un rasgo que le había sido muy útil cuando negociaba tratados de paz entre facciones rivales en Birmania o cuando afirmaba ante el Parlamento que los intereses de la Compañía de las Indias Orientales eran también los de la Corona. Notó que las miradas curiosas de la concurrencia se fijaban en la mullida lana de su gabán, con su capote doble y sus botones dorados, en la empuñadura de marfil de su bastón de paseo, que agarraba con la mano enfundada en un guante blanco, y en su bruñido sombrero de copa de piel de castor. Lo último que esperaban ver aparecer en la puerta los parroquianos de la taberna en semejante noche o en cualquier otra era, posiblemente, un caballero adinerado.

Les dio tiempo de sobra para que lo miraran de arriba abajo antes de anunciar:

—Busco alguien que me lleve a Cadgwyck Manor.

De pronto ya no lo miraba nadie. Los clientes de la taberna cruzaron miradas furtivas entre sí, se llevaron las jarras a los labios para ocultar la cara, o clavaron los ojos en las humeantes profundidades de su estofado de cordero como si pudiera hallarse allí la respuesta a los misterios del universo.

Desconcertado por su extraño comportamiento, Max carraspeó enérgicamente.

—Puede que no me hayan entendido bien. —En su voz resonó una autoridad afinada por los muchos años que había pasado repartiendo órdenes a tenientes jóvenes y petulantes y presidiendo reuniones a las que asistían algunos de los personajes más ricos y poderosos de Inglaterra—. Quiero contratar a alguien para que me lleve, a mí y a mi equipaje, hasta Cadgwyck Manor. Estoy dispuesto a pagar. Y a pagar bien.

El silencio se volvió aún más tenso, roto únicamente por el lúgubre retumbar de los truenos. Los aldeanos ni siquiera se miraron entre sí. Max observó sus rostros macilentos y sus hombros hundidos, fascinado a su pesar. Podría haberlos considerado fácilmente un hatajo de huraños pueblerinos que desconfiaban por instinto de los forasteros. Pero como hombre familiarizado con el cansancio de la batalla en todas sus manifestaciones, comprendió que sus movimientos nerviosos y sus miradas huidizas no eran resultado de la hostilidad, sino del miedo.

Una mujer a la que Max supuso la esposa del dueño de la fonda salió apresuradamente de detrás del mostrador, limpiándose las manos en el delantal manchado de cerveza. A juzgar por los atractivos hoyuelos de sus carnosas mejillas y por sus grandes senos, que amenazaban de manera alarmante con rebosar de los lazos del corpiño, había sido sin duda en su juventud una hermosa pechugona.

—Pero milord —dijo zalameramente, con una sonrisa un tanto demasiado cordial—, ¿por qué quiere volver a salir con la que está cayendo? Sobre todo teniendo aquí todo lo que necesita. ¡Pero si hasta tenemos un colchón y una habitación que puede alquilar para usted solo! —Su sonrisa se convirtió en una mueca lasciva—. A no ser, claro, que quiera compartirla con alguien.

Agarró por el hombro a una moza despeinada que atendía en la taberna y la empujó hacia Max. La chica esbozó una sonrisa coqueta que habría sido más atrayente si no le hubieran faltado los dos dientes delanteros.

Max sofocó un escalofrío al pensar en compartir un colchón infestado de pulgas con una moza de taberna que posiblemente también tenía pulgas, o algo peor, y se inclinó cortésmente ante ellas.

—Agradezco la hospitalidad de su excelente establecimiento, señora, pero vengo de Londres. No quiero malgastar otra noche en la carretera estando tan cerca de mi destino.

La mujer lanzó una mirada desesperada al hombre que sacaba brillo a una jarra de peltre detrás del mostrador.

—Por favor, señor, si hace el favor de esperar hasta mañana, le diremos a Ennor, nuestro chico, que lo lleve a la mansión. Y no permitiré que le cobre ni medio penique por las molestias.

Haciendo caso omiso de su oferta, Max paseó la mirada por la sala, calibrando a sus ocupantes con expresión hastiada.

—¡Tú, el de allí! —dijo por fin, dirigiéndose a un hombre gigantesco, con la cabeza reluciente como un melón y una tosca camisa que se tensaba sobre los músculos prominentes de sus hombros.

Estaba encorvado sobre una escudilla de estofado y no levantó la vista cuando Max se acercó a su mesa.

—Pareces duro de pelar, seguro que no renunciarías a una buena ganancia por culpa de unas gotas de lluvia y unos pocos rayos y truenos. ¿Tienes carruaje?

—No voy a ir. —El hombre se metió otra cucharada llena en la boca—. Antes de que salga el sol, no. A ella no le gustaría.

—¿A ella?

Max miró con desconcierto a la posadera.

Aunque se la veía perfectamente capaz de enarbolar un rollo de pastelera, no parecía lo bastante amenazadora como para tener atemorizado a todo un pueblo.

—A *ella*. —El hombre levantó por fin la cabeza y miró a Max a los ojos. Su voz sonó aún más retumbante que el trueno—. La Dama Blanca de Cadgwyck Manor.

Capítulo 4

*L*os demás clientes de la posada dejaron escapar una exclamación audible, aunque sofocada. En aquella región, el catolicismo había caído en desgracia hacía más de tres siglos, después de que el rey Enrique VIII decidiera que sería más sencillo divorciarse de Catalina de Aragón que decapitarla, pero Max vio santiguarse a un hombre por el rabillo del ojo.

A medida que, poco a poco, iba comprendiendo lo que ocurría, una emoción que apenas reconocía surgió dentro de él. Echando la cabeza hacia atrás, hizo algo que no hacía desde meses atrás y que había temido no volver a hacer nunca más: se rió.

Fue una carcajada honda y resonante, tan fuera de lugar en la tensa atmósfera de la taberna como lo habría sido la risa de un niño en casa del enterrador.

—Eso tampoco le gustará —le advirtió el calvo agriamente antes de volverse a concentrar en su estofado.

Max meneó la cabeza, sonriendo todavía.

—¡No puedo creer que todas estas bobadas sean por culpa de un fantasma! Aunque no sé por qué me sorprendo. Las supersticiones populares no me son desconocidas. En la India, era el *bhoot*, que lleva los pies del revés y no proyecta sombra. En Arabia, el astuto *efreet*, que puede posesionarse del cuerpo de un hombre y engañar a otros para que hagan su voluntad. ¿Y qué ruinosa casona o castillo de Inglaterra no viene provisto con su espectral cancerbero o su fantasma? Leí bastante cuando decidí trasladarme aquí, y por lo visto Cornualles está tan lleno de fantasmas que es un milagro que no se pisen las cadenas los unos a los otros. —Comenzó a contarlos con los dedos—. Está la Bestia de Bodmin, naturalmente, además de los espectros de todos los marineros cuyas embarcaciones se han estrellado contra las rocas, atraídas por bandidos sin escrúpulos con la única intención de saquear su cargamento. Y luego están los fantasmas de los propios bandidos y contrabandistas, condenados a vagar eternamente por la niebla en forma de fuegos fatuos como castigo por sus terribles crímenes.

Sacudió la cabeza de mala gana.

—Pero si yo había de tener un fantasma, es lógico que sea una Dama Blanca, bien lo sabe Dios. Como si no hubiera desperdiciado ya bastante vida atormentado por una mujer.

Los aldeanos empezaban a mirarlo extrañados, como si fuera él el que estaba loco. Hasta a él le sonaba fiera su voz, casi rayana en la violencia.

La posadera plantó las manos en sus generosas caderas y le lanzó una mirada ceñuda que advirtió a Max de lo fácilmente que podía ponerse a los aldeanos en su contra.

—No diría que no son más que cuentos, ni se daría tantos aires si hubiera visto la cara del último señor de la casa la noche que llegó corriendo al pueblo un poco después de medianoche, medio muerto por haber huido del mal que acecha en ese sitio.

»¡Pero si ni siquiera quiso hablar de las cosas que había visto! —añadió la moza, cuya cara había palidecido aún más bajo su cortinilla de lacio pelo de color limón.

—Sí —dijo un viejo de tez correosa con un parche en un ojo—. Eran inenarrables.

Los otros aldeanos comenzaron a intervenir, cada vez con más vehemencia.

—Juró que no volvería a poner un pie en ese sitio maldito ni por todo el dinero del mundo.

—Por lo menos él escapó con vida. El anterior no tuvo esa suerte.

—Se cayó por una ventana del cuarto piso. Lo encontraron en el patio, con la cabeza totalmente girada.

El silencio volvió a apoderarse de la taberna. La lluvia había cesado y durante unos segundos no se oyó ningún ruido, salvo el silbido fantasmagórico del viento alrededor de los aleros del tejado.

Cuando Max habló por fin, su voz sonó suave, pero afilada por una autoridad que desafiaba a todo aquel que pudiera oírle a llevarle la contraria.

—He pasado los últimos doce años de mi vida viajando a lugares* que la mayoría de ustedes no verá nunca, ni siquiera en sus peores pesadillas. He visto a hombres hacerse cosas inenarrables los unos a los otros, en el campo de batalla y fuera de él. Les aseguro que ya hay suficiente maldad en el corazón de los hombres sin necesidad de invocar fantasmas o monstruos a partir de las sombras de nuestra imaginación. Bien —dijo enérgicamente—, no tengo intención de seguir perdiendo mi tiempo, ni el suyo. —Metió la mano en el bolsillo interior de su gabán y sacó una bolsa de cuero. La lanzó hacia la mesa más cercana, donde cayó con un impresionante ruido metálico—. Veinte libras para quien tenga agallas suficientes para llevarme a Cadgwyck Manor antes de que vuelva a llover.

Los ojos de los parroquianos de la taberna brillaron con avaricia cuando miraron la bolsa.

Max no estaba jugando limpio. Pero se había pasado casi toda la vida intentando jugar limpio para compensar la única vez que había caído en falta, y como resultado de ello había acabado varado en aquella mísera taberna, a merced de un hatajo de palurdos supersticiosos. Los hombres de la taberna eran pescadores, pastores y labriegos que malvivían arañando las migajas que les arrojaban la tierra o el mar. Veinte libras era más de lo que cualquiera de ellos tenía esperanzas de ganar en un año entero.

Aun así, nadie hizo amago de aceptar su oferta.

Hasta que un joven esquelético se puso lentamente en pie. Haciendo oídos sordos a las exclamaciones consternadas de sus compañeros, se quitó la gorra respetuosamente y comenzó luego a estrujarla entre sus manos tensas.

—Derrick Hammett, señor. Puede contar conmigo.

Max lo miró pensativamente, reparando en sus mejillas hundidas y en la forma en que la ropa colgaba, suelta, de su descarnado cuerpo. Después recogió la bolsa y se la lanzó.

—Muy bien, muchacho. Démonos prisa, entonces, ¿quieres? Estoy seguro de que esa Dama Blanca estará ansiosa por conocer a su nuevo amo.

Max se había imaginado llegando a las puertas de su nuevo hogar envuelto en la acogedora y seca atmósfera de un carruaje, no rígidamente encaramado al pescante de un carro destartalado mientras gélidos chorros de lluvia le corrían bajo el cuello de la camisa y por la nuca. A pesar de sus buenas intenciones, el muchacho que conducía el carro no había podido cumplir su promesa de llevarlo a Cadgwyck Manor antes de que empezara de nuevo a llover.

Cuando pasaron entre los dos pilares de piedra de la entrada, uno de los cuales se inclinaba absurdamente a la izquierda y el otro a la derecha, el cielo arrojaba sobre ellos violentas ráfagas de lluvia contra las que el ala del sombrero de Max nada podía hacer. Dos veces durante el trayecto por la larga y sinuosa avenida se vio obligado a bajar del carro para ayudar al chico a sacar las ruedas de los profundos surcos que la lluvia había abierto en el camino, ejercicio éste que arruinó por completo sus carísimos guantes y dejó en estado calamitoso tanto sus botas como su humor.

El clima de aquella región era tan perverso como sus gentes. Justo cuando llegaron a lo alto de la colina, donde se adivinaba ya la promesa de un refugio contra el temporal, el viento cobró fuerza y se llevó las últimas gotas de lluvia. Su aliento arrastraba el olor salobre del mar y el fragor sofocado de tumultuosas olas rompiendo contra los acantilados, al otro lado de la casa.

Manteniendo rígida la mandíbula para que no le castañetearan los dientes, Max escudriñó entre la oscuridad, intentando vislumbrar por vez primera su nuevo hogar.

La pálida astilla de la luna asomó detrás de un jirón de nubes y allí estaba, encaramada al borde mismo de los altos acantilados como un gigantesco y malhumorado dragón.

El padre de Max le había informado que le había comprado la finca a un primo lejano por menos de lo que costaba una canción.

Si es así, pensó amargamente, *tuvo que ser una canción muy triste. Puede que incluso un canto fúnebre.*

Costaba creer que la casona hubiera conocido mejores días, aunque tal vez sí mejores siglos. Un torreón de piedra abandonado, provisto de desmoronados parapetos y una torrecilla torcida, remataba una esquina del edificio. Una reluciente cortina de hiedra había trepado por las piedras desgastadas de las paredes y se había abierto paso entre los negros agujeros de las ventanas, dándole el aspecto de un lugar donde la Bella Durmiente podría dormir tranquila mientras aguardaba el beso de un príncipe que se hacía esperar.

La puerta principal semejaba un diente de madera podrido colocado en la boca de una antigua barbacana que sin duda había formado parte del castillo original, destinado a defender y vigilar aquellos riscos. Los diversos descendientes del señor del castillo habían añadido por puro capricho alas de estilo isabelino a ambos lados de la barbacana y adornado la monstruosidad resultante con toques góticos deliciosamente grotescos: gabletes inclinados en ángulos vertiginosos, ventanas ojivales cubiertas con resquebrajadas vidrieras de vivos colores, horrendas gárgolas que escupían torrentes de agua de lluvia sobre la cabeza del incauto que se atreviera a pasar bajo ellas...

Una atmósfera de trágico abandono pendía sobre la casa. Las ventanas, cubiertas de mugre, tenían los postigos descolgados y torcidos. El tejado mostraba varias calvas allí donde los caprichosos dedos del viento habían arrojado a la oscuridad de la noche las tejas de pizarra, sin que nadie las reemplazara después.

De no haber estado allí el muchacho del pueblo para confirmarle que, en efecto, aquél era su destino, Max habría tomado la mansión por un montón de ruinas. Daba la impresión de que la casa les haría a todos, y en especial a él, un inmenso favor si completaba su inevitable deslizamiento por el borde del acantilado y se precipitaba hacia el mar.

A pesar de su estado ruinoso, o quizá debido a él, Max sintió una curiosa afinidad entre la casa y él. Tal vez, después de todo, se compenetraran bien. La mansión, más que un hogar, parecía una guarida en la que una bestia pudiera ir a lamerse a solas y en paz las heridas que ella misma se había infligido.

El viento arrojó otro velo de nubes sobre la luna. La oscuridad se encabritó para lanzar de nuevo su sombra sobre la casa.

Fue entonces cuando lo vio: un leve y fugaz destello blanco en la ventana de la torre desmoronada. Arrugó el ceño. Tal vez se había equivocado y la torre no estaba abandonada. O quizá quedaba todavía en el marco astillado de una de sus ventanas un cristal roto lo bastante grande para proyectar un reflejo.

Pero ¿un reflejo de qué?

Con la luna acobardada detrás de las nubes, no se adivinaba más que una infinita extensión de páramo a un lado de la mansión, y abruptos acantilados y mar turbulento al otro. Aquel destello blanco apareció de nuevo, tan insustancial como un fuego fatuo recortado sobre aquella sólida muralla de negrura.

Max miró a su compañero para ver si él también lo había advertido, pero Hammett tenía toda su atención puesta en evitar que sus monturas volvieran corriendo colina abajo. Los dos caballos sacudían la cabeza y relinchaban nerviosos, como si estuvieran tan deseosos de alejarse de aquel lugar como su joven amo. Cuando Hammett consiguió hacerse por fin con ellos y detuvo bruscamente el carro, la torre estaba de nuevo envuelta en la oscuridad.

Max se frotó furtivamente los ojos con las palmas de las manos. No era un hombre dado a fantasías. Aquellas luces fantasmales debían de ser simplemente una manifestación de su propia fatiga: una mala pasada de sus ojos cansados tras un viaje agotador. Teniendo en cuenta el estado de abandono de la casa, era más probable que alguien muriera allí por culpa del sombrerete suelto de una chimenea o de una barandilla rota que por obra de un fantasma vengativo.

—¿Está seguro de que lo esperan, señor?

El joven cochero parpadeó para quitarse las últimas gotas de lluvia de las rubias pestañas y miró ansioso colina arriba, hacia el imponente edificio de la mansión.

—Claro que estoy seguro —contestó Max con firmeza—. Mi abogado envió recado hace más de un mes. El servicio ha tenido tiempo de sobra de prepararse para mi llegada.

A pesar de su respuesta, no podía reprocharle al joven su escepticismo. Salvo por aquel misterioso destello de blancura, la casa parecía tan desierta e inhóspita como una tumba.

Max recogió la bolsa de viaje que había escogido de entre todo su equipaje y se apeó del carro. Había decidido dejar el resto de sus maletas en la posada aun a riesgo de que los aldeanos las expoliaran, en lugar de transportarlas en la trasera del carro, donde se habrían empapado en cuestión de minutos.

—Son casi las diez —señaló—. Hay que tener en cuenta lo tardío de la hora. Y con este tiempo tan espantoso difícilmente podía esperar que los sirvientes, por muy devotos que sean, estuvieran esperando en fila en la escalinata de entrada para dar la bienvenida a su nuevo señor.

Aunque Hammett parecía seguir teniendo sus dudas, consiguió hacer un gesto animoso con la cabeza, dándole la razón.

—Traeré el resto de su equipaje en cuanto amanezca, señor. Se lo juro.

Max metió la mano dentro de su gabán, sacó otra bolsa y se la lanzó.

—Durante mis años en la Compañía de las Indias Orientales, me convencí de que siempre hay que recompensar a los jóvenes tanto por su gallardía como por su valor.

—¡Señor! —Hammett miró boquiabierto la bolsa y una sonrisa atónita crispó su flaco rostro—. ¡Caramba, gracias, señor! Mi madre y mis hermanas también le dan las gracias. O se las darán en cuanto vean esto. —A pesar de que saltaba a la vista que estaba deseando irse, lanzó otra mirada reticente a la mansión—. ¿Quiere que espere hasta que haya entrado sano y salvo?

—Te agradezco el ofrecimiento, pero no será...

De pronto, Hammett hizo restallar las riendas, dio media vuelta al carro y se precipitó colina abajo.

—...necesario —concluyó en un murmullo que sólo oyó él.

El ruido de las ruedas del carro se desvaneció rápidamente, dejándolo a solas con el aullido desolado del viento.

Agarrando su bolsa de viaje con una mano y su bastón con la otra, se volvió hacia la casa. En otro tiempo se había imaginado regresando de un largo viaje a un escenario muy distinto de aquél. Un escenario en el que una amante esposa salía corriendo a darle la bienvenida, seguida quizá por uno o dos chiquillos de rubia cabeza ansiosos por saltar a sus brazos, llenar su cara de besos y darle la bienvenida a casa.

Cuadró los hombros y, alejando bruscamente aquella fantasía tanto de su imaginación como de sus esperanzas, echó a andar hacia la puerta. Al subir las escaleras de piedra que llevaban al pórtico empotrado en la barbacana, el viento arrojó un par de gotas de lluvia a su cara.

En lo alto de las escaleras se quitó el sombrero y dudó un momento. Ignoraba cómo debía proceder. Estaba acostumbrado a que lo recibieran con deferencia allá donde iba, no a que lo dejaran delante de una puerta cerrada como si fuera un mendigo a las puertas del cielo.

¿Debía servirse de la deslustrada aldaba de bronce para avisar a los sirvientes de su llegada? ¿Debía probar a abrir la puerta? ¿O debía simplemente entrar en la casa como si fuera su dueño?

Y lo era, qué demonios.

Estaba levantando el bastón para llamar firmemente a la puerta cuando ésta comenzó a bascular muy despacio hacia dentro, haciendo chirriar sus desengrasadas bisagras.

Capítulo 5

*M*ax se quedó inmóvil, esperando a medias ser recibido por una voluta de niebla o un espectro encadenado. En la puerta apareció un hombre recio y encorvado, con una mata de cabello blanco como la nieve. Portaba un candelero de plata cuya única vela, a causa de su mal pulso, proyectaba sombras temblorosas sobre la afligida cara del sirviente.

Sin una sola palabra de explicación o de saludo, el hombre se volvió hacia el interior de la casa como si no le importara lo más mínimo que el recién llegado lo siguiera o no.

Max levantó una ceja con expresión inquisitiva, pero no dudó mucho tiempo. Aunque el olor a moho y la luz trémula de la vela no podían calificarse precisamente de acogedores, suponían una clara mejora comparados con la oscuridad y la humedad de la noche.

El vestíbulo de entrada de la mansión tenía dos plantas y estaba forrado con una especie de papel de color burdeos con pelusilla de terciopelo. En algunas partes el papel se había desprendido formando tiras mohosas que dejaban al descubierto el yeso sin pintar que había debajo. Max dedujo que enterrado allá abajo debía de haber también algún valioso friso de madera. A pesar de haber sufrido los abusos de los siglos recientes, la antigua barbacana tenía una sólida osamenta.

Max levantó la mirada cuando pasaron bajo una gran lámpara cuyos brazos de bronce deslucido estaban adornados de telarañas y cuyas bujías, antaño elegantes, se habían derretido hasta formar simples pegotes de cera. Al otro lado del vestíbulo, una escalera ancha subía a la galería de la primera planta, envuelta en sombras. Al pie de la escalera se alzaba, pegado a la pared, un hermoso reloj de pie cuyo péndulo colgaba quieto y silencioso. Sus manecillas doradas se habían detenido, al parecer para siempre, a las doce y cuarto.

El taciturno acompañante de Max lo condujo a través de unas puertas abiertas, hasta el salón. Un puñado de lámparas de aceite, distribuidas por diversas mesas, batallaban con la oscuridad. A pesar de sus valerosos esfuerzos, era fácil comprender por qué la mansión parecía tan oscura e inhóspita desde la avenida. La casa disponía de amplias ventanas, pero todas ellas estaban cubiertas por polvorientos cortinajes de terciopelo.

Al recordar con una punzada de nostalgia el alegre fuego de la posada El gato y el ratón, Max cayó en la cuenta de que ni siquiera habían encendido el fuego en la chimenea de mármol del salón para darle la bienvenida. ¿Podía ser tan provinciano el servicio que ignoraba hasta esa rudimentaria muestra de cortesía? Dejó su bolsa de viaje sobre la descolorida alfombra turca. El mayordomo, o al menos Max supuso que era el mayordomo, dado que aún no se había presentado como era debido, dejó el candelero sobre un velador bajo, se acercó a la pared arrastrando los pies y tiró con escaso ímpetu del cordón de la campanilla. Una nube de polvo cayó sobre su cabeza, provocándole violentos estornudos.

El hombre seguía sorbiendo por la nariz y enjugándose los ojos con el puño de la camisa cuando se abrió la puerta de un extremo del salón. Al parecer, Max había sido injusto al juzgar al servicio: habían salido a recibir a su nuevo señor, al fin y al cabo.

Desfilaron por el salón y a duras penas consiguieron colocarse en fila como era debido tras muchos codazos, risillas, murmullos y pisotones. Max sintió que su enfado se convertía en consternación. Con razón la casa parecía tan abandonada. No había, ni mucho menos, personal suficiente para atender una mansión de ese tamaño. ¡Pero si su casa de Belgrave Square tenía el doble de criados!

No tuvo que echar mano de sus muchos conocimientos matemáticos para contar al mayordomo, que seguía estornudando, a cinco doncellas y a un chico que vestía una librea de lacayo claramente confeccionada para un adulto. Lucía, torcida, una peluca empolvada que parecía rescatada de la cabeza de algún infortunado aristócrata francés justo después de su paseo hasta la guillotina. Max parpadeó cuando una polilla salió de la peluca y voló hacia una de las lámparas de aceite.

Las doncellas desviaron rápidamente la mirada y la clavaron en el suelo, pero el muchacho se afianzó sobre los talones y le lanzó una mirada cargada de insolencia.

No había ni rastro de cocinera, sumiller o mozo de cámara. Max empezaba a lamentar no haber obligado a su ayuda de cámara a compartir su exilio. Había dado por sentado que habría en la casa un sirviente al que pudiera reclutar para ese puesto.

Justo cuando había abandonado toda esperanza de recibir una bienvenida adecuada, una mujer entró por la puerta y ocupó su lugar al final de la fila, los labios curvados en una sonrisa cortés.

—Buenas noches, milord. Soy la señora Spencer, el ama de llaves de la casa. Por favor, permítame darle la bienvenida a Cadgwyck Manor.

Max sabía por experiencia que normalmente era el mayordomo quien se encargaba de recibir a los recién llegados cuando era necesario. Pero su nuevo mayordomo estaba al parecer ocupado sacudiéndose motas de polvo de la raída levita. Había dejado el pesado candelero, y el temblor de sus manos era ahora más pronunciado.

Inclinó la cabeza esbozando una reverencia.

—Señora Spencer.

A pesar del aspecto variopinto del resto del servicio, la señora Spencer parecía ser todo cuanto se esperaba de un ama de llaves inglesa. Su porte era impecable, mantenía la columna más erguida que la mayoría de los militares que él conocía, y un rígido delantal blanco contrastaba con su severo vestido negro.

Se había peinado hacia atrás el pelo castaño, y lo llevaba recogido en una redecilla a la altura de la nuca con severidad casi dolorosa. Su tez clara era tan tersa y lisa que resultaba difícil calcular su edad. Max dedujo que tendría unos treinta y tres años, como él. Quizás alguno más.

Era una mujer corriente: no había en sus rasgos nada llamativo o excepcional que pudiera atraer la atención de los hombres. Tenía la barbilla puntiaguda, los pómulos altos, la nariz fina y recta, pero un ápice demasiado larga para calificarla de delicada. Sonreía con la boca cerrada, como si sus labios estuvieran acostumbrados a hablar y a callar en la misma medida. O quizá simplemente trataba de ocultar su mellada dentadura.

El único rasgo que podía tentar a un hombre a echarle una segunda mirada eran sus ojos. Sus profundidades de color verde oscuro brillaban con una inteligencia que, en una mujer menos reservada, podría haberse confundido fácilmente con malevolencia. Sus únicas concesiones a la vanidad eran la delicada puntilla que asomaba del cuello de su vestido y la fina cadena de plata trenzada que desaparecía bajo él. La curiosidad innata de Max le hizo preguntarse qué colgaba de ella. ¿Un retrato en miniatura mal pintado del señor Spencer, quizá?

—Confío en que haya tenido un viaje agradable —dijo el ama de llaves levantando una ceja delicadamente curvada con aire inquisitivo.

Max bajó la mirada. El bajo de su gabán todavía chorreaba, empapando la alfombra bajo sus pies, y su par favorito de botas de caña alta, antes de flexible piel de becerro, estaban embadurnadas de barro fresco.

—Oh, ha sido simplemente divino.

Tal y como esperaba, su sarcasmo le pasó desapercibido.

—Me alegra mucho saberlo. Me temo que hay quienes encuentran poco hospitalario nuestro clima.

—No me diga —contestó él con sorna, y el retumbar de un trueno vino a subrayar sus palabras—. Cuesta creerlo, desde luego.

—Si me permite, le presentaré al resto del servicio.

Si no lo hubiera distraído el tono aterciopelado de su voz, Max habría respondido que lo único que le interesaba que le presentara en ese momento era una copa de brandy y una cama caliente. El acento cultivado de su voz no debería haberlo sorprendido. Los criados de mayor rango de una casa podían proceder de las aldeas de la comarca, pero con frecuencia adoptaban el acento de las damas y caballeros a los que servían. La mayoría eran imitadores de talento. Al parecer, su nueva ama de llaves no era una excepción.

—Éstas son las doncellas —le informó la señora Spencer, señalando hacia la fila de muchachas—. Beth, Bess, Lisbeth, Betsy y Lizzie. —Acababa de llegar al final de la fila cuando la sexta doncella entró corriendo en el salón y se detuvo junto a las demás—. Y Pippa —añadió la señora Spencer con algo menos de entusiasmo.

Mientras que las otras criadas se habían tomado al menos la molestia de recogerse el pelo y ponerse cofia y delantal, la joven Pippa parecía recién levantada de la cama. Tenía el vestido arrugado, el cuello desabrochado a la altura de la garganta, y ni siquiera se había molestado en abotonarse los arañados botines.

Las otras doncellas hicieron la debida genuflexión. Pippa, en cambio, bostezó y se rasgó la desgreñada maraña de cabello oscuro antes de mascullar:

—Excelencia.

—Bastará con «milord» —repuso Max—. No seré «su excelencia» hasta que muera mi padre, y el hombre goza de tan buena salud que es muy posible que me sobreviva.

—Con un poco de suerte... —masculló el joven lacayo en voz baja.

—¿Cómo ha dicho?

Max lo miró con el ceño fruncido.

La sonrisa de la señora Spencer se tensó cuando alargó el brazo para darle un pequeño tirón de orejas al muchacho.

—Dickon, nuestro lacayo jefe, estaba diciendo lo afortunados que somos por tener un nuevo amo aquí, en Cadgwyck Manor. Hemos estado muy abandonados desde que el último se marchó con tanta prisa.

—Sí —masculló Dickon frotándose la oreja, y le lanzó una mirada resentida desde debajo de las rubias pestañas—. Eso estaba diciendo.

Hasta donde Max podía ver, el chico no era sólo el lacayo jefe: era el único lacayo.

—¿Lo reclamaron en Londres por algún asunto urgente?

No quería dejar entrever aún que sabía que el último propietario de la casa había huido aterrorizado, perseguido por algún temible espectro fruto de su propia imaginación.

—Suponemos que sí —contestó la señora Spencer, tomándole la palabra sin que su mirada se inmutara lo más mínimo—. Me temo que no se quedó lo suficiente para explicarnos los motivos de su abrupta partida. —Se apartó de Max y su voz se hizo más suave—. Cometería una falta imperdonable si dejara fuera de las presentaciones al capitán de este hermoso buque que llamamos Cadgwyck Manor, nuestro estimado mayordomo, el señor Hodges.

Un ronquido sofocado siguió a sus palabras. Estirando el cuello, Max vio que el hombre que le había abierto la puerta se había arrellanado en un descolorido sillón Hepplewhite y estaba dormitando. Descansaba la barbilla sobre el pecho como una oronda paloma con el pico apoyado sobre las alas de su pechuga.

—Señor Hodges —repitió el ama de llaves alzando la voz.

El mayordomo despertó sobresaltado, dando un violento respingo.

—¿Es la hora del té? Voy a buscar el carrito.

Se levantó de un salto y salió a toda prisa de la habitación mientras los demás lo miraban pasmados.

Max enarcó una ceja. Por lo visto no era mudo, como había temido en un principio. Sólo estaba un tanto chiflado.

En el breve lapso que tardó en volverse hacia Max, la señora Spencer consiguió recuperar su compostura y su sonrisa. Cruzando las manos por delante como una especie de Buda beatífico, dijo:

—Debe de estar terriblemente cansado después de un viaje tan largo, milord. Dickon lo acompañará encantado a su habitación.

A juzgar por su cara de mal humor, el joven lacayo estaría aún más encantado de arrojarlo por el acantilado más próximo. O por la ventana abierta más cercana.

—No es necesario, señora Spencer —dijo Max—. Prefiero que me acompañe usted.

Aunque parecía imposible, Dickon puso aún peor cara.

El semblante de la señora Spencer se mantuvo cuidadosamente inexpresivo.

—Le aseguro que el joven Dickon es perfectamente capaz de...

Max dio un paso hacia ella, aprovechándose de su tamaño y de su presencia física para subrayar sus palabras:

—Insisto.

La crispada sonrisa del ama de llaves flaqueó. Max advirtió que la idea le desagradaba, pero no tenía más remedio que acceder a sus deseos, o arriesgarse a desobedecerlo delante de los demás sirvientes, lo cual daría muy mal ejemplo.

La señora Spencer recuperó la sonrisa. Cuando abrió los labios, a Max le recordó a un animal acorralado que le enseñara los dientes. Unos dientes que no estaban nada mal, después de todo: eran pequeños, blancos y extraordinariamente regulares, salvo por un gracioso hueco entre los dos delanteros.

—Muy bien, señor —dijo envarada, y cogió del velador el pesado candelero dejado allí por el mayordomo. Sin saber por qué, Max se lo imaginó de pronto cayendo sobre la parte de atrás de su cabeza.

El ama de llaves echó a andar hacia el vestíbulo, lanzándole una mirada por encima del hombro que podría haberse calificado fácilmente de retadora si se hubieran conocido como iguales y no como sirvienta y señor.

—¿Vamos?

Max siguió a su nueva ama de llaves por la oscura escalera, hacia la oscuridad aún más densa de la primera planta. Sabía que debía avergonzarse de sí mismo. Siempre había tenido tendencias autoritarias, pero nunca había sido un bruto. Así pues, ¿por qué hallaba un placer tan mezquino en doblegar a una desconocida... y a una subalterna, además?

No podía reprocharle a la señora Spencer que hubiera intentado encasquetarle aquella tarea a Dickon. Había sido esclavo voluntario de las normas del decoro casi toda su vida. Era muy consciente de que no había nada de decoroso en que una mujer sola acompañara a un hombre a su alcoba, y más aún tratándose de un hombre al que acababa de conocer. Tal vez sólo había querido ver si la compostura que aquella mujer llevaba como una armadura tenía algún resquicio.

A juzgar por el rígido ángulo de su cuello, por la crispación de sus hombros y por la cadencia casi marcial que marcaban sus botines en cada peldaño de la escalera, no lo había. Su determinación era tan inflexible que parecía ir marchando detrás de Aníbal y sus elefantes en la travesía de los Alpes durante la Segunda Guerra Púnica.

Max bajó la mirada y descubrió una flaqueza que no esperaba en el sutil vaivén de sus caderas. Había algo de inquietante en el hecho de imaginar algún asomo de ternura femenina bajo aquellas rígidas capas de hilo almidonado. Ella lo miró de soslayo por encima del hombro. Él levantó bruscamente la mirada hacia su cara. No tenía por costumbre mirarles el trasero a las mujeres, y menos aún a sus empleadas.

—¿Debo deducir que ése era todo el servicio? —preguntó con la esperanza de que ambos recordaran su nuevo papel como señor de la mansión.

—¡Desde luego que no! —exclamó la señora Spencer como si la sola idea fuera absurda. Pero sus siguientes palabras desinflaron el súbito alivio de Max—: También está Nana, la cocinera. No vi necesidad de molestarla, puesto que tiene que levantarse muy temprano para preparar el desayuno. Y los segundos martes de cada mes viene la señora Beedle, del pueblo, a ayudar a lavar la ropa blanca. Creo que pronto descubrirá que aquí en Cadgwyck tenemos un servicio muy eficiente, milord. Un servicio irreprochable.

Max pasó un dedo por la espesa capa de polvo que cubría la barandilla y se preguntó si no estaría el ama de llaves tan loca como el mayordomo.

Durante el tenso silencio que siguió, reparó en un rasgo de lo más singular: su ama de llaves tintineaba al caminar. Su agotado cerebro tardó un minuto en descubrir el origen de aquel sonido musical: el formidable llavero que la señora Spencer llevaba colgado de la cintura.

—Menuda colección de llaves lleva usted ahí —comentó mientras se acercaban al descansillo de la primera planta.

Sin perder un instante ella contestó:

—Alguien tiene que ocuparse de las mazmorras, así como de la despensa.

—Debe de resultarle dificilísimo sorprender a los demás. Como un gato con un cascabel al cuello.

—*Au contraire*, milord —ronroneó ella, sorprendiendo de nuevo a Max por la elegancia con que sonaron los vocablos franceses en sus labios—. Cuando uno se acostumbra a que un gato lleve cascabel, quitárselo sólo hace al gato mucho más peligroso.

Esta vez, la sonrisa que le lanzó por encima del hombro era dulcemente felina. Cuando ella volvió a fijar la mirada en la escalera, Max contempló con los ojos entornados su esbelta espalda y se la imaginó recorriendo sigilosamente los pasillos de la mansión de madrugada, dispuesta a cometer cualquier diablura. Haría bien no subestimándola. Era posible que la gatita aún tuviera garras.

El balanceo de sus caderas bajo sus severas faldas le pareció de pronto más visible, como si estuviera provocándolo adrede. Cuando llegaron a la galería de la primera planta, las sombras trémulas huyeron ante el suave resplandor de la vela. Un nimbo de luz ascendió por la pared, iluminando el retrato que colgaba justo enfrente de la escalera.

Max siguió aquella luz con la mirada, atraída hacia el cuadro tan irresistiblemente como una débil polilla hacia una llama mortífera.

Se quedó sin respiración. Se olvidó de la señora Spencer, y de sus ansias de desplomarse en un colchón seco y caliente.

Se olvidó de todo, excepto de la visión que flotaba ante sus ojos.

Capítulo 6

*D*ios mío —musitó Max y, quitándole el candelero a la señora Spencer, lo levantó hacia el retrato.

El ama de llaves no protestó. Exhaló un suspiro resignado, como si casi hubiera estado esperando aquella reacción.

Max había visitado algunas de las mejores casas de Inglaterra, había recorrido incontables museos en Florencia y Venecia durante su gran *tour* por Europa y visto centenares de retratos semejantes, entre ellos muchos pintados por maestros de la talla de Gainsborough, Fragonard o sir Joshua Reynolds. Dryden Hall, la casa en la que había crecido, albergaba toda una galería de retratos de antepasados de la familia, todos ellos de rostro severo. Pero nunca antes había sentido la tentación de olvidar que no eran más que gotas de pintura seca esparcidas sobre un lienzo.

El pintor de aquel retrato, sin embargo, había plasmado no sólo una apariencia física, sino un alma. Hasta el espectador más insensible habría visto con toda claridad que había estado locamente enamorado de su modelo, y que su intención había sido que todo hombre que posara los ojos en ella también cayera rendido de amor.

De algún modo había logrado dar la impresión de que la había atrapado en el tiempo justo antes de que esbozara una sonrisa. Tenía levantada una comisura de los labios de tal modo que uno esperaba, casi sin aliento, la aparición del hoyuelo que sin duda seguiría a la sonrisa. En aquellos labios carnosos de color coral podía adivinarse la promesa de una sonrisa, pero sus ojos del color del jerez reían abiertamente mientras miraban con descaro a Max por debajo de las gráciles alas de sus cejas. Eran los ojos de una joven que saboreaba por primera vez su poder sobre los hombres, paladeando cada bocado.

Llevaba los rizos amontonados flojamente sobre la coronilla y sostenidos por una única cinta de color azul de Prusia. Unos pocos mechones rebeldes enmarcaban sus mejillas llenas, teñidas de un irresistible rubor que ningún colorete, por costoso que fuese, podía igualar. Su cabello no era de un castaño corriente, sino de un intenso y lustroso color visón. En marcado contraste con la penumbra de la galería, el traje que lucía era de un amarillo tan suntuoso como los botones de oro en primavera. Era un vestido de cintura alta y corpiño de corte cuadrado, por encima del cual se hinchaban los pálidos globos de unos pechos generosos.

Había algo de intemporal tanto en su belleza como en su indumentaria. Podía llevar una década o un siglo aprisionada en el descolorido marco dorado del retrato. Era imposible saberlo.

—Pero ¿quién eres tú? —murmuró Max.

Una breve ojeada a la galería le confirmó que los demás retratos habían desaparecido, dejando recuadros oscuros en el papel de la pared, allí donde habían colgado una vez.

El ama de llaves resopló, recordándole su presencia.

—El resto de las pinturas se vendió, pero ella viene con la casa. Es una cláusula del acuerdo de venta. No importa por cuántas manos pase la finca: el retrato ha de quedarse.

Max entendió perfectamente que los anteriores propietarios de la casa no hubieran protestado ante una cláusula tan excéntrica. Muchos hombres serían felices pasando todos los días junto al retrato y fingiendo que aquella criatura encantadora era su esposa.

O su amante.

—¿Quién es? —preguntó, extrañamente reacio a relegar a la mujer del cuadro al pasado al que sin duda pertenecía.

—En otra ocasión quizá, milord. Es tarde y sé que está agotado. No quisiera aburrirle.

Cuando hizo amago de alejarse, Max la agarró del brazo.

—Abúrrame.

Lo imperioso de su orden la hizo pararse en seco y mirar su cara con sobresalto. Apenas unos segundos antes, Max casi se había olvidado de su existencia. De pronto, sin embargo, fue vivamente consciente de lo cerca que estaban a la luz movediza de la vela, de cada trémulo soplo de aliento que pasaba entre sus labios entornados, del subir y bajar irregular de sus pechos bajo el hilo almidonado del corpiño, del leve y límpido olor a jabón de lavar y a pan recién horneado que exhalaba su cuerpo del mismo modo que otras mujeres olían a perfumes caros.

Sus huesos le parecieron casi delicados bajo la tensa presión de su mano. Había dado por sentado erróneamente que estaría forjada en alguna materia dura e irrompible, como el granito o el acero. Fijó la mirada en sus labios. Cuando no estaban curvados en una sonrisa hermética que no era tal sonrisa, parecían sorprendentemente suaves, húmedos e incitantes...

La vela que sostenía en la otra mano se había ladeado, y el goteo constante de la cera derretida sobre la puntera de sus pobres y maltratadas botas rompió por fin el extraño hechizo que había caído sobre ellos.

Apartando la mano de su persona como si perteneciera a otro, dijo hoscamente:

—No era una petición, señora Spencer. Era una orden.

La señora Spencer alisó su manga arrugada. La mirada que le dirigió por debajo del friso castaño de sus pestañas dejó claro lo que opinaba de su orden.

—Se llama... se llamaba Angelica Cadgwyck.

Angelica...

Max volvió a posar la mirada en la mujer del retrato. El nombre le sentaba bien. A pesar de sus encantos carnales, tenía ciertamente el rostro de un ángel.

—Supongo que su familia dio nombre tanto a la mansión como a la aldea.

—Hasta hace poco más de una década, fueron lo más parecido a la realeza que había en este condado. Y por lo que tengo entendido, Angelica era su princesa heredera. Su madre murió al nacer ella, y su padre, lord Cadgwyck, se volcó en la niña.

—¿Quién podría reprochárselo? —masculló Max en voz baja, embrujado de nuevo por la promesa sensual de aquellos chispeantes ojos castaños—. ¿Qué fue de ella?

El codo de la señora Spencer rozó la manga de su gabán cuando se reunió con él frente al retrato y lo miró con un desagrado equiparable a la fascinación de Max.

—Lo que ocurre siempre que a una joven se la educa en la creencia de que cada uno de sus caprichos ha de ser satisfecho sin reparar en las consecuencias. Escándalo. Calamidad. Ruina.

Intrigado por la nota de desprecio que advirtió en su voz, Max miró de soslayo el severo perfil del ama de llaves. Debería haber imaginado que una mujer como ella no se apiadaría de quienes caían presa de las tentaciones de la carne. Probablemente nunca había experimentado ni la más inofensiva de esas tentaciones.

—¿Qué tipo de escándalo? —preguntó, aunque posiblemente podía adivinarlo.

—En una fiesta dada en su honor cuando cumplió dieciocho años, fue sorprendida en situación comprometedora con un joven. El pintor de este retrato, según creo. —Se encogió de hombros—. No procedo de Cadgwyck, de modo que desconozco los detalles escabrosos. Lo único que sé es que se rumoreaba que su hermano había matado al joven de un disparo, sin concederle siquiera el beneficio de un duelo. Su padre sufrió una apoplejía y enloqueció de pena. El hermano fue llevado a prisión...

—¿A prisión? —la interrumpió Max, fascinado a su pesar por el escabroso relato—. Creía que el asesinato se castigaba con la horca.

—El linaje de los Cadgwyck tenía todavía una poderosa influencia en esta región, así que el joven logró escapar al patíbulo y fue deportado a Australia. Al parecer su padre había hecho algunas inversiones poco prudentes antes de que sucediera todo eso. Acudieron los acreedores, oliendo la sangre en el agua, y la familia lo perdió todo: su fortuna, su buen nombre... hasta esta casa, que había estado en sus manos desde que se construyó el castillo original, hace cinco siglos.

Max fijó de nuevo la mirada en el retrato.

—¿Qué le ocurrió a ella?

La señora Spencer se encogió de hombros como si el destino de una necia muchacha no le importara lo más mínimo.

—¿Qué podía hacer después de provocar la ruina de todos sus seres queridos? La noche antes de que tuvieran que dejar la casa, se arrojó por el acantilado, al mar.

Desde que Ash le había quitado a Clarinda, se había acostumbrado al dolor pesado y sordo que sentía en el corazón. La aguda punzada que experimentó en ese momento lo pilló desprevenido. No tenía motivos para sufrir por una muchacha a la que no había conocido. Tal vez fuera sencillamente inimaginable para él que una criatura tan joven y vivaz entregara su vida sin luchar.

—¿Hubo investigación? ¿Alguna sospecha de juego sucio?

—Ninguna —dijo tajantemente la señora Spencer—. La chica redactó una nota que dejaba muy claras sus intenciones.

—Las notas pueden falsificarse.

El ama de llaves le lanzó una mirada cargada de ironía.

—En histriónicas obras de teatro y novelas góticas, quizá. Pero aquí, en Cornualles, no somos tan listos, ni tan diabólicos. Sospecho que su suicidio fue simplemente el acto impulsivo de una joven alocada sumida en un cenagal de mala conciencia y autocompasión.

Max levantó la mirada hacia el retrato, aun a riesgo de olvidar de nuevo la presencia del ama de llaves.

—Me habría gustado conocerla.

—No desespere, milord. Puede que todavía tenga oportunidad de hacerlo.

La señora Spencer le quitó el candelero de la mano y se alejó hacia la escalera del otro lado de la galería, y a Max no le quedó otro remedio que seguirla para no quedarse a oscuras.

Cuando el sentido de sus palabras caló en él, no pudo resistirse a echar una última ojeada hacia atrás para ver cómo el retrato de la impulsiva señorita Cadgwyck se fundía con las sombras.

Al llegar al fondo del pasillo de la segunda planta del ala este, la señora Spencer abrió la alcoba principal sirviéndose de una de las llaves de su extensa colección. Cuando empujó la puerta, a Max se le cayó el alma a los pies. La espaciosa habitación conservaba aún rastros de su antiguo esplendor, pero la chimenea de mármol estaba tan oscura y polvorienta como la del salón y no había cena alguna preparada ante ella.

Una sola lámpara ardía en la mesita, junto a la cama endoselada, proyectando más sombras de las que ahuyentaba.

De haber sabido que iba a recibir una acogida tan poco hospitalaria, se habría quedado al menos en la posada para tomar un plato de estofado. Al parecer, se esperaba de él que se conformara con el delicioso aroma a pan que exhalaba el cabello de la señora Spencer. Y con lo hambriento que se sintió de pronto, tuvo que hacer un ímprobo esfuerzo para no inclinarse y zampársela entera.

El ama de llaves se había apartado para dejarlo pasar, y saltaba a la vista que no tenía intención de poner ni siquiera la puntera de sus botines más allá del umbral de la alcoba. ¿De veras creía correr peligro de que se propasara con ella? ¿Tan ansioso de compañía femenina parecía como para arrojar a la primera sirvienta que se cruzara en su camino sobre un colchón mohoso y violarla?

Max sintió agitarse su mal genio. Había pasado tanto tiempo de su vida dominándose férreamente que casi no reconoció las señales de peligro hasta que ya fue demasiado tarde.

Cuando por fin habló, rechinaba de tal manera los dientes que sus labios apenas se movieron.

—¿Sería demasiado pedir que encendieran la chimenea? ¿Y que me sirvan también algo de cenar?

La sonrisa de su ama de llaves no perdió ni un ápice de su exasperante serenidad.

—Desde luego que no. Mandaré a Dickon enseguida con una bandeja y su maleta. —Comenzó a alejarse. Luego lo miró—. No tema, milord. Estamos aquí para ocuparnos de todas sus necesidades.

Su voz tersa, tan discordante con su rígida apariencia, acarició los nervios tensos de Max como terciopelo apelmazado. Su ingenua promesa hizo cruzar por su imaginación, fugazmente, una imagen más sorprendente que cualquiera de las que había contemplado esa noche... o quizás en mucho tiempo.

Sonriendo todavía, la señora Spencer le cerró la puerta en las narices, y Max se preguntó si no habría elegido un castigo que ni siquiera él se merecía.

Anne llegó hasta la galería de la primera planta y allí se apoyó contra la barandilla, respirando agitadamente. Tenía la sensación de haber subido corriendo doce tramos de escalera, en lugar de haber bajado sólo uno. Se llevó una mano al pelo suave y el temblor de sus dedos la delató. La imperturbable señora Spencer había desaparecido, dejando que Anne pagara el precio de su compostura.

—Parece que su señoría no es lo que esperabas.

Aquella voz burlona surgió de la oscuridad. Anne dio un respingo y se llevó la mano al corazón. Tal vez no se habría sobresaltado tanto si aquellas palabras no fueran un reflejo exacto de lo que sentía en esos momentos.

Pippa salió de entre las sombras sonriendo.

—¿Qué pasa? ¿Creías que era un fantasma?

Con la mano todavía en el corazón, Anne miró con enfado a la muchacha.

—Sigue dándome esos sustos y pronto lo serás. ¿Por qué no has vuelto a la cama? Antes casi no consigo levantarte para que salieras a dar la bienvenida a nuestro ilustre señor.

Pippa acababa de cumplir dieciséis años, pero cuando miró a Anne arrugando su naricilla respingona pareció tener siete otra vez.

—No seas tan gruñona. Sólo quería asegurarme de que Su Alteza Serenísima no intentaba tomarse libertades con su nueva ama de llaves.

—¿Y qué pensabas hacer si se las tomaba?

—Golpearlo en la cabeza con un atizador.

Cualquier otra persona habría dado por supuesto que Pippa estaba bromeando, pero Anne ni siquiera se sorprendió cuando vio aparecer la fina mano de la muchacha de entre los pliegues de su falda empuñando el utensilio en cuestión. Teniendo en cuenta el brillo salvaje de su mirada, Pippa podía haber asumido aquella tarea con mucho más entusiasmo del estrictamente necesario.

—¡Santo cielo, Pippa! —exclamó Anne—. Vas a conseguir que nos ahorquen a todos por asesinato. No hace falta que vengas en mi auxilio como si fueras un caballero de radiante armadura y yo una damisela en apuros. Soy muy capaz de valerme sola.

—Y lord Comosellame parece muy capaz de violar a un ama de llaves y quizás a una criada o dos sin quitarse siquiera el gabán o arrugarse la corbata.

Al recordar la fuerza con que la había agarrado del brazo, la sorprendente intimidad de su gesto y lo cerca que había estado de aturdirla por completo aquel simple contacto, Anne exhaló un suspiro de desaliento, dándole la razón a Pippa.

—Desde luego no es ningún viejo chocho aficionado a beber demasiado oporto y capaz de confundir una sábana puesta sobre el mango de una escoba con un fantasma espeluznante.

El comentario de Pippa la obligó asimismo a recordar la impresión que le había producido entrar en el salón y encontrárselo allí de pie, mirando con enojo por debajo de sus espesas y oscuras cejas y chorreando agua sobre la alfombra turca traída al castillo por algún aventurero antepasado de los Cadgwyck tras la última Cruzada. Al levantar la vista por primera vez hacia su hosco semblante, le había costado un inmenso esfuerzo mantener la cordial sonrisa de la señora Spencer pegada a los labios.

El conde medía mucho más de metro ochenta, pero no era su estatura, ni siquiera la temible anchura de sus hombros bajo el capote del gabán, lo que resultaba tan impresionante. Era la forma en que parecía dominar el salón y todo lo que había en él sin ningún esfuerzo. Otro hombre habría estado ridículo allí plantado, con el sombrero en la mano y las botas manchadas de barro, pero Dravenwood parecía más inclinado a gritar «¡Que les corten la cabeza!» mientras sus posibles víctimas se escabullían para ir a llevarle un hacha.

Tal vez su barbero y su ayuda de cámara habían corrido esa suerte. Las espesas y negras ondas de su pelo no estaban recortadas con esmero como era la moda, sino que eran tan largas que rozaban el cuello de su gabán. Hermosos mechones plateados bruñían sus sienes, y una barba de al menos dos día oscurecía su mandíbula bellamente esculpida.

Sus ojos de pestañas oscuras eran grises, tan grises como la niebla que se extendía sobre los páramos. A Anne el gris le había parecido siempre un color anodino, pero los ojos de lord Dravenwood tenían la desconcertante costumbre de brillar como un relámpago de verano cuando se enojaba.

Pero la mayor amenaza para ellos era el brillo de inteligencia de aquellos ojos. Era un hombre al que pocas cosas le pasaban desapercibidas y eso, más que cualquier otra cosa, podía ser la perdición de todos ellos si no se andaban con cuidado. Cuando se había presentado, Dravenwood había posado la mirada sobre ella, la había calibrado y acto seguido la había desdeñado por lo que era: una sirvienta, una criada, una inferior. No la encontraba insuficiente; sencillamente, la consideraba indigna de su atención.

Y así debía ser.

—Bueno, tienes que reconocer que despacharlo con un atizador habría resuelto casi todos nuestros problemas —sugirió Pippa jovialmente—. Por lo menos habría ganado algo de tiempo para seguir buscando antes de que llegue el próximo señor.

—No, si acabamos todos en la cárcel del pueblo, esperando la visita del verdugo. Pero en una cosa tienes razón: cuanto antes se meta lord Comose... lord Dravenwood —puntualizó Anne— en un carruaje y regrese a Londres, antes volverán las cosas a la normalidad por aquí.

—¿A la normalidad? Llevamos cuatro años registrando la mansión desde el sótano al desván en busca de un tesoro que quizá ni siquiera exista. Ya no sé si me acuerdo de lo que es normal.

Confiando en ocultar sus propias dudas a los ojos oscuros y penetrantes de Pippa, Anne repuso con firmeza:

—El tesoro existe y sólo es cuestión de tiempo que lo encontremos. En cuanto demos con él, podremos marcharnos de este sitio para siempre y buscarnos una casa muy lejos de aquí.

—Pero ¿y si no es más que una leyenda familiar? ¿Un cuento de hadas para entretener a los niños y avivar la imaginación de los soñadores? Los soñadores llevan más de un siglo buscando el tesoro enterrado del capitán Kidd, y todavía no ha aparecido ni una sola moneda.

Anne tocó con las yemas de los dedos el guardapelo que llevaba siempre escondido bajo el corpiño y que nunca se alejaba mucho de su corazón, recordándose a sí misma y a Pippa por qué no tenían más remedio que seguir buscando.

—Dejé de ser una soñadora hace mucho tiempo. Por eso sé que el tesoro existe y que vamos a encontrarlo. Sólo tenemos que conseguir que lord Dravenwood se marche lo antes posible y volver a ponernos manos a la obra. Preferiblemente, sin la ayuda de un atizador. —Le quitó el arma improvisada de la mano y echó a andar por la galería de nuevo con paso firme y enérgico—. El conde puede parecer invencible, pero ya ha demostrado tener la misma flaqueza que cualquier otro hombre.

Pippa echó a andar a su lado.

—¿Y cuál es?

Anne se detuvo delante del retrato que había enfrente de la escalera y levantó su vela.

—Ella.

Angelica Cadgwyck las miraba desde su altura, los carnosos labios curvados como si escondiera algún secreto delicioso que sólo podría arrancársele con un beso.

—Ah —dijo Pippa en voz baja—. Así que la señora ya ha añadido otro corazón a su colección. Tiene un apetito realmente insaciable, ¿verdad?

—Hasta el momento en que ha visto su retrato, yo habría jurado que lord Dravenwood no tenía corazón.

Anne había visto la misma expresión del conde en el rostro de otros hombres. Hombres que se paraban en seco y miraban boquiabiertos a la mujer del retrato como si se hubieran quedado mudos y ciegos a todo lo demás, salvo a la belleza que tenían ante ellos.

Al ver sucumbir a aquel viejo hechizo a su nuevo señor, Anne había sentido que se desvanecía, apagándose como una estrella al acercarse el alba. Debería haberle alegrado que sus esfuerzos por ser invisible dieran tan buen resultado.

Pero en cambio había sentido una aguda punzada de desilusión.

Durante un instante fugaz, se había permitido creer que aquél podía ser distinto. Que tal vez fuera inmune a encantos tan superficiales. No se explicaba qué la había impulsado a contemplar una idea tan absurda y peligrosa. Tal vez fuera la cínica curvatura de sus labios, su sarcasmo, o el modo en que los surcos que enmarcaban su boca se hacían más profundos en momentos en los que otros hombres habrían sonreído.

Pero en cuanto lo había visto rendir su corazón y su ingenio a las manos blancas como azucenas de Angelica, había sabido que era como cualquier otro hombre.

Al levantar la vista hacia los ojos sagaces de Angelica, sintió una punzada de algo más profundo que la desilusión, algo más parecido a los celos. Se estaba poniendo verdaderamente ridícula. Angelica podía hacerles un gran servicio, como se lo había hecho siempre.

—Vamos, Pippa. Tengo que decirle a Dickon que le suba algo de cena a nuestro nuevo señor. Cuanto antes se vaya a la cama, antes podrá conocer a la mujer de sus sueños.

Bajó la vela, despojando a Angelica de su nimbo de luz. Mientras acompañaba a Pippa hacia las escaleras, lanzó una última ojeada al retrato y apenas pudo resistirse al pueril impulso de sacar la lengua al engreído semblante de Angelica.

—Y de sus pesadillas.

Angelica Cadgwyck miraba al desconocido que había invadido su casa. A pesar de su pelo alborotado y de su mandíbula sin afeitar, no podía negarse que era un hombre muy hermoso. Pero Angelica había aprendido por las malas que una cara bonita podía ocultar un corazón siniestro y destructivo.

Había confiado en atisbar el interior de ese corazón yendo allí esa noche, pero lord Dravenwood era igual de reservado en sueños que despierto. Sus labios se apretaban en una línea severa, y con la leve arruga de su entrecejo parecía estar frunciendo el ceño incluso dormido. Se apoderó de ella el extraño impulso de tocarlo, de comprobar si podía borrar su ceño con la tierna caricia de sus dedos.

Pero él era de carne y hueso y ella no era más que un sueño ideado deliberadamente para atormentar el corazón de los hombres. Comenzaba a sospechar que a aquel hombre no le eran desconocidos los fantasmas. Lord Dravenwood masculló algo en voz baja, rechinó los dientes y se removió inquieto, de tal modo que un mechón de pelo oscuro le cayó sobre la frente.

Angelica alargó hacia él una de sus pálidas manos. Ansiaba tocar algo cálido, sólido y palpitante de vida antes de quedar de nuevo a la deriva en la fría y solitaria noche.

Max nunca había soñado. Cuando se lo había confesado a Clarinda, su prometida, ella lo había mirado con sus deslumbrantes ojos verdes y había exclamado:

—¡No digas tonterías! Claro que sueñas. Todo el mundo sueña. Sólo que no recuerdas lo que has soñado.

Él había concedido poca credibilidad a esa idea, hasta que esa madrugada, estando en su cama en Cadgwyck Manor, sintió los dedos frescos de una mujer apartando el pelo de su frente acalorada con una tierna caricia. Gruñó y se revolvió en la cama, inquieto. Aquel simple contacto había sido al mismo tiempo excitante y tranquilizador, había agitado su alma y su cuerpo. Ansió agarrar la fina muñeca de la mujer, acercarse sus dedos a la boca y besarlos uno a uno antes de probar la suavidad de sus labios.

Decidido a hacerlo, tendió los brazos hacia ella. Pero su mano se cerró sobre el aire vacío. Abrió los ojos y miró las sombras que se amontonaban bajo el dosel de aquella cama extraña. Estaba exactamente como esperaba estar.

Solo.

¿Cómo era posible que un sueño tan simple pudiera parecerle más vívido y real que la nebulosa vigilia en la que había vivido inmerso esos últimos meses? No creía que fuera capaz de olvidarlo ni aun poniendo todo su empeño.

Tal vez habría sido más fácil si no estuviera todavía completamente excitado y deseoso de sentir la caricia de una mujer en un lugar mucho más sensual que la frente.

A pesar de la indiferencia de la que se revestía ante el mundo, sus apetitos eran más fuertes e intensos que los de la mayoría de los hombres. Por eso se había prometido a sí mismo no volver a perder el dominio sobre ellos. Si algo le había enseñado su hermano, era cuánto daño podía causar un hombre cuando se entregaba egoístamente a sus apetitos sensuales sin tener en cuenta las consecuencias que ello pudiera tener para quienes lo rodeaban.

Naturalmente, Max tampoco había vivido como un monje. Siempre había sido demasiado caballeroso para pagar por sus placeres, pero no tenía nada en contra de satisfacer sus bajos instintos con alguna viuda discreta que buscara una felicidad más transitoria que la conyugal.

Todo eso había terminado cuando Clarinda aceptó por fin casarse con él. Resistirse a la tentación le había resultado mucho más fácil sabiendo que iba a compartir el lecho conyugal con la mujer a la que había adorado casi desde siempre. Había confiado en que su matrimonio con Clarinda satisficiera todos sus deseos, tanto en lo carnal como en lo sentimental.

Maldito imbécil, se dijo, apartando a puntapiés el lío de sábanas y mantas y sacando las largas piernas por un lado de la cama.

Al apartar las cortinas de la cama y salir de entre ellas, el frío húmedo que impregnaba el aire golpeó su piel recalentada como un chorro de agua gélida.

El fuego que había encendido aquel lacayito malhumorado todavía languidecía en la chimenea, bañando con su suave resplandor la antigua cómoda de caoba que se agazapaba en el rincón y la bandeja de comida casi intacta que descansaba sobre la mesa Pembroke. Después de que le subieran la bandeja, Max había descubierto que estaba demasiado agotado para comer. Había mareado indolentemente los sosos pedazos de ternera y las patatas por el plato, y luego, asqueado, había soltado el tenedor y se había metido en la cama.

Una corriente inesperada rozó el terso vello que cubría su pecho desnudo, erizando su piel allí donde su helada caricia la tocaba. Al volver lentamente la cabeza, descubrió que las puertas del balcón estaban abiertas de par en par, como invitando a entrar todo aquello que la noche le tuviera reservado.

Capítulo 7

*L*os visillos de blonda que adornaban las puertas acristaladas se agitaban, impulsados por la brisa, como el velo desgarrado de una novia. Max arrugó el ceño, cada vez más confuso. Las puertas estaban cerradas cuando se había retirado tras las mohosas cortinas de encaje de la cama. Lo habría jurado por su vida.

Alargó la mano hacia el pie de la cama para recoger su bata, y se alegró de haber tenido el acierto de meterla en su bolso, dado que el resto de su equipaje no llegaría hasta la mañana siguiente. Anudándose aún el cinturón de seda de la bata, se levantó y se acercó a las puertas.

Había cesado la lluvia, pero la luna seguía escondida detrás de un alto bancal de nubes y, más allá del balcón, la noche seguía envuelta en tinieblas. Pensando que tal vez el viento había abierto las puertas, examinó los pestillos y sus amarres. Parecían en perfecto estado, pero eso no significaba que fueran lo bastante fuertes para soportar una ráfaga de viento especialmente violenta.

Max aceptó la lógica irrefutable de su propia deducción y estiró el brazo para cerrar las puertas y devolver la noche al lugar que le correspondía. Pero antes de que pudiera hacerlo, un olor inesperado alcanzó su nariz. Un olor muy distinto a la fragancia límpida de la lluvia y al aroma salobre del mar.

Un perfume delicado, floral e inconfundiblemente femenino.

Sus aletas nasales se hincharon cuando se llenó los pulmones con aquel elixir embriagador que removió recuerdos enterrados hacía mucho tiempo, recuerdos de fragantes noches de verano y de aterciopelados pétalos blancos, demasiado tímidos para abrirse mientras el sol estaba aún en lo alto.

Jazmines...

Atraído por su aroma irresistible, salió al balcón sin notar apenas en los pies el frío de las baldosas empapadas de lluvia. De no haber sido mal momento del año para que floreciera una flor tan tierna y fragante, habría podido convencerse de que allí cerca, bajo el balcón, había una pérgola o un espaldar. Pero con el viento azotando su cabello y tironeando de su bata con dedos ávidos, le resultaba difícil creer que alguna planta que no fuera de las más duras pudiera sobrevivir a aquel clima tan áspero.

El viento disipó el tenue perfume que quedaba aún, y Max se preguntó si acaso lo habría soñado. Sacudiéndose el efecto embriagador de aquel aroma, comenzó a cerrar las puertas del balcón. Más valía que regresara al dudoso confort de su cama. Así podría achacar cualquier otra ridícula fantasía a los sueños que no recordaría por la mañana.

Fue entonces cuando lo oyó: el tintineo lejano de una caja de música tocando una melodía bella y enigmática, pero lo bastante desafinada para que se le erizaran los pelillos de la nuca.

Giró lentamente sobre sus talones y escudriñó la oscuridad entornando los ojos. El ala este había sido construida con ángulo suficiente respecto de la barbacana para permitirle ver sin obstáculos la torre que se erguía como un centinela en un extremo de la mansión. Sin la luna para darle un aire de trágico romanticismo, el edificio no era más que una ruina desmoronada: una sombra más oscura con un mar de nubes turbulentas de fondo. Sus ventanas eran ojos vacíos a los que ningún destello misterioso daba vida.

Y sin embargo habría jurado que el vals fantasmagórico que llegaba a sus oídos en alas del viento procedía de esa dirección. Se acercó al borde del balcón y cerró las manos sobre la húmeda barandilla de hierro.

La música cesó bruscamente, casi como si una mano espectral hubiera cerrado de pronto la tapa de la caja de música.

Max dejó escapar el aire que había estado conteniendo sin darse cuenta. Estuvo allí largo rato, pero no volvió a oírse la música, ni ningún otro sonido, salvo el rugido amortiguado del viento y el fragor lejano de las olas contra las rocas.

Otro hombre podría haber dudado de sus sentidos. En el caso de Max, una sonrisa burlona tiró de la comisura de su boca.

—A mí me ha atormentado la mejor —murmuró—. Si quieres librarte de mí, cariño, vas a tener que insistir mucho más.

Dejando su desafío suspendido en el aire, dio la espalda a la noche y, al volver a entrar en la alcoba, cerró suavemente pero con firmeza las puertas y echó el pestillo.

Dado que el propietario anterior rara vez se levantaba antes de mediodía, Anne esperaba que lord Dravenwood pasara la mayor parte de la mañana languideciendo en su lecho. Así pues, se llevó un sobresalto cuando, a las ocho y media de la mañana, oyó el tamborileo de sus botas cruzando la galería de la primera planta. Dejó detrás de una armadura oxidada el cepillo que había estado utilizando para poner discretamente telarañas nuevas en la lámpara del vestíbulo y se escurrió hasta la pared para tirar con energía del carcomido cordón de la campanilla. Confiaba en que hubiera alguien al otro lado que oyera su tintineo de advertencia.

Se atusó el pelo por pura costumbre mientras regresaba a toda prisa. Se había levantado antes del alba para elegir su ropa con esmero: tarea nada fácil teniendo en cuenta que su guardarropa consistía en un puñado de vestidos de desecho confeccionados en paño y lana basta, pero práctica. Por fin se había decidido por un recio vestido de merino del mismo tono gris neblinoso que los ojos de lord Dravenwood. Un delantal recién almidonado completaba su atuendo. El delantal era la seña de identidad de las criadas, y su cometido era asegurarse de que nadie se pusiera en ridículo confundiéndola con la señora de la casa.

Comprobó que su guardapelo estaba a buen recaudo bajo el corpiño de su vestido. Sabía que dispondría de uno o dos segundos más para prepararse cuando lord Dravenwood se acercara al cuadro del final de la galería. Ningún hombre había pasado nunca ante Angelica Cadgwyck sin aminorar el paso para rendirle homenaje.

Aun así, no pudo resistirse al impulso de poner los ojos en blanco cuando sus pasos se detuvieron en lo alto de la escalera. Sin duda estaría escudriñando el exquisito rostro de Angelica, intentando decidir si la llegada del día había roto el encantamiento que había lanzado sobre él la noche anterior.

Cuando comenzó a bajar el último tramo de peldaños, Anne estaba al pie de la escalera con las manos unidas delante de sí, aguardando pacientemente a que su señor le dijera qué se le antojaba.

O qué lo había puesto de un humor de perros, a juzgar por cómo la miraba desde debajo de sus tupidas y oscuras cejas. Tenía profundas ojeras, como si hubiera dormido poco. O nada, quizás. Anne apretó los labios para sofocar una sonrisa triunfal.

Tal vez una sola noche en Cadgwyck bastara para que diera cuenta del error que había cometido al ir allí. Con un poco de suerte, bajaba para preguntar cuándo podía conseguirle un pasaje de vuelta a Londres. Una orden que ella se apresuraría a obedecer.

Al bajar el último escalón, miró con el ceño fruncido las manecillas inmóviles del reloj de pared.

—¿Cómo se supone que sabe uno la hora en esta casa? Tome nota de que arreglen ese maldito cacharro. —Pareció advertir que sus ojos se dilataban, pues fijó en ella su mirada ceñuda—. Espero que no se ofenda fácilmente si de vez en cuando suelto un juramento. Me temo que he pasado la mayor parte de mi carrera en la Compañías de las Indias Orientales, en presencia de rufianes, más que de damas.

—Ah, pero yo no soy una dama —le recordó ella suavemente—. Soy su ama de llaves. Y creo que el reloj no tiene arreglo. Por lo que tengo entendido, no funciona desde la noche en que...

Al ver que se interrumpía, él enarcó una ceja exigiéndole en silencio que continuara.

Anne dejó escapar un triste suspiro con el que sólo pretendía picar su curiosidad.

—Desde hace muchísimo tiempo.

Su gruñido pensativo la advirtió de que no estaba satisfecho con su respuesta, pero sí dispuesto a conformarse con ella. De momento.

—Confío en que haya dormido bien —comentó mientras observaba atentamente su rostro.

—Todo lo bien que puede esperarse en una cama desconocida. Aunque cualquiera pensaría que a estas alturas estaría acostumbrado a dormir en camas extrañas.

Ahora fue ella quien lo miró enarcando una ceja.

Un destello de inesperado regocijo entibió sus fríos ojos grises.

—El puesto que ocupaba en la junta directiva de la Compañía exigía que viajara con mucha frecuencia. A climas mucho más inhospitalarios que éste. —Recorrió con la mirada el ventoso vestíbulo, y las arrugas que flanqueaban como paréntesis su boca se hicieron una pizca más profundas—. Aunque cueste imaginarlo.

—¡Cuán afortunado es usted! La mayoría de la gente de por aquí pasa toda su vida sin alejarse más de una legua del terruño donde ha nacido.

—Nunca me gustó viajar. Siempre he preferido el sencillo encanto de una chimenea y un hogar a las vicisitudes de lo desconocido.

—Entonces, ¿su esposa se reunirá con nosotros en Cadgwyck Manor cuando se haya instalado usted como es debido? —inquirió Anne con cautela.

Una sombra cruzó el semblante de Dravenwood. Anne no se dio cuenta de que estaba conteniendo la respiración hasta que contestó escuetamente:

—No tengo esposa. —Levantó la mano para frotarse de mala gana la barba que empezaba a asomar en su mandíbula—. Ahora mismo me hace más falta un ayuda de cámara.

En ese momento, en efecto, su aspecto carecía del lustre que se esperaba de un caballero. Llevaba alborotado el pelo oscuro y ondulado, como si se lo hubiera peinado con los dedos en vez de con un cepillo. Se había molestado en ponerse un chaleco rosado de seda haciendo aguas y una levita negra, pero no llevaba corbata, y el cuello abierto de su camisa dejaba al descubierto las líneas fuertes y masculinas de su garganta.

Había algo en su desaliño carente de artificio que hizo que Anne sintiera de pronto que el cuello del vestido la estaba asfixiando. Se llevó una mano a la garganta para comprobar que ninguno de los botones estaba a punto de saltar sin su permiso.

—Quizá Dickon pueda...

Lord Dravenwood volvió a poner mala cara.

—No tengo intención de permitir que ese mocoso malhumorado me acerque una navaja de afeitar al cuello. ¿No hay nadie más en la casa que pueda ayudarme durante una temporada por la mañana y por la noche? ¿El mayordomo, quizás?

—Oh, no —se apresuró a decir Anne—. Me temo que Hodges ya tiene demasiado trabajo. No podríamos prescindir de él.

Otro gruñido escéptico.

—¿Qué hay de ese muchacho del pueblo que me trajo anoche? No tendrá ninguna formación, claro está, pero parecía de los que aprenden deprisa y están ansiosos por complacer.

—¿Derrick Hammett? —Señaló con la cabeza los baúles de cuero apilados en un rincón del vestíbulo—. Ha traído el resto de su equipaje poco después de que amaneciera y se ha marchado casi sin que nos diera tiempo a darle las gracias o a ofrecerle un chelín por las molestias. Dudo sinceramente que le interese el puesto. La mayoría de los aldeanos no se acercan ni a tiro de piedra de la mansión. Ni siquiera la señora Beedle, la lavandera que viene una vez al mes, pisa la casa. Se empeña en que le saquemos toda la ropa sucia al patio, donde monta su caldero.

—Supongo que será por esas bobadas supersticiosas sobre el fantasma.

La profunda voz de barítono del conde rebosaba desdén.

—Deduzco que no cree usted en apariciones.

Dravenwood levantó uno de sus anchos hombros en un gesto de indiferencia.

—Todos tenemos algo que nos atormenta de una manera o de otra, ¿no le parece? Si no son espíritus, son nuestros propios demonios y nuestros remordimientos.

Anne no pudo resistirse. Preguntó:

—¿Habla usted por experiencia, milord?

El frío regresó a sus ojos, dándole un destello escarchado.

—Lo que estoy haciendo es hablar sin ton ni son, señora Spencer. Si los aldeanos se niegan a servir en Cadgwyck Manor, ¿dónde encuentran el personal? El poco que hay —añadió mirando la lámpara, que parecía correr peligro inminente de derrumbarse bajo el peso de las telarañas que colgaban de sus flacos brazos.

—Se recluta en otras comarcas. Con el consejo experto del señor Hodges, naturalmente.

Esta vez Dravenwood ni siquiera se molestó en gruñir: se limitó a observar su cara con los ojos entornados, y su mirada penetrante amenazó con atravesar todas sus defensas. Anne había olvidado lo que era que un hombre la mirara así. Lo cierto era que no estaba segura de que ningún hombre la hubiera mirado así.

No pudo menos que preguntarse qué veía un hombre como lord Dravenwood al mirarla. No tenía Leche de Rosas para alisar su cutis, ni polvos de arroz para borrar la leve pátina de brillo de su nariz, ni crema mezclada con hollín para oscurecer sus pestañas hasta darles el tono de la carbonilla. El mayor lujo que se permitía desde hacía tiempo eran los polvos dentífricos, que usaba para sacar brillo a sus dientes al levantarse y antes de irse a la cama por las noches.

¿Se daba cuenta siquiera Dravenwood de que bajo los botones forrados de su rígido corpiño latía un corazón de mujer? ¿Sospechaba que algunas noches se despertaba enredada entre las sábanas y con el cuerpo atenazado por un anhelo que no podía nombrar? Un anhelo que empezaba a florecer de nuevo bajo su mirada fija.

Recurriendo a la tiesa formalidad que siempre le daba tan buen resultado al tratar con los de su clase, dijo:

—Ya he pedido el desayuno, milord. Si me permite acompañarlo al comedor, me encargaré de que se lo sirvan inmediatamente.

Se estaba dando la vuelta con intención de escapar de aquella peligrosa mirada cuando la agarró del brazo. Era la segunda vez que la tocaba, pero no por ello disminuyó el delicioso y tenue sobresalto que recorrió los nervios de Anne. Hacía mucho tiempo que no se sentía femenina ni delicada, pero era difícil no sentirse así mientras la oscura figura de lord Dravenwood se cernía sobre ella y su manaza rodeaba sin ninguna dificultad su fino brazo. El dorso de su mano estaba recorrido por venas y ligeramente salpicado de un vello oscuro y áspero. Exhalando un suspiro trémulo con los labios entreabiertos, Anne levantó la mirada de mala gana, temiendo a medias lo que podía ver en su cara.

—¿Milord?

—Sus ojos... —murmuró, y el asombro suavizó su áspera expresión al mirarlos más de cerca.

Capítulo 8

*A*nne tuvo que hacer acopio de todo su aplomo para no bajar las pestañas y seguir mirando con descaro a los ojos a lord Dravenwood. No se esperaba que fuera tan observador.

—¿Cómo dice?

—Sus ojos —repitió él con más fuerza—. Juraría que anoche eran verdes, pero ahora parecen marrones.

Ella le dedicó la más tranquilizadora de sus sonrisas.

—Mis ojos son de un castaño de lo más corriente, milord. Pueden parecer de distintos colores dependiendo de la luz: a veces marrones, otras verdes, y a veces una mezcla de ambos.

Esta vez no esperó a que la soltara. Se limitó a deslizar el brazo suavemente para desasirse de su mano y echó a andar hacia el comedor. Ni siquiera se molestó en mirar atrás para asegurarse de que la seguía. Su único deseo era escapar antes de que la perplejidad que se adivinaba en la mirada de lord Dravenwood se endureciera, convirtiéndose en sospecha.

Sentado completamente solo a la cabecera de una larga mesa de caoba en la que podían caber holgadamente treinta comensales, Max se sintió no poco ridículo. Aparte de la mesa, el único mueble que había en la estancia era un aparador polvoriento con un servicio de té de plata que necesitaba urgentemente un buen bruñido.

Los cortinajes de terciopelo cubiertos de polvo habían sido descorridos y la impresionante galería de ventanales con vistas a los acantilados invitaba a entrar a los escuálidos rayos de lo que en aquel lugar pasaba por ser la luz del día. Los ondulantes paneles de cristal estaban casi tan sucios como las cortinas, y el mar gris y turbulento de más allá de los acantilados parecía aún más gris por ello.

Mientras esperaba la llegada del desayuno, se sorprendió ladeando la cabeza para escuchar el tintineo delator de las llaves de la señora Spencer. Aquel alegre sonido que acompañaba cada uno de sus pasos contradecía absolutamente su sobria y remilgada apariencia. Cuando la había encontrado esperándolo al pie de la escalera, tenía cada botón y cada pelo en su sitio, como si los fijara con el mismo almidón que usaba para el delantal y el cuello de su vestido.

Por lo visto, lo único impredecible en aquella endemoniada mujer era el color de sus ojos.

Max se arrepentía ya de haber provocado un momento de tensión al agarrarla del brazo. No alcanzaba a entender qué se había apoderado de él para impulsarlo a tocarla no una, sino dos veces desde su llegada a la mansión. Nunca había sido proclive a maltratar al servicio. Naturalmente, tampoco tenía la costumbre de entrar en conversaciones privadas con los criados. En casa de su padre, y luego en la suya propia, a los sirvientes se les había tratado siempre como si tuvieran tan poca relevancia como los muebles: eran necesarios, pero no merecía la pena fijarse en ellos.

Pero ¿con quién iba a hablar, si no, en aquel condenado lugar? ¿Consigo mismo? ¿Con el fantasma? Dejó escapar un bufido burlón. Unas pocas noches solitarias más en aquel mausoleo y tal vez se hallara haciendo eso mismo.

No tenía motivos para sentirse descontento con su situación. A fin de cuentas, ¿no había ido allí, al fin del mundo, porque quería que lo dejaran en paz?

Cuando se abrió la puerta del comedor, corrió a levantarse. El aroma irresistible del pan recién horneado entró por la puerta, y su estómago se agitó, expectante.

Entró el joven lacayo con la cabeza agachada, sosteniendo una bandeja en equilibrio con las manos. La enorme casaca de su librea de un azul descolorido parecía tragarse su raquítico pecho. Llevaba las perneras de los pantalones recogidas con alfileres a la altura del tobillo para no tropezar con ellas y su peluca empolvada parecía aún más torcida que la noche anterior.

El chico dejó bruscamente la bandeja sobre la mesa, delante de Max, haciendo tintinear los platos de porcelana, y tras hacer de mala gana una reverencia apartó la tapa de plata que ocultaba la comida.

A pesar de que sufrió una aguda decepción, Max no encontró motivos de queja. Era el típico desayuno inglés: un par de huevos escalfados, una escudilla de gachas aguadas, un trozo de arenque mustio, tres lonchas de panceta demasiado hecha y una rebanada de pan escasamente tostada. Parecía tan falto de sabor como de colorido. No había ni rastro de la hogaza de pan dorado y mantecoso que se le aparecía en sus fantasías culinarias desde que había sentido su aroma prendido en el cabello de la señora Spencer.

Sin decir palabra, el lacayo ocupó su lugar junto al aparador y se quedó con la vista fija al frente como un guardia real.

El obstinado silencio del muchacho iba a hacerle muy largo el desayuno. Larguísimo. Max bebió un sorbo de té tibio, lamentó que no fuera algo más fuerte y a continuación preguntó:

—¿Hay algún periódico que pueda leer mientras desayuno?

El muchacho soltó un bufido de fastidio, como si acabara de pedir que localizara el Santo Grial sin tardanza para que le sirvieran el té en él.

—Veré qué puedo encontrar.

Max se había terminado la panceta y estaba removiendo desganadamente los huevos con el tenedor cuando Dickon regresó con un diario amarillento doblado bajo el brazo. Max desdobló sus páginas quebradizas y descubrió que era un ejemplar del *Times*... de octubre de 1820. Dado que no sentía deseo alguno de leer qué se había puesto la reina Carolina para asistir a la coronación de su marido dieciséis años atrás, arrojó a un lado el periódico inservible. Al parecer no sólo había escapado de Londres, sino también del mundo moderno en su conjunto.

Consiguió tragar unas cucharadas de las grumosas gachas antes de que una mezcla de aburrimiento y curiosidad lo impulsara a hablar de nuevo.

—Dickon... Eres Dickon, ¿verdad?

El chico le lanzó una mirada recelosa.

—Sí, señor... Digo, milord.

—¿Cuánto tiempo llevas sirviendo en Cadgwyck?

—Hace ya casi cinco años, milord.

Max arrugó el ceño.

—¿Qué edad tienes?

—Diecisiete —contestó el muchacho tajantemente.

Mientes como un bellaco, pensó Max.

No aparentaba más de trece. Y eso calculando por lo alto.

—¿Te contrató el señor Hodges?

—No, fue An... la señora Spencer quien me dio el puesto.

—Tu señora Spencer parece tener mucha influencia para ser una simple ama de llaves —comentó Max pensativo.

—No es mi señora Spencer. No pertenece a ningún hombre.

—¿Ni siquiera al señor Spencer? —preguntó Max, divertido a su pesar por la inconfundible nota de orgullo que advirtió en el tono del muchacho.

—No hay ningún señor Spencer —balbució Dickon. Al ver que Max levantaba los ojos, un destello de alarma cruzó su rostro—. Ya no, al menos. El señor Spencer murió en un desafortunado... eh... accidente. Aplastado por un... sí, por un carro. Un carro muy grande y muy pesado.

—Qué tragedia —murmuró Max mientras se preguntaba cuánto tiempo hacía que era viuda la imperturbable señora Spencer.

A juzgar por cómo se había agitado su respiración y cómo se habían entreabierto sus labios las dos veces que había tocado su brazo, debía de hacer mucho tiempo. Si el simple contacto de su mano había provocado semejante reacción, Max no pudo evitar preguntarse cómo reaccionaría si un hombre intentara besarla. Sacudiéndose aquella idea absurda y peligrosa, añadió:

—Entonces no me extraña que acabara trabajando de sirvienta. Hay pocas alternativas para una mujer que tenga que abrirse camino en el mundo sin la protección de un hombre.

Dickon ni siquiera intentó disimular su bufido.

—El que necesita protección es el hombre que haga enfadar a la señorita Spencer.

Sin poder refrenarse, Max correspondió a la sonrisa descarada del chico y durante unos breves instantes fueron compañeros de armas. Después, como si cayera en la cuenta de que estaba confraternizando con el enemigo, Dickon se puso firme, fijó la mirada adelante y crispó el rostro con más obstinación aún que antes.

Suspirando, Max volvió a fijar la mirada en el desayuno. Como ignoraba si le servirían algo más nutritivo o apetitoso a la hora de la comida, se obligó a comerse hasta el último pedazo del descolorido rancho antes de ponerse en pie y dejar que el chico recogiera la mesa.

Al salir del comedor estuvo a punto de chocar con su fiel ama de llaves que, regadera en mano, estaba inclinada sobre un tiesto con un ficus, justo al otro lado de la puerta. Habría resultado más convincente si a la planta le hubiera quedado una sola hoja sana. O si la regadera hubiera tenido una sola gota de agua dentro.

¿Había estado acechando al otro lado de la puerta desde el principio, escuchando cada palabra de su conversación con el joven Dickon? Tal vez Max debiera haber hecho más caso a su advertencia sobre el cascabel del gato. Mientras estuviera relativamente inmóvil, su llavero no la delataría.

Decidido a no dejarse arrastrar a otra conversación inadecuada, la saludó con una escueta inclinación de cabeza y siguió su camino.

Ella echó a andar tras él, y su obstinada persecución hizo trizas la poca paciencia que le quedaba a Max.

—No estaba segura de qué tenía previsto para su primera mañana en Cadgwyck, milord. Si lo desea, puedo abandonar mis tareas un rato para revisar con usted los horarios del servicio y las cuentas.

—No es necesario —contestó él sin aflojar el paso—. Se las ha arreglado sin mí todo este tiempo. Siga haciendo lo que quiera que haga.

Si a ella le sorprendieron sus palabras o el ademán desdeñoso que le dirigió, el alegre tintineo de sus llaves no la delató.

—Confío en que el desayuno haya sido del gusto del señor. ¿Va a necesitar...?

Se giró bruscamente para mirarla, obligándola a pararse en seco para no chocar con la inamovible extensión de su pecho.

—Lo que necesito, señora Spencer, es un poco de café decente con el desayuno y un periódico publicado en esta década. Aparte de eso, sólo quiero que me dejen tranquilo. De haber querido que una mujer bienintencionada pero entrometida se anticipara a todos mis deseos, me habría quedado en Londres.

Sin más, giró sobre sus talones y se encaminó hacia la puerta más cercana, decidido a escapar no sólo de la casa, sino de su omnipresente ama de llaves.

Tras él, no oyó nada más que silencio.

Sólo le hizo falta dar un corto paseo por los terrenos de Cadgwyck Manor para descubrir que estaban tan abandonados y ruinosos como el interior de la casa. Las malas hierbas brotaban entre las baldosas agrietadas de las terrazas, mientras que desgreñados matorrales sin recortar y enredaderas colgantes convertían cada acera en un umbrío laberinto. El césped se había rendido hacía tiempo a la misma desordenada hiedra que trepaba por los muros de la ruinosa torre. Un baño de pájaros labrado en bronce, con el vaso lleno de agua estancada y coronado por una musgosa estatua de la Venus de Botticelli ocupaba el centro de lo que en otro tiempo debía de haber sido un hermoso jardín. Una atmósfera de desierta melancolía lo impregnaba todo.

A pesar de que caminó de un extremo del jardín que rodeaba la casa al otro, no vio ni un solo guardabosque, ni un jardinero, ni un mozo de cuadras. Pero ¿para qué se necesitaban mozos de cuadra en un establo poblado únicamente por escurridizos ratones y gorriones que entraban por los agujeros del techo para construir sus nidos entre las agobiadas vigas? Por primera vez le dio por pensar que era prácticamente un prisionero en aquel lugar.

Divagando, inquieto, llegó por fin al borde de los acantilados. Las ráfagas salvajes del viento le abrieron la levita y le apartaron el cabello de la cara. Apoyó el pie en una roca y se inclinó hacia delante, oponiéndose a su vapuleo, agradecido de haber encontrado al fin un rival con el que medirse. Aparte de sí mismo.

Allá abajo, a gran distancia al pie del acantilado, el viento agitaba las crestas de las olas levantando blancos festones de espuma antes de empujarlas hacia una muerte segura entre las aserradas rocas. El bramido incesante del mar se oía allí mucho más fuerte, y en el horizonte se erguía una alta muralla de nubes cuya perenne amenaza impregnaba el aire con el olor del peligro.

A pesar de sus dudas crecientes respecto a su decisión de instalarse en Cornualles, Max tenía que reconocer que el paisaje poseía una belleza descarnada y seductora, una fiereza capaz de agitar la sangre en la misma medida que un trago de buen whisky o una mujer hermosa. Era como estar al borde de una tempestad que en cualquier momento podía estallar, barrerlo todo a su paso y renovar todas las cosas.

Vio a su derecha una estrecha cala recortada en el acantilado, allí donde las rocas cedían su lugar a regañadientes a un semicírculo de arena fina. Cuando era niño, un paraje como aquél habría hecho volar su imaginación con fantasías de contrabandistas, de faroles con la luz sofocada avanzando por la playa bajo un cielo sin luna, de sinuosos pasadizos secretos que se adentraban en los recovecos de piedra de los acantilados, y de montones de relucientes tesoros enterrados en cuevas olvidadas hacía tiempo. Pero esas fantasías habían sido sustituidas tiempo atrás por libros de cuentas llenos de inacabables columnas de números, y por largas y aburridas juntas directivas en las que actuaba como presidente de un hatajo de viejos gotosos más interesados en llenarse bien los bolsillos que en conducir a su compañía y a su país hacia el futuro.

Se le erizó el vello de la nuca. Aun con la vista fija en el mar, sentía a su espalda la sombra inevitable de la mansión, cuyas ventanas lo observaban como ojos vigilantes. Se preguntó si lo estarían vigilando también otros ojos: unos ojos vivos, con una exasperante tendencia a cambiar, cuando uno menos se lo esperaba, del verde satinado de las hojas de pleno verano al intenso marrón de la madera de nogal.

No se había quedado el tiempo suficiente para ver si aquellos ojos se habían oscurecido dolidos por su áspera respuesta.

Poseído por una nueva inquietud, dio la espalda al mar y echó a andar por el borde del acantilado. Al desterrar concienzudamente de sus pensamientos a su ama de llaves, lo asaltó el recuerdo de otra mujer. Y no de la que esperaba, de la mujer que ahora estaba felizmente casada con su hermano.

No, aquélla era una jovencita coqueta y burlona con el lustroso cabello castaño amontonado con descuido sobre la cabeza y las mejillas suavemente sonrosadas a punto de dejar ver sus hoyuelos.

Aminoró el paso mientras avanzaba con cuidado sobre las piedras, preguntándose cuántas veces habrían hollado los delicados pies de Angelica Cadgwyck aquel mismo camino.

Y qué lugar habría elegido exactamente para poner fin a su vida.

Como si la hubiera formulado en voz alta, su pregunta obtuvo respuesta cuando llegó a la punta misma del escarpado promontorio que se adentraba en el mar. Allí el viento era aún más implacable. Casi tambaleándose por la fuerza con que soplaba, Max se acercó al borde del acantilado lo suficiente para ver cómo rompía el mar turbulento sobre las afiladas y relucientes agujas de roca de más abajo.

¿Había brillado la luna en aquellas mismas rocas la noche de la muerte de Angelica? ¿O acaso las nubes, tapando la luna, la habían inducido a creer que si se arrojaba desde el farallón, caería suavemente en brazos del mar?

Max levantó los ojos hacia el lejano horizonte. Casi podía verla allí de pie, una joven cegada por las lágrimas a punto de ser arrojada del único hogar que había conocido. El viento cruel le habría arrancando las horquillas del pelo como los dedos de un amante celoso, hasta que su cabellera habría danzado como una nube alrededor de su bello rostro manchado de lágrimas.

Su amante había muerto, su hermano había sido enviado a prisión y desterrado de aquellas costas para nunca volver, y su padre había enloquecido de pena. ¿A cuál de ellos había llorado más en aquel momento? ¿Había entregado tanto su cuerpo como su corazón al joven y osado pintor o se habría reservado alguna de esas dos cosas para algún futuro amor? Un amor al que ya nunca conocería.

En los escasos instantes transcurridos antes de que saltara desde el borde de aquel promontorio, ¿había querido huir de su destino o se habría arrojado a él con los brazos abiertos?

Sin previo aviso, el delgado escalón de roca comenzó a desmoronarse bajo sus pies. Dio un salto atrás justo a tiempo para ver cómo caía hacia el mar en una espiral mareante y se hacía añicos contra las rocas, convertido en infinitos granos de arena.

Capítulo 9

*A*l ver cómo el mar agitado se tragaba las rocas pulverizadas como sin duda se habría tragado el cuerpo quebrantado de Angelica Cadgwyck muchos años atrás, su pecho se hinchó, presa de una emoción retardada. A pesar del violento palpitar de su corazón o quizá debido a él, hacía mucho tiempo que no se sentía tan vivo.

La noche anterior, al llegar a Cadgwyck, había dado por sentado neciamente que el principal peligro con el que podía toparse un hombre en semejante lugar era un capuchón de chimenea flojo o una barandilla podrida. No imaginaba que los acantilados mismos pudieran intentar atraerlo hacia la muerte. De haber tenido un temperamento más receloso y menos práctico, tal vez incluso habría sospechado que había gato encerrado. Pero el sentido común le decía que el escalón de roca de la punta del promontorio estaba sencillamente desgastado por el paso del tiempo y por efecto de los elementos. Había estado a punto de precipitarse fatalmente al vacío, pero de ello nadie tenía la culpa, como no fuera él mismo. No debería haberse acercado tanto al borde del farallón.

Sacudiendo la cabeza, dio media vuelta y miró con desgana las ventanas de la casa, preguntándose si alguien habría visto su traspié.

Casi esperaba ver a Angelica reírse alegremente de él desde alguna de las oscuras mansardas del desván, pero el destello de movimiento que distinguió en una de las ventanas de la primera planta no tenía nada de fantasmal.

Cuando la mirada penetrante de lord Dravenwood recorrió la parte trasera de la mansión y regresó luego para clavarse con aterradora precisión en la ventana junto a la que ella estaba de pie, Anne se escondió detrás de las cortinas de terciopelo. Tenía la boca seca y el corazón le latía aún violentamente bajo la palma de la mano que se había llevado al pecho cuando él había saltado hacia atrás desde el borde del precipicio, salvándose por escasos centímetros de caer al vacío.

Luchó por aquietar su respiración antes de volver a asomarse por el borde de la cortina. Para su inmenso alivio, Dravenwood había dado la espalda a la casa e iba caminando a lo largo de los acantilados, manteniéndose a distancia prudencial del traicionero borde.

—Éste va a darnos problemas, ¿verdad? —comentó Pippa, dejando su cubo de ceniza para reunirse con Anne junto a la ventana del acogedor despacho de la primera planta.

Ese día, la joven había hecho un esfuerzo más decidido por asumir su papel de sirvienta: había domeñado sus rebeldes y oscuros rizos en dos trenzas bien hechas que se había enroscado con esmero por encima de las orejas, y lucía un delantal cuya nívea superficie sólo afeaban unas cuantas manchas de chocolate descoloridas.

Anne observó a su nuevo amo avanzar con cautela entre las rocas, inmensamente enfadada con él por haberle dado aquel susto.

—Todos dan problemas, cielo —dijo sombríamente—. Sólo es una cuestión de grado.

A pesar de su tranquilizadora respuesta, Anne sabía que Pippa tenía razón. Lord Dravenwood llevaba escrita la palabra «problemas» en cada rasgo de su figura: en la rigidez de sus anchos hombros, en su modo de conducirse, como si abrigara en su interior una herida mortal que nadie podía ver. La llevaba grabada en las sombras que rodeaban sus ojos y en el modo en que su levita colgaba flojamente de su alta y esbelta figura, como si hubiera sido cortada para otro hombre.

Para un hombre que, a diferencia de él, no hubiera olvidado cómo sonreír.

Pero esos eran solamente signos de advertencia. Aun sin ellos, lord Dravenwood era la clase de hombre que podía causar problemas a una mujer con apenas dirigirle una mirada abrasadora por debajo de las espesas y negras pestañas que velaban sus ojos de azogue, o rozar su espalda casualmente con la mano. Y si un hombre como él decidía poner en juego todas sus armas de seducción, podía sin ningún esfuerzo pasar de ser un problema a ser un desastre en toda regla. Al menos, para una mujer que cometiera la necedad de permitirle el acceso a su corazón vulnerable... o su cuerpo.

Anne sintió la mirada preocupada de Pippa fija en su cara.

—¿Se puede saber qué te pasa, Annie? ¡Pero si estás blanca como un fantasma!

—¿Y cómo no voy a estarlo? —contestó con una ligereza que estaba lejos de sentir—. Temía que el muy tonto fuera a caerse de cabeza por el precipicio en un descuido, y que nos tocara explicarle otro desgraciado accidente al alguacil.

—¿Qué crees que le pasa a ese hombre? —La tersa frente de Pippa se arrugó con expresión inquisitiva mientras miraba a lord Dravenwood pasear por el borde de los acantilados con los faldones de la levita ondeando al viento—. ¿Crees que se está recuperando de alguna terrible enfermedad? ¿Unas fiebres cerebrales o alguna dolencia exótica que cogió en uno de sus viajes, quizás?

Anne habría apostado a que lord Dravenwood sufría un mal del corazón, no del cuerpo. Conocía muy bien los síntomas de esa enfermedad: ella misma había estado a punto de morir por su causa.

—Sea lo que sea, no es de nuestra incumbencia. —Cerró las cortinas de un tirón cuando el conde se volvió y comenzó a regresar a la casa—. Si de mí depende, se irá muy pronto, como todos los demás.

Pippa inclinó el cubo sobre el hogar y vertió su contenido sobre la impecable parrilla de hierro. La oscura nube de ceniza que se levantó la obligó a agitar la mano con ojos llorosos.

—Si conseguimos que se marche, ¿no se limitarán a mandar a otro noble pomposo en su lugar?

—Puede ser —repuso Anne con firmeza, confiando en ocultar sus dudas—. Pero gracias a nuestros decididos esfuerzos, la fama de la Dama Blanca de Cadgwyck está empezando a extenderse más allá de las fronteras de Cornualles. Si su leyenda sigue prosperando, cada vez les costará más encontrar un comprador o un administrador para la finca. Con un poco de suerte, nos dejarán en paz el tiempo suficiente para que encontremos lo que andamos buscando.

—¿Y si deciden cerrar la casa sin más antes de que encontremos el tesoro?

—No creo que vayan a hacerlo mientras tengan a un grupo de sirvientes leales dispuestos a permanecer en este lugar maldito. A fin de cuentas somos lo único que se interpone entre la casa y su completa ruina. —Anne la miró moviendo las cejas—. Por lo menos eso es lo que les estamos haciendo creer.

Pippa dejó a un lado el cubo.

—¿Qué maldad se te ha ocurrido esta vez?

—Nada demasiado drástico. Sospecho que lo único que en realidad necesita su excelencia es un empujoncito hacia la puerta.

—¿Un empujoncito o un empujonazo?

Anne se encogió de hombros con gesto ambiguo.

—Lo que más nos convenga.

—Prométeme que tendrás cuidado, ¿de acuerdo? —le pidió Pippa, a cuyos ojos oscuros les faltaba su habitual chispa burlona—. Temo que sea más peligroso que los otros.

Anne deseó poder desdeñar su advertencia, pero conocía mucho mejor que Pippa los peligros que podía plantear un hombre como Dravenwood. Peligros que acechaban detrás de miradas anhelantes, caricias furtivas y lindas promesas que nadie pensaba cumplir.

Compuso una sonrisa tranquilizadora, pasó junto a Pippa y se acercó a la chimenea. Arrodillándose frente al hogar, levantó el brazo hacia el interior buscando a tientas hasta encontrar la sucia llave de hierro que abría y cerraba el tiro.

La giró con fuerza, se levantó y se sacudió enérgicamente el polvo de ceniza de las manos.

—Intenta no preocuparte demasiado, cariño mío. Puede que lord Dravenwood sea una amenaza para mí, pero te aseguro que Angelica es una rival digna de él.

—¡Señora Spencer!

Tuvo su mérito que Anne ni siquiera diera un respingo cuando, esa noche, aquel grito tempestuoso resonó por los pasillos de Cadgwyck Manor. La amena conversación que estaba teniendo con sus compañeros alrededor de la larga mesa de pino de la cocina se interrumpió bruscamente. Lisbeth agarró la mano de Betsy con tal fuerza que se le transparentaron los nudillos, y las otras sirvientas cambiaron miradas de alarma por encima de los humeantes cuencos de sopa de marisco preparada con las langostas que Dickon había atrapado esa misma mañana.

Hodges se levantó a medias y empuñó el afilado cuchillo que habían usado para cortar el pan. Dickon le dio una palmada en el hombro y volvió a sentarlo en su silla. Después, le quitó suavemente el cuchillo de la mano cerrada y lo puso lejos de su alcance. Pippa hundió aún más su nariz respingona en el manoseado ejemplar de *El castillo de Otranto* que había sacado a hurtadillas de la biblioteca de la mansión.

En medio de un lúgubre silencio roto sólo por el alegre tintineo de las agujas de tejer de Nana y los ronquidos de *Pipí*, Anne tomó un sorbo más de la suculenta sopa antes de dejar su cuchara. Se limpió delicadamente los labios con la servilleta y se levantó.

—Disculpad, parece que el señor necesita mis servicios.

Cuando se encaminó a la puerta, los demás la miraron como si se dirigiera hacia el patíbulo. Se obligó a mantener un paso regular cuando subió las escaleras y cruzó la galería de la primera planta, consciente de que la mirada burlona de Angelica Cadgwyck seguía cada uno de sus pasos. Su compostura no corrió peligro hasta que dejó atrás la escalera de la segunda planta, al fondo de la galería, y vio que lord Dravenwood se acercaba hecho una furia por el corredor. Derecho hacia ella.

Parecía recién salido de las puertas del infierno. Tenía la cara cubierta de carbonilla y el blanco de sus ojos brillaba por ello con mayor viveza. Llevaba el pelo revuelto y le faltaba la levita. Cada una de sus furiosas zancadas dejaba una huella negra sobre la raída alfombra del pasillo. Una nube de humo se agitaba tras él.

Otro hombre, en aquel estado, habría parecido cómico. Pero

tal vez para parecer cómico hubiera que tener sentido del humor. Lord Dravenwood parecía simplemente mortífero.

Haciendo caso omiso de su impulso instintivo de levantarse el bajo de las faldas y huir en dirección contraria, Anne puso su expresión más flemática cuando se detuvo ante ella. Su ancho pecho se agitaba aún, aunque ella no alcanzó a descubrir si se debía a la rabia o al esfuerzo.

Teniendo en cuenta las chispas de ira que despedían sus ojos, parecía lógico que además oliera a fuego y a azufre. Las mangas enrolladas de su camisa, manchadas de ceniza, mostraban unos antebrazos musculosos y copiosamente espolvoreados de un vello rizado y negro.

—¿Ha vociferado el señor? —inquirió, intentando olvidarse de aquella imagen seductora y de los efectos inesperados que surtía sobre su compostura, y fijando la mirada en su cara.

La mirada aguda de lord Dravenwood no pasaba nada por alto.

—Confío en que disculpe mi poco decoroso aspecto, señora Spencer —dijo con burlona cortesía—. Corría riesgo de morir asfixiado y he tenido que utilizar mi levita para disipar el humo del despacho. —Sus ojos se entornaron en una mirada acusadora—. Cuando me informó de que el despacho sería un lugar agradable para disfrutar de un coñac después de la cena, olvidó mencionar que se convertiría en una trampa mortal tan pronto encendiera el fuego que estaba preparado en la chimenea.

—Ay, Dios. —Anne se llevó una mano a la garganta, confiando en que su gesto de consternación pareciera sincero—. ¿Se encuentra bien?

—Por suerte he podido sofocar las llamas y abrir de milagro las ventanas antes de que el humo me asfixiara. ¿Cuándo fue la última vez que limpiaron esa chimenea? ¿En 1798?

Anne negó con la cabeza y exhaló un suspiro de asombro.

—No entiendo qué puede haber pasado. Comprobé yo misma el tiro esta mañana, cuando estuve ventilando la habitación con Pippa. Habría jurado que el tiro estaba...

Se detuvo bruscamente y bajó los ojos. Después le lanzó una mirada inquieta por debajo de las pestañas.

Dravenwood cruzó los brazos y una expresión demasiado cínica para calificarla de sonrisa tensó la comisura de sus labios.

—Déjeme adivinar. Cree que ha sido el fantasma quien ha cerrado el tiro.

—¡No sea ridículo, milord! Usted mismo dijo que los fantasmas no existen.

Su mandíbula se tensó.

—Lo que dije fue que las personas son perfectamente capaces de crear cosas que les atormenten sin necesidad de que intervenga lo sobrenatural.

—Y tiene usted mucha razón, estoy segura. Puede que sea una simple avería. Voy a mandar subir a las criadas para que limpien el despacho y a pedirle a Dickon que compruebe el tiro inmediatamente.

—Muy bien. Luego mande a Hodges a mi aposento. Como ve, voy a necesitar ayuda para el baño.

Un hormigueo de pánico se agitó en la garganta de Anne. No había previsto aquella complicación.

—Quizá Dickon pueda revisar el tiro por la mañana. Estoy segura de que con sumo gusto lo ayudará a bañarse si me da un momento para que...

—Mándeme a Hodges —ordenó Dravenwood—. A no ser, claro... —Se inclinó hacia ella con aire a todas luces amenazador y su voz severa no dejó traslucir ni un asomo de humor—, que prefiera ayudarme usted.

Por desgracia, su apariencia feroz realzaba más aún la inconfundible virilidad del conde. Sus ojos grises brillaban con fuego propio, tenía el cabello revuelto como por obra de los dedos de una amante y sus dientes resaltaban con un blanco cegador en contraste con las facciones ennegrecidas de su cara. Parecía un hombre capaz de cualquier cosa. Absolutamente de cualquier cosa.

Una peligrosa llamita se agitó en el vientre de Anne, haciendo afluir una oleada de calor a sus mejillas. No le habría sorprendido ver salir humo de su propia piel.

Azorada, dio medio paso atrás antes de decir con envaramiento:

—Voy a decirles a Lisbeth y a Betsy que preparen el baño y a mandar a Hodges a ayudarlo.

—Gracias —contestó él con exagerada formalidad.

Anne lo miró alejarse con los ojos entornados, casi lamentando no haberse armado con el atizador de Pippa.

Max se hundió un poco más en la tina de cobre y apoyó la cabeza en su borde. Había tenido que levantar las rodillas en un incómodo escorzo para sumergir en parte sus largas piernas, pero el agua caliente que lamía su pecho musculoso casi compensaba la molestia. Tomó nota mentalmente de que debía pedirle a la señora Spencer que encargara una bañera más adecuada para un hombre de su tamaño.

Una media sonrisa desganada asomó a sus labios al recordar la expresión escandalizada del ama de llaves cuando le había sugerido que fuera ella a asistirle en el baño. Ignoraba por qué le agradaba tanto provocar a aquella estirada mujer, pero era innegable que le producía un perverso estremecimiento de satisfacción. Una sensación que hacía mucho tiempo que no experimentaba.

Durante una breve temporada, siendo niños, Ashton y él habían soportado la tiranía de una niñera alemana a la que atormentaban los dos con idéntico deleite. Todavía se acordaba de sus gritos guturales la noche en que se acostó sobre un desventurado lagarto que le habían metido en la cama. La sonrisa de Max se desvaneció lentamente. En aquel entonces, mucho antes de que su amor por la misma joven los separara, Ash y él habían sido inseparables.

La niñera alemana y la señora Spencer se merecían por igual su desdén, posiblemente. Empezaba a sospechar que la Dama Blanca de Cadgwyck Manor no era más que un imaginativo intento de disculpar la incompetencia de su personal. Estaba casi decidido a despedirlos a todos y a reemplazarlos por un grupo de eficaces sirvientes llegados directamente de Londres. Sirvientes que jamás se atrevieran a desafiar su autoridad ni a mirarlo con un destello ligeramente burlón en sus bellos ojos castaños.

Pero, por alguna razón, la idea no le parecía tan atractiva como debería. Si mandaba a buscar a sus criados de Londres, no sabrían nada de la casa ni del fantasma residente, pero sí todo sobre su vida. Había llegado a aquella casa intentando escapar de las miradas curiosas que sentía siguiéndolo cada vez que entraba en un salón, de los murmullos que oía hasta cuando los demás creían que no les escuchaba. La señora Spencer y su pintoresca tripulación podían poner a prueba su paciencia, pero al menos no se escabullían de su presencia como si fuera una especie de ogro furioso ni, lo que era peor aún lo miraban con lástima a sus espaldas.

Cogió la pastilla de jabón de laurel que flotaba en el agua y se la pasó parsimoniosamente por el pecho para quitarse el tinte de carbonilla que aún conservaba su piel. ¿Qué habría hecho si la señora Spencer le hubiera tomado la palabra y hubiera aceptado su ofrecimiento de ayudarlo a bañarse?

Al cerrar los ojos, casi pudo sentir sus manos blancas y frescas deslizarse por su piel mojada y ardiente. Se imaginó a sí mismo quitándole las horquillas una a una hasta que el pelo le caía alrededor de la cara, desvelando sus misterios. Se vio metiendo la mano en su sedosa madeja y echándole la cabeza hacia atrás al tiempo que ella se inclinaba y acercaba sus labios entreabiertos a los suyos, incitándolo a pasar la punta de la lengua por el gracioso hueco de sus dientes antes de hundirla en la caliente y húmeda suavidad de su...

—¡Santo Dios! —exclamó, levantándose de un salto al tiempo que se sacudía aquella peligrosa ensoñación, junto con las gotas de agua prendidas a su pelo.

¿A qué demonios venía aquello? Nunca, ni una sola vez, había tenido ideas tan retorcidas respecto a la niñera alemana. Claro que la niñera alemana tenía la forma del bastión de un buque de guerra y una voz más grave y un bigote más imponente que su padre. Aun así, la sola idea de que su quisquillosa ama de llaves aceptara de buen grado sus besos o sus acercamientos resultaba en extremo risible. Era mucho más probable que lo agarrara por el cuello y le metiera la cabeza bajo el agua hasta que dejaran de salir burbujas.

Sonó una tímida llamada a la puerta. ¿Se las habría arreglado de algún modo para llamar al objeto de sus absurdas fantasías?

—Entre —ordenó malhumorado, volviendo a hundirse en el agua para ocultar el delator abultamiento de su entrepierna.

La puerta se abrió con un chirrido y el suave resplandor de la lámpara mostró la nívea cabeza de Hodges. El mayordomo entró con cautela en la habitación, mirando de un lado a otro como si buscara posibles asaltantes. Llevaba una gruesa toalla colgada del brazo.

Al principio, Max temió que hubiera vuelto a quedarse mudo, pero después de un momento de violento silencio, el mayordomo dijo:

—Me manda la señora Spencer, milord. Dice que necesita ayuda para el baño.

—Llega usted en el momento oportuno, Hodges. El agua está empezando a enfriarse.

Hodges dudó un momento, como si no supiera qué debía suceder a continuación, y después se acercó solícitamente a un lado de la bañera. Extendió la toalla para formar una cortina entre los dos y fijó cortésmente la mirada en otra parte mientras Max salía del agua.

Max cogió la toalla y comenzó a restregarse enérgicamente la cabeza y el pecho, tan indiferente a su desnudez como cualquier hombre al que vestían otras personas desde que tenía uso razón.

—Le pido disculpas por las molestias, Hodges. Me doy cuenta de que esta tarea está por debajo de su posición. Es urgente buscarme un ayuda de cámara como es debido.

—Estoy seguro de que la señora Spencer se encargará de ello.

Max se enrolló la toalla alrededor de la cintura y miró pensativo el rostro ancho e inexpresivo de Hodges. Tenía las mejillas y la nariz un poco enrojecidas, como si hubiera sido aficionado a la bebida.

—Usted es el mayordomo de esta casa, ¿no es así? ¿No le preocupa que la señora Spencer le esté usurpando su autoridad?

—La señora Spencer es muy buena en su oficio. —Las palabras de Hodges tenían un tono altisonante, casi como si fuera un actor de Drury Lane ensayando sus líneas para una función de sábado—. Con sumo gusto me pliego a sus deseos.

Max soltó un bufido.

—Sin duda el señor Spencer era de la misma opinión. Al menos, si sabía lo que le convenía.

—¿El señor Spencer? —repitió Hodges, y aquella mirada vidriosa volvió a cubrir sus ojos.

—El difunto y amado esposo de la señora Spencer. Dickon me habló del trágico accidente que le costó la vida.

Hodges parpadeó varias veces como si luchara por recordar algo que le habían contado hacía mucho tiempo.

—¡Ah, sí! —El alivio iluminó su rostro—. ¡El carro!

—Por lo que me dijo Dickon, fue una tragedia terrible. Imagino que la pobre viuda quedó postrada por el dolor.

—Por lo que he oído, quedó inconsolable. Adoraba a ese hombre, ¿sabe usted? Lo adoraba absolutamente.

Mientras Max digería aquella información, Hodges sacó su bata del voluminoso armario del rincón y la abrió para que Max pudiera ponérsela.

Entonces dejó caer la toalla mojada sobre la alfombra, aceptó la invitación del mayordomo y se ató el cinturón.

Hodges le sonrió de oreja a oreja, visiblemente orgulloso de que sus esfuerzos hubieran sido tan bien recibidos.

—¿Eso es todo, milord?

—Creo que sí.

Tomó a Hodges por el codo y lo condujo hacia la puerta.

Antes de que la mano del mayordomo se cerrara sobre el pomo, Max la abrió de golpe, esperando a medias que su ama de llaves se precipitara de bruces en la habitación. Pero el pasillo en penumbra estaba desierto. Asomó la cabeza por la puerta y miró a ambos lados. No se veía ni un alma, ni viva ni muerta.

—Le agradezco mucho sus servicios —le aseguró a Hodges—. No tiene usted ni idea de lo útil que me ha sido.

Cuando el mayordomo se alejó renqueando por el pasillo, canturreando alegremente en voz baja, Max cerró la puerta y se apoyó contra ella. Mientras reflexionaba sobre lo que había descubierto acerca de su enigmática ama de llaves, murmuró:

—Muy útil, sí.

Esa noche, Max volvió a soñar.

Pese a sus muchos viajes a China, nunca había visitado un fumadero de opio, pero siempre había imaginado que sería algo así: un dulce estupor que lastraba sus miembros, pegándolos a una cama o un diván, mientras su mente vagaba libre de las cadenas que la apresaban durante sus horas de vigilia. Cadenas que había forjado él mismo con su obsesiva entrega al deber y su esclavizante adoración por una mujer cuyo corazón siempre había pertenecido a otro.

Dejando atrás su cuerpo, salió volando por las puertas abiertas de su alcoba y se adentró en la noche. Las alas del viento lo llevaron derecho a la vertiginosa cúspide de los acantilados. Una mujer se erguía en la punta misma del promontorio, de espaldas a él. Llevaba el mismo vestido que en el retrato, las voluminosas faldas agitándose al viento. El vestido era del color de los botones de oro, precursores de una esplendorosa primavera.

Una primavera que no llegaría nunca si daba un paso más.

Max ansió rodear su cuerpo estremecido en el calor de sus brazos, acariciar su pelo agitado por el viento y decirle que, aunque pareciera imposible, su corazón roto llegaría a curarse. Él se encargaría de ello, aunque tuviera que recoger los pedazos dispersos con sus propias manos y juntarlos uno a uno.

Pero había dejado su cuerpo paralizado en la cama. Lo único que podía hacer era mirar con horror impotente cómo extendía sus gráciles brazos como si fueran alas y desaparecía más allá del borde del precipicio.

Entonces se incorporó en la cama, jadeando trabajosamente en la oscuridad. Apenas unos segundos antes habría jurado que no podría moverse ni aunque alguien prendiera fuego al colchón, pero de pronto se había apoderado de él una terrible inquietud. Apartó las sábanas empapadas de sudor y abrió las cortinas de la cama, ansioso por escapar de su sofocante estrechez.

El sueño no le pareció menos vívido con los ojos abiertos. Aún podía ver aquella figura desvalida de pie al borde del abismo. Sentía su propia angustia y su impotencia mientras la veía tomar una decisión de la que ya no podría arrepentirse. Descolgó las piernas por el borde de la cama y se quedó mirando la oscura silueta de sus manos en la penumbra, despreciándolas por lo impotentes que le habían parecido en ese momento, pese a su aparente fortaleza.

El aire fresco de la noche acarició su piel caliente. Bajó lentamente la cabeza. Por un instante pensó aturdido que debía de estar soñando otra vez porque las puertas acristaladas que daban a su balcón estaban abiertas de par en par.

Un gélido escalofrío recorrió su espalda. Él mismo había asegurado las puertas antes de acostarse, había revisado y vuelto a revisar los pestillos y había sacudido con fuerza los tiradores para comprobar que estuvieran bien cerradas. Incluso había echado la llave a la puerta de la alcoba para asegurarse de que nadie con malas intenciones se colara en la habitación mientras dormía. De un solo vistazo constató que la puerta seguía cerrada, la llave de latón todavía visible en la cerradura.

Cuando volvió la mirada hacia las puertas, una brisa suave acarició sus facciones paralizadas. Esa noche no había tormenta, ni violentas ráfagas de viento a las que pudiera culpar de haber abierto las puertas. O se habían abierto solas, o las había abierto una mano invisible.

Mientras miraba, un jirón de niebla entró flotando en la habitación, arrastrando consigo la fragancia turbadora de los jazmines, densa, dulce y lo bastante seductora como para hacer perder el sentido a cualquier hombre. Por un instante fugaz, la niebla pareció cobrar forma sólida: una figura humana de cabello largo y flotante, con un ondulante vestido blanco y curvas suavemente redondeadas. Parpadeó y el espejismo se desvaneció tan rápidamente como había aparecido.

Mascullando un juramento, alargó el brazo hacia los pies de la cama para recoger su bata. Se la puso, cruzó las puertas abiertas y salió al balcón. La fragancia de los jazmines era allí más tenue, pero todavía lo bastante intensa como para que su sexo se tensara de deseo.

Se agarró a la balaustrada y fijó una mirada feroz en la torre abandonada, casi esperando ver un destello espectral u oír el tintineo de una caja de música. La torre permaneció a oscuras y lo único que oyó fueron las olas rompiendo contra las rocas lejanas, no un fragor, sino un murmullo melancólico en medio de aquella noche apacible.

La tensión abandonó lentamente su cuerpo. ¿Acaso no había acusado al último dueño de Cadgwyck de haber huido de aquella casa perseguido por su propia imaginación? Él, sin embargo, no era distinto. Había permitido que un sueño nervioso y el relato melodramático de una antigua tragedia agitaran sus fantasías como no le ocurría desde que era niño.

Angelica Cadgwyck no era más que una extraña para él. Por desgraciado que hubiera sido su destino, no tenía motivo alguno para permitirle que se adueñara de su imaginación... ni de su corazón. Sin duda había una razón perfectamente plausible para explicar por qué las puertas seguían abriéndose. Cuando amaneciera, ayudado por la clara luz del día y con la mente ya descansada, la encontraría.

Sacudiendo la cabeza, asombrado por su propia necedad, se pasó una mano por el pelo alborotado y volvió a entrar. El olor a jazmín se había disipado por completo, y de pronto se preguntó si no habría sido también un producto de su imaginación surgido de un recuerdo enterrado hacía tiempo.

Se había quitado la bata y estaba a punto de meterse en la cama cuando miró hacia atrás y vio que la puerta de su habitación estaba abierta.

Capítulo 10

*L*a llave de latón estaba aún en el ojo de la cerradura, donde Max la había dejado, pero la puerta estaba entreabierta. Más allá, el pasillo se veía tan oscuro como un túnel subterráneo.

Max se quedó allí, iluminado por un brumoso rayo de luna, con todos los sentidos alerta. Oyó entonces un sonido aún más desconcertante que la melodía desafinada producida por los engranajes oxidados de una caja de música: el eco borboteante de una risa dulce y femenina.

Sus labios se torcieron en una amarga sonrisa cuando arrojó a un lado la bata, se acercó al ropero y de un tirón sacó unos pantalones y una camisa. Se puso los pantalones y se pasó la camisa por la cabeza, pero no perdió tiempo abrochándose el cuello. Le temblaban extrañamente las manos cuando buscó la caja de fósforos y encendió la vela de la mesilla de noche. Cogió la palmatoria de bronce y se encaminó al pasillo.

La luz oscilante de la vela apenas lograba hender la oscuridad. Dudó al salir de la alcoba y ladeó la cabeza para escuchar. Sólo oyó el apacible silencio de la casa dormida. Empezaba a preguntarse si aquella risa, como el olor a jazmín, era fruto de su imaginación, pero entonces la oyó de nuevo, débil pero inconfundible.

Ahora que estaba en el pasillo, su eco fantasmagórico parecía proceder de más lejos aún, como si viajara no sólo a través de los pasadizos a oscuras de la casa, sino atravesando también los pasadizos del tiempo. Desdeñando aquella idea absurda, Max avanzó siguiendo su sonido con la agilidad de un cazador nato.

Bajó sin hacer ruido las escaleras hasta la primera planta, aguzados los sentidos por una extraña euforia. Había sentido lo mismo al borde del precipicio, ese mismo día, unos segundos antes de que la tierra cediera bajo sus pies. Tal vez la intención de Angelica Cadgwyck no fuera ahuyentarlo, sino volverlo loco. O quizá ya estaba loco. La mayoría de los hombres huirían de un fantasma, y sin embargo allí estaba él, persiguiendo ansiosamente a uno.

Cruzó la galería de retratos de la primera planta. Su vela proyectaba sombras móviles sobre las paredes desnudas entre las que antaño habían morado los Cadgwyck. Cuando llegó al retrato de Angelica, no le habría sorprendido descubrir vacío su marco labrado y pintado de oro y a su ocupante retozando alegremente en el vestíbulo de abajo. Pero cuando subió la palmatoria, Angelica seguía mirándolo desde lo alto de su fina nariz, con ojos sagaces y los labios fruncidos en un amago de sonrisa, como a punto de desvelar algún cómico secreto que sólo podía compartir con él.

Una corriente tan cálida y dulce como un aliento de mujer pasó rozándolo. La llama de la vela tembló una sola vez y se apagó, dejándolo a solas en la oscuridad con ella. Se quedó allí, respirando el olor acre de la mecha apagada, y esperó a que sus ojos se acostumbraran a la pálida luz de la luna que entraba por la sucia ventana arqueada que había sobre la puerta principal.

Otro sonido atravesó la penumbra. Max tardó un minuto en localizar aquel rítmico golpeteo, en reconocerlo como el sonido de un péndulo describiendo un grácil arco y midiendo cada segundo como si fuera el último. Mientras se giraba lentamente, un nuevo escalofrío recorrió su espina dorsal. Era el reloj de pared que había al pie de la escalera, aquel cuyas manecillas se habían detenido a las doce y cuarto. Su hueco tictac parecía repetir como un eco cada violento latido de su corazón.

La advertencia de la posadera resonó en su memoria: «No diría que no son más que cuentos si hubiera visto la cara del último señor de la casa la noche que llegó corriendo al pueblo un poco después de medianoche, medio muerto por haber huido del mal que acecha en ese sitio».

Si se le hubiera ocurrido consultar su reloj de bolsillo antes de salir de su dormitorio, ¿qué habría visto? ¿Que se aproximaba rápidamente el momento en que en aquella casa había sucedido algo tan terrible que hasta el propio tiempo se había detenido para lamentarlo?

Había ordenado a la señora Spencer que hiciera arreglar el reloj. Tal vez, en su afán por complacerlo, hubiera obedecido.

Dejó escapar un bufido cargado de escepticismo al soltar la palmatoria inútil y bajar corriendo las escaleras. Rodeó el poste labrado del pie de la escalera y se halló cara a cara con el reloj.

El tictac había cesado. La tenue luz de la luna bañaba la esfera impasible del reloj, mostrando sus manecillas inmóviles, detenidas en las doce y tres minutos. El corazón de Max siguió latiendo completamente solo.

Cerrando los puños, se apartó del reloj y recorrió con la mirada el vestíbulo. Le sorprendió descubrir que no tenía ningún miedo. Estaba enfadado. No le gustaba que jugaran con él, ni los hombres ni las mujeres, y menos aún el espectro de una jovenzuela que aún se creía señora de aquella casa.

Como si quisiera provocarlo, el eco de una dulce risa infantil cruzó el vestíbulo. Max avanzó hasta el centro de la estancia y giró despacio, conteniendo el aliento para escuchar. Había tantas habitaciones y corredores que salían del vestíbulo que era imposible saber de dónde venía aquella risa.

La luna se escondió detrás de un jirón de nubes y el vestíbulo quedó envuelto en sombras. Fue entonces cuando lo vio: un fugaz destello blanco al fondo de un pasillo a oscuras, como la cola del vestido de una mujer al doblar una esquina.

Espoleado por la emoción de la caza, Max echó a andar a grandes zancadas. Al doblar la esquina donde había visto aquel fogonazo blanco, sintió una presencia en la oscuridad, delante de él, moviéndose rápidamente.

Pero no lo bastante rápido.

Al fondo del pasillo había otra esquina. Max apretó el paso. No tenía intención de dejar escapar a su presa estando tan cerca de atraparla. Al torcer la esquina, alargó los brazos para agarrar lo que encontrara ante él.

Casi esperaba que se cerraran sobre el aire vacío. Por eso se llevó una impresión tan fuerte cuando el bulto que apretó contra su pecho resultó ser una forma humana, cálida y blanda.

Mientras su prisionera se revolvía, jadeando de frustración, no fue el aroma turbador de los jazmines lo que excitó su olfato, sino otro perfume: un perfume que hizo que se le encogiera de hambre el estómago y le recordó lo insípida que había sido su cena: ternera demasiado hecha y patatas casi crudas. Atónito, arrugó la nariz. ¿Podía un fantasma oler a algo tan prosaico y sin embargo tan irresistible para el apetito de un hombre como el pan recién horneado y las galletas de canela?

El bulto que sostenía entre los brazos dejó bruscamente de retorcerse. Pasado un momento de silencio, una voz agria salió de la oscuridad.

—La próxima vez que necesite algo en plena noche, milord, pruebe simplemente a hacer sonar la campanilla.

Capítulo 11

Anne contuvo la respiración mientras aguardaba la respuesta de lord Dravenwood, resistiéndose al peligroso impulso de relajarse contra su amplio pecho. Para ser un hombre tan frío, era increíblemente cálido. Irradiaba calor como un fogón en un tormentoso día de diciembre.

Después de que la agarrara, no había tardado mucho en darse cuenta de que era inútil forcejear para intentar desasirse de sus implacables brazos. Parecía estar sumamente bien formado para haber pasado la mayor parte de su vida profesional sentado detrás de una mesa.

A pesar de que se mantuvo todo lo tiesa que pudo, no había forma de sustraerse a la asombrosa intimidad de su abrazo improvisado. Ceñía su cintura con uno de sus brazos musculosos mientras con el otro sujetaba con firmeza sus hombros justo por encima de sus pechos. Había separado los pies para sostenerse en equilibrio, dejando que sus piernas colgaran entre sus muslos, con las puntas de los pies rozando apenas el suelo. Sus caderas mecían el suave trasero de Anne como si hubieran sido diseñadas por el Creador con ese único y provocativo propósito.

El embarazoso silencio hacía más notorio el ruido de su respiración entrecortada. Su pecho se movía agitadamente, pegado a la espalda de ella, mientras su aliento caliente le acariciaba la nuca. Un escalofrío impotente recorrió su carne. Anne casi deseó haberse dejado el pelo suelto para proteger su nuca vulnerable de aquel asalto irresistible, en lugar de habérselo peinado en dos trenzas idénticas.

Había dado por sentado que, si se identificaba, él la soltaría.

Pero se había equivocado. Aunque los brazos de lord Dravenwood se habían aflojado casi imperceptiblemente, no mostraban signos de querer soltar a su presa. Bajó la cabeza en la oscuridad y su aliento con olor a brandy rozó un lado de su garganta.

Ella cerró los ojos como si, aun en la oscuridad, le fuera imposible soportarlo. Sintió que sus músculos y su voluntad se aflojaban por sí solos. Sintió que ladeaba la cabeza para dejar expuesta a sus labios la delicada curva de su garganta.

Hacía tanto tiempo que no la tocaba un hombre, que nadie besaba sus labios anhelantes... Si lord Dravenwood la hacía volverse en sus brazos, si la sujetaba con su cuerpo contra la pared más cercana, ¿tendría fuerzas para resistirse? ¿O le rodearía el cuello con los brazos y atraería sus labios cálidos y ansiosos hacia los suyos?

—Miel. Azúcar —murmuró él, su ronca voz de barítono una seducción por sí sola. Su aliento rozó la delicada piel de detrás de la oreja de Anne—. Canela. Nuez moscada. Vainilla. Nata fresca.

Sus palabras penetraron lentamente la lánguida neblina que amenazaba con ahogarla. Frunció el ceño, estupefacta. No estaba susurrándole palabras de amor, sino ingredientes. Y no eran sus labios los que se deslizaban hacia la curva entre su garganta y su hombro, sino su nariz.

Anne abrió los ojos bruscamente. No estaba intentando seducirla. ¡Estaba olfateándola!

—Milord —le espetó sin que le costara el menor esfuerzo poner la nota de exasperación justa—, ¿tiene intención de soltarme antes de que amanezca?

Esta vez, sus palabras surtieron el efecto deseado. Dravenwood la soltó tan bruscamente que Anne se tambaleó y estuvo a punto de caerse. Le sorprendió lo gélido que parecía el aire sin sus brazos para protegerla de él.

Se volvió despacio para mirarlo. Se cernía sobre ella, una silueta sin rostro recortada entre las sombras más densas.

—¿Por qué huele siempre así? —preguntó con una voz semejante a un gruñido.

—¿Así? ¿Cómo?

—Como algo recién salido del horno. Algo caliente y recién horneado.

Aunque no era, desde luego, el reproche que esperaba, Anne se sintió extrañamente culpable.

—Soy el ama de llaves, paso gran parte del día en la cocina, organizando los menús semanales y supervisando la labor de la cocinera.

—Todavía no he visto salir de la cocina de esta casa nada que huela así. Salvo usted, claro.

—¿Es eso lo que lo ha impulsado a asaltarme? ¿Me ha confundido con un bollo caliente?

—La he confundido con... —Titubeó—. Con un intruso. Es el riesgo que se corre cuando se vaga por la mansión en plena noche... y sin su ropa —señaló con énfasis.

Anne casi sintió el calor de su mirada al recorrerla de arriba abajo. Al parecer, veía en la oscuridad mucho mejor que ella. Se llevó una mano a la garganta mientras se decía que no había razón para tartamudear, ni para sonrojarse de vergüenza. El modesto camisón la envolvía del cuello a los tobillos. Naturalmente, lord Dravenwood sabía ya qué era lo que envolvía. Había sentido cómo la suavidad de sus curvas se amoldaba a la dureza de su cuerpo, había notado el latido desbocado de su corazón mientras se retorcía contra él.

—Me ha parecido oír un ruido, por eso he salido a investigar —explicó ella puntillosamente.

—¿Sin una lámpara ni una vela?

—Yo diría que usted necesita una vela mucho más que yo. Estoy más familiarizada con la casa y es menos probable que me raspe las espinillas o me caiga por un tramo de escaleras.

—O por la ventana del tercer piso —repuso él tranquilamente, recordándole el destino que había corrido otro propietario menos afortunado de aquella casa.

Anne abrió la boca y volvió a cerrarla. Sintió que él la observaba de nuevo y se alegró de no poder ver su expresión. Haría bien refrenando su afilada lengua. Si le provocaba y acababa despidiéndola, todo estaría perdido.

—He salido de mi cuarto con una vela —reconoció él por fin—. Pero la ha apagado una corriente.

—En las casas viejas suele haberlas en abundancia.

—Entre otras cosas. ¿No le preocupa en absoluto pasearse por la casa a oscuras cuando se rumorea que hay un fantasma vengativo suelto?

Anne se encogió de hombros.

—Parece que hemos alcanzado un acuerdo tácito con la Dama Blanca. Nosotros no la molestamos a ella y ella no nos molesta a nosotros.

—¡Ajá! —Dio un paso hacia ella y su expresión triunfante se hizo más diáfana—. ¡Entonces cree en fantasmas!

—Es imposible vivir en esta casa y no creer en algún tipo de espíritus. El pasado puede ejercer una influencia muy poderosa sobre el presente.

—Sólo para quienes se empeñan en instalarse en él. —Sus palabras tenían una nota de amargura, como si hubiera reconocido la ironía que entrañaban antes incluso de que salieran de su boca—. Dice que ha oído un ruido. ¿Qué ha oído exactamente?

—Nada importante. Seguramente no era más que una persiana suelta golpeando una ventana.

—Yo he oído reír a una mujer.

Su brusca confesión quedó suspendida entre ellos como un brillante hilo de verdad hendiendo las tinieblas.

A Anne le apenó cortar limpiamente aquel hilo con sus siguientes palabras:

—Probablemente habrá oído a un par de criadas riéndose de alguna tontería en sus camas. Las chicas se levantan temprano y trabajan mucho todo el día. Intento no privarlas de sus sencillos placeres.

Él se quedó callado tanto tiempo que Anne comprendió que no había creído ni una palabra de su explicación. Pero había sido diplomático el tiempo suficiente para saber cuándo había llegado a un empate.

—¿Y usted, señora Spencer?

—¿Cómo dice? —preguntó, confundida por su pregunta.

—¿Se priva de sus sencillos placeres? ¿O prefiere los más complicados?

Por un instante, a Anne le costó respirar, y más aún formular una respuesta coherente. Cuando por fin respondió, una árida formalidad volvió a apoderarse de su tono de voz.

—Confío en que sepa encontrar el camino de vuelta a su cama, milord. Procuraré que pase el resto de la noche sin que nadie lo moleste.

Al apartarse de él, casi habría jurado que le oyó mascullar en voz baja:

—Es una lástima.

Echó a andar por el pasillo a oscuras, sintiendo aún el cosquilleo de su mirada recelosa en la espalda. Se obligó a medir cada paso, a pesar de que casi se apoderó de ella la idea absurda de que iba a volver a agarrarla. De que estaba a punto de acercarse a ella, de enlazarla con su poderoso brazo por la cintura y apretarla contra el calor seductor de su cuerpo. Ya se había resistido una vez a la tentación de derretirse, arrimada a toda aquella irresistible fortaleza masculina, pero no estaba segura de tener fuerzas para volver a hacerlo.

Esperó hasta alcanzar el refugio de la escalera de servicio. Después, cedió al impulso arrollador de echar a correr.

Cuando llegó a su habitación en el desván, estaba jadeante y sentía una punzada en el costado. Entró en su cuarto y cerró la puerta, girando la llave en la cerradura con dedos temblorosos.

Pippa y Dickon la habían ayudado a instalar la cerradura antes de la llegada de su anterior amo. Se habían reído los tres de sus propios esfuerzos, conscientes de que sería una endeble defensa contra un hombre fornido o un pie calzado con una bota.

Aplicó el oído a la puerta, pero no advirtió indicios de que la hubiera seguido. Se dejó caer contra la puerta, desfallecida de alivio. No había tenido la intención de acabar la noche en brazos de su jefe. De ello sólo podía culpar a su propia negligencia. Conocía cada rincón, cada recoveco de aquella casa. Si hubiera adivinado que lord Dravenwood iba a seguirla, podría haberlo esquivado fácilmente.

Se había acostumbrado a que los hombres huyeran de su compañía, no la buscaran. Y ciertamente no esperaba que lord Dravenwood se lanzara de cabeza a la oscuridad, convirtiendo en presa a la cazadora.

Se apartó de la puerta. Había dejado una vela encendida sobre el palanganero y al cruzar la habitación se vio reflejada en el espejo que colgaba sobre él.

Subyugada a su pesar por aquella imagen, se acercó a él. Esperaba ver lo que veía cada mañana al levantarse: una cara corriente, ni desagradable, ni digna de elogios o adulaciones. Esa noche, sin embargo, sus pechos subían y bajaban temblorosamente bajo su sencillo camisón de hilo blanco. Sus ojos centelleaban, un suave rubor había arrebolado sus mejillas y sus labios estaban ligeramente entreabiertos, como a la espera del beso de un amante. Levantó las manos como si pertenecieran a otra persona y se pasó los dedos por el pelo, liberando su cabeza dolorida de la presión de las trenzas. Domeñar su rebelde cabellera era una lucha constante y solía requerir un sinfín de horquillas que se le clavaban en el cuero cabelludo cada vez que giraba la cabeza. La melena le cayó sobre los hombros formando una ondulante nube, y de pronto se halló mirando la cara de una extraña.

Sus labios se tensaron. No, de una extraña no. Conocía muy bien aquella cara, una cara que había confiado en no volver a ver, a no ser como un reflejo distorsionado en los ojos de aquellos cuya necedad les impedía darse cuenta de que nunca había sido más que un espejismo.

Inclinándose hacia delante, apagó la vela de un soplido y desterró de nuevo a aquella criatura al pasado al que pertenecía.

Capítulo 12

A la mañana siguiente, de pie ante la cabecera de la larga mesa de pino de la cocina, Anne recorrió con la mirada el círculo de rostros que la miraban expectantes. Amaba con pasión cada una de aquellas caras, pero aun así sentía el peso de su necesidad como un lastre en el corazón. A veces no sabía si éste era lo bastante fuerte para sobrellevarlo.

Nana ya se había acabado sus gachas y se había retirado a su mecedora, delante de la chimenea, para rescatar a *Sir Almohadillas* de la maraña de lana que había formado el gato. Hodges se mecía en su silla y canturreaba en voz baja el soniquete de una cancioncilla infantil, la pechera de su chaleco blanco moteada ya por diversas manchas de comida.

Anne suspiró. Había confiado en mandar a Hodges a la bodega para que siguiera excavando mientras lord Dravenwood estuviera ocupado en otras cosas, pero en su estado seguramente ni siquiera encontraría la bodega, y mucho menos el tesoro que podía estar escondido en ella.

Pippa y Dickon estaban sentados justo enfrente de las muchachas, que habían conseguido dejar de charlar y reírse por lo bajo el tiempo justo para prestarle atención.

Anne las había encontrado a las cinco en las calles de Londres, sobreviviendo a base de mendrugos de pan. Tenían una cosa en común con ella: todas ellas habían tenido que valerse por sí solas después de que las traicionara un hombre. O varios, en algunos casos.

Al principio, cuando las había llevado a Cadgwyck, habían vagado por la mansión como una manada de gatos monteses, huyendo de cada movimiento brusco o cada ruido fuerte. Tenían el pelo deslustrado y áspero y las facciones crispadas por una mezcla de hambre y recelo.

Ahora su cabello relucía y sus caras regordetas rebosaban salud y buen humor a la luz acogedora del fuego de la cocina. Para ellas, Cadgwyck Manor no era un montón de piedras desmoronadas, sino el único hogar verdadero que habían conocido.

Anne había escogido a propósito el rato previo a que el conde se levantara para dirigirse a ellos.

—No quiero alarmaros —dijo alzando la voz para que hasta Nana pudiera oír sus palabras por encima del crujido regular de su mecedora—, pero me temo que vamos a tener que soportar la compañía de lord Dravenwood más tiempo del que esperábamos.

—¿Y eso por qué? —preguntó Pippa, visiblemente alarmada.

Anne se mordió el labio.

—Me temo que la culpa es sólo mía. En mis prisas por librarme de él, puede que anoche me arriesgara demasiado.

—¡Ay, madre! —La alegre carita de calabaza de Betsy se puso tan blanca como los pliegues almidonados de la cofia prendida sobre sus rizos rubios—. No te pillaría, ¿verdad?

Si cerraba los ojos, Anne todavía podía sentir los brazos de lord Dravenwood rodeándola, apretándola contra su cuerpo duro e implacable como si pesara tanto como una pluma de su almohada.

—En cierto modo, sí. Pero le dije que me había levantado para investigar yo misma un ruido misterioso.

—¿Y te creyó? —preguntó Lizzie esperanzada.

Anne todavía veía el brillo escéptico de los ojos del conde mirándola en la oscuridad.

—No estoy segura de que lord Dravenwood crea en algo. Y puesto que ya sospecha, creo que lo mejor sería probar una táctica más sutil a partir de hoy.

Pippa se apartó un rizo de los ojos con un soplido. Parecía malhumorada.

—¿Cuánto tiempo vamos a tener que soportar a ese pelmazo?

Anne respiró hondo.

—Quince días, como mínimo. Puede que incluso un mes.

Dickon gruñó.

—Yo no puedo llevar quince días esa estúpida peluca. ¡Me pica una barbaridad!

—Pues vas a tener que aguantarte. Se irá pronto, igual que los demás —le aseguró Anne—. No nos conviene que se sienta demasiado cómodo, naturalmente, o quizá deje de echar de menos las comodidades de Londres y llegue a la conclusión de que le gusta estar aquí. Seguiremos sirviéndole comidas poco apetitosas y asegurándonos de que la casa sea lo menos acogedora posible. Pero de momento se acabaron los ruidos extraños por la noche y los tiros de chimenea que se cierran misteriosamente. Creo que por ahora es preferible que Angelica no vuelva a hacer acto de presencia.

—No va a gustarle —comentó Pippa—. Ya sabes que puede ser una mocosa cuando se trata de obtener lo que quiere.

—A menudo he pensado que en ese aspecto sois las dos almas gemelas —replicó Anne, y Dickon soltó una risa complacida.

Pippa hizo una mueca al muchacho.

—Angelica siempre ha sido buena chica —dijo Hodges en voz baja, dirigiéndose a lo que quedaba de sus gachas—. Si se la mima demasiado, sólo es porque lo merece.

Anne miró su cabeza blanca como la nieve y se obligó a tragar saliva, a pesar de que sentía de pronto un nudo en la garganta.

—Sí, querido. Angelica es una buena chica. Si no fuera por ella, ninguno de nosotros estaría aquí ahora.

Dickon seguía sin parecer convencido.

—¿Cómo se supone que vamos a seguir buscando el tesoro si ese hombre está siempre merodeando por ahí, ordenándonos que le traigamos los guantes o le limpiemos las botas a lametazos o mirándonos con cara de furia, como si hubiéramos capado por accidente a su potro favorito?

—Simplemente habrá que tener más cuidado —repuso Anne—. En cuanto el conde baje un poco la guardia, será mucho más fácil...

—¡Señora Spencer!

Capítulo 13

*A*nne se quedó paralizada, como todos los demás, mientras el eco de aquel bramido iba disipándose lentamente. Tras un momento de tenso silencio, una de las oxidadas campanillas que había sobre la puerta comenzó a tintinear con evidente violencia.

—¿Oís las campanas de la catedral? —Hodges juntó sus manos gordezuelas y sus ojos brillaron como los de un niño—. ¡Madre mía, debe de ser la mañana de Navidad!

Lizzie miró la inscripción que había sobre la campanilla con los ojos redondos como platos.

—Es la alcoba del señor.

Pippa miró a Anne con estupefacción, pero ella negó con la cabeza en respuesta a la pregunta tácita de la chica. Ni Anne ni Angelica habían hecho una nueva travesura. Anne estaba tan asombrada como los demás por la repentina llamada de su señor. Consciente de que los ojos de los demás seguían ansiosamente cada uno de sus gestos, se obligó a salir con paso tranquilo de la cocina. Esperó hasta estar fuera del alcance de su vista para apretar el paso a la carrera.

Cuando Anne llegó al ala este, Dravenwood estaba paseándose de un lado a otro por el pasillo, frente a su dormitorio, en mangas de camisa y pantalones, con la corbata desatada colgando suelta de su cuello. No echaba humo, ni apestaba a fuego y azufre, pero parecía tener un humor de mil demonios.

Al acercarse ella, se giró bruscamente y apuntó con un dedo hacia la puerta cerrada.

—¡Hay un bicho en mi habitación!

Anne consiguió mantenerse seria, lo cual tuvo su mérito.

—¿Qué es esta vez, milord? ¿Un fantasma? ¿Un coco? ¿O quizás un hombre lobo?

Mirándola con cara de pocos amigos por debajo de un ceño tan sombrío y amenazador como un nubarrón de tormenta, Dravenwood bajó el brazo y abrió la puerta. Anne se asomó con cautela por el marco de la puerta sin saber qué iba a encontrar.

Pipí estaba enroscado en medio de la cama del señor, mordisqueando un trozo de cuero emburujado. Cuando entraron en la habitación, el perro enseñó sus prominentes dientes inferiores y dejó escapar un suave gruñido como si les advirtiera que no intentaran quitarle su presa para ponerse a roerla ellos mismos.

Una sonrisa se extendió lentamente por el rostro de Anne.

—Eso no es un bicho, señor. Es un perro. —Miró con los ojos entornados la reluciente borla de cuero que colgaba por un lado del hocico del animal—. ¿Y eso qué es? ¿Es...?

—Era una de mis mejores botas —repuso Dravenwood malhumorado. *Pipí* tomó aire y tragó. La borla desapareció.

Cuando el perro siguió mordisqueando lo que quedaba de la bota, el conde lo miró con furia.

—Lo he descubierto al salir del vestidor. ¿Cómo supone usted que ha entrado aquí este sinvergüenza?

—¿La puerta estaba cerrada con llave?

Dravenwood soltó un bufido.

—¿Y qué más da eso en esta casa? Seguramente la habrá atravesado.

—Si no estaba cerrada con llave, puede que la haya abierto empujándola con el hocico.

—Si es que a eso puede llamársele hocico.

Dravenwood miró desdeñosamente la naricilla negra y aplastada del perro como si no pudiera servir para nada útil.

—Me temo que es una costumbre que tiene desde hace tiempo.

—¿Además de la de ingerir botas de precio exorbitante?

Anne asintió con un suspiro.

—Además de medias, sombreros de paja y alguna que otra

sombrilla de vez en cuando. Lo siento muchísimo, milord. Me llevaré encantada al perro de su alcoba, pero me temo que su bota ya no tiene salvación. —Se acercó a la cama y chasqueó los dedos—. ¡Abajo, *Pipí*!

El perro se desenroscó y bajó obedientemente por los escalones de la cama, aterrizando sobre sus recias patas con un salto decidido. Se sentó sobre los cuartos traseros con los restos de la bota colgándole todavía de la boca y la miró con expectación.

Dravenwood arrugó el ceño.

—Cada vez que me acercaba a la cama, esa bestia me lanzaba bocados como si fuera una cría de dragón. He temido perder un dedo, puede que la mano entera.

—Fue Dickon quien lo adiestró.

—Bien, eso lo explica todo. ¿Por qué lo llaman...?

Como anticipándose a su pregunta, *Pipí* se acercó al pie de la cama, levantó la pata y procedió a arruinar la otra bota del conde.

Anne contuvo la respiración. Su anterior amo seguramente habría lanzado al travieso perrillo por la ventana de un puntapié por semejante ofensa.

Pero tras un breve silencio, lord Dravenwood se limitó a suspirar.

—En fin, de todos modos la bota ya no me servía de nada.

Sin percatarse de que acababa de librarse por los pelos, *Pipí* salió al trote de la habitación, meneando airosamente su cola cortada como si mostrara su trofeo a quien quisiera verlo.

—¿Nunca tuvo un cachorro de niño, milord? —preguntó Anne sin poder refrenarse.

Dravenwood negó con la cabeza.

—Mi padre tenía perros de caza, claro, pero creía que esos animales eran para el deporte, no para el placer.

—¿Y usted qué creía?

Arrugó el entrecejo como si nadie nunca le hubiera hecho esa pregunta.

—Un verano, cuando era muy pequeño, encontré una camada de gatitos a los que su madre había abandonado en un rincón del henar. Eran seres diminutos y llorosos... completamente indefensos. Los envolví en mi bufanda de lana y los llevé a casa pensando que podría convencer a mi padre para que me permitiera tenerlos en mi cuarto hasta que fueran lo bastante grandes para valerse solos. Me informó de que en su casa no había sitio para animales y de que tenía que entregárselos a uno de los lacayos para que cuidara de ellos. —La voz de Dravenwood sonaba casi penosamente inexpresiva—. Más tarde me enteré de que había ordenado al lacayo ahogarlos en un cubo.

Anne sofocó un gemido.

—¡Qué crueldad tan espantosa! ¿Cómo pudo hacerles eso a esas pobres e inocentes criaturas? *Y a su propio hijo* —pensó, compadeciéndose del niño que había vuelto ansiosamente a casa en medio del frío con su precioso hatillo.

—Estoy seguro de que creía que estaba enseñándome una valiosa lección acerca de la vida.

—¿Cuál? ¿No fiarse de los lacayos?

—Que sólo los fuertes merecen sobrevivir.

A juzgar por la fría mirada que le dedicó, era una lección que había aprendido muy bien.

Anne, a la que aquella mirada había recordado cuál era su puesto, se alisó el delantal y dijo con envaramiento:

—Enseguida mando a alguien para que limpie esto, milord.

Dravenwood miró el charco que iba extendiéndose alrededor de su bota y entornó los ojos hasta que formaron dos ranuras plateadas.

—A Dickon. Mande a Dickon.

Tras dejar a Dickon a gatas, mascullando en voz baja mientras restregaba de mala gana el suelo de su habitación, Max se sentó a solas a la cabecera de la enorme mesa del comedor. Llevaba su otro par de botas preferido y se sentía tan ridículo como el día anterior.

Mientras aguardaba a que llegara su desayuno, tuvo que sofocar un bostezo. Su encuentro a medianoche con el fantasma y el ama de llaves había hecho que estuviera dando vueltas en la cama hasta bien entrada la madrugada.

No debería haberle dicho a la señora Spencer que había oído aquella risa fantasmal. Seguramente en aquel preciso instante estaría reunida con los demás sirvientes en la cocina, riéndose a su costa.

Se abrió la puerta del comedor y entraron dos de las doncellas. Una de ellas se fue derecha al aparador mientras la otra rodeaba la mesa y le ponía un plato delante. Su desayuno parecía idéntico al que había tenido que soportar la víspera, excepto porque esa mañana la tostada estaba carbonizada y las lonchas de panceta estaban blandas y poco hechas.

La muchacha dio un paso atrás y le sonrió de oreja a oreja, esperando a todas luces un gesto de aprobación.

—Gracias, Lizzie —dijo él desganadamente.

—De nada, señor —contestó la chica, mirándolo con un pestañeo de sus grandes ojos marrones—, pero soy Beth.

—Bueno, pues gracias, Beth.

La sonrisa de la muchacha comenzó a borrarse.

—No soy Beth. Soy Beth.

Max parpadeó, completamente desconcertado.

La muchacha del aparador lanzó una mirada por encima del hombro.

—Es Bess, señor, pero cecea un poco. Beth es la doncella que ayuda en la cocina.

Él miró con el ceño fruncido a la otra chica, que estaba colocando platos sobre el aparador por si acaso, Dios no lo quisiera, le apetecía un poco más de su desalentador desayuno.

—Entonces supongo que usted es Lizzie.

La chica se puso tan colorada que las pecas de su nariz chata dejaron de verse.

—No, señor, soy Lisbeth. Lizzie es la doncella del piso de arriba.

—Esto no tiene sentido —masculló Max en voz baja—. Supongamos que las llamo a todas Elizabeth y acabamos de una vez.

—Muy bien, señor —respondieron las dos al unísono, haciendo una genuflexión en sincronía tan perfecta que se habría dicho que estaban bailando.

Cuando Beth... Bess se reunió con su compañera junto al aparador, apareció la señora Spencer con una jarra alta de Sèvres. Max no creía posible que pudiera oler mejor aún que la noche anterior, cuando la había estrechado en sus brazos, pero entonces una ráfaga de delicioso olor a café solo alcanzó sus fosas nasales. Al inhalar su irresistible aroma, sintió el impulso de levantarse de un salto y darle un beso apasionado en los labios fruncidos por pura gratitud. No pudo evitar sonreírse al imaginar su reacción.

—Milord —murmuró ella a modo de saludo al inclinarse para llenar su taza.

Max probó un sorbo del fuerte café y cerró los ojos un momento para saborear su terso amargor. Aunque durante su época en la India solía invitar cada tarde a tomar el té a sus comandantes y a las esposas de éstos, prefería infinitamente aquel irresistible brebaje.

—Yo que usted no bebería demasiado —le susurró la señora Spencer, cuya voz aterciopelada sonó peligrosamente cerca de su oído—. Tengo entendido que puede privarlo a uno del sueño.

Max giró la cabeza para mirarla con sospecha, pero ella ya se había retirado al aparador, donde estaba colocando la jarra junto a los platos del desayuno. Su perfil parecía la inocencia personificada. Antes de que él pudiera atraer su mirada, Hodges entró con paso decidido en el comedor y puso diligentemente junto a su plato un periódico doblado.

Max echó un vistazo a la fecha impresa en la parte de arriba del *Times*. Era una edición de dos semanas antes de su marcha de Londres para viajar a Cornualles. Ya había recorrido parsimoniosamente sus páginas mientras tomaba un delicioso desayuno en medio del mullido confort de su comedor de Mayfair.

Pero, tal y como había solicitado, el periódico era de aquella década, así que no le quedó más remedio que aceptar con elegancia aquel pequeño regalo.

—Gracias, Hodges.

Al desdoblarlo, su olfato captó otro olor mucho menos agradable: el hedor del papel quemado.

—Me he tomado la libertad de plancharle el periódico —explicó Hodges.

Max levantó el diario y miró al mayordomo a través del agujero en forma de plancha que había en medio de la página de economía.

—Sí —dijo con sorna—, ya lo veo. —Cerró el periódico y una nube de cenizas voló por el aire y fue a posarse sobre sus huevos escalfados como copos de pimienta—. Le agradezco el esfuerzo, Hodges, pero la próxima vez procure usar una plancha un poco menos caliente.

—Muy bien, señor.

Muy satisfecho de sí mismo, el mayordomo salió de la habitación dando un extraño saltito al llegar a la puerta. Max lanzó una ojeada al aparador, pero la señora Spencer también se había escurrido cuando no estaba mirando. No debía de llevar encima su infernal juego de llaves.

Las Elizabeth se apresuraron a salir del comedor marcha atrás, haciendo reverencias, y él se quedó solo, con su periódico chamuscado y su insípido desayuno, con el café como único consuelo.

Después de desayunar, subió a la biblioteca de la primera planta, donde confiaba encontrar un libro con el que pasar la larga y oscura mañana. Pero cuando entró en la penumbrosa estancia, encontró a la criada de cabello oscuro encaramada a un taburete, delante de la altísima estantería de la pared del fondo, de espaldas a la puerta.

Aunque nadie parecía haber limpiado aquella sala como era debido desde los tiempos de Isabel I, Max dedujo que la muchacha estaba trabajando. Pero, mientras miraba, ella sacó un libro hasta el borde de la estantería y luego volvió a colocarlo en su sitio. Repitió la operación con el libro siguiente y luego con el de al lado, hasta que estuvo a punto de perder el equilibrio sobre el taburete. Cada vez que sacaba un libro, ladeaba la cabeza para escuchar, casi como si esperara una respuesta de algún tipo. Cuando llegó al final del estante, dejó escapar un suspiro de desánimo.

Max apoyó el codo en el quicio de la puerta y dijo con sorna:

—¿Busca algo?

La muchacha se volvió tan bruscamente que faltó poco para que se cayera del taburete. Con sus ojos oscuros y brillantes y su aguda barbilla, parecía un zorrillo encantador, y mientras ella la miraba se puso muy colorada.

—Eh, no, milord. Sólo estaba limpiando el polvo.

Max lanzó una mirada elocuente al plumero que asomaba por el bolsillo de su delantal. Sus lustrosas plumas parecían arrancadas de un pavo esa misma mañana.

Si esperaba que la muchacha expresara remordimientos por haber sido sorprendida en una mentira flagrante, estaba abocado a llevarse una decepción. Por el contrario, la chica dejó escapar un suspiro de mártir mientras se bajaba del taburete.

—Me imagino que ahora querrá saber la verdad.

—Por favor, por mí no se moleste —dijo en tono rebosante de sarcasmo.

—Ya que quiere saberlo, estaba buscando algo para leer en la cama esta noche. Después del trajín del día, es tan placentero arrebujarse debajo de las mantas con una historia interesante...

Como si quisiera demostrar su argumento, sacó un libro del estante más próximo y lo abrazó contra su pecho.

Max se acercó, le quitó el libro de las manos y lo giró para ver la portada.

—Ah, *La mecanización de la labranza en una sociedad agraria*. Sí, entiendo que sea una lectura estimulante después de un día agotador de no limpiar el polvo.

Pippa le quitó el libro de un zarpazo, lo devolvió al estante y agarró otro, tomándose el tiempo de leer el título. Levantó el volumen encuadernado en tela para dejarle leer el título: *Una novela siciliana*.

—¿Ha leído alguna obra de la señora Radcliffe? —preguntó, pasando junto a Max camino de la puerta—. ¡Éste es absolutamente maravilloso! Mi escena favorita es ésa en la que la pobre Julia encuentra a su madre, a la que creía muerta, encerrada en las mazmorras embrujadas del castillo de los Mazzini mientras huye del insoportable acoso de ese miserable, él duque de Luovo.

Antes de que Max pudiera abrir la boca para señalar que aquella era su biblioteca y que le estaba robando un libro cuando se suponía que tenía que estar trabajando, la muchacha desapareció. Entonces se quedó un minuto mirando la puerta vacía, atónito, sintiéndose un poco como el miserable duque de Luovo. Después, se volvió hacia la estantería.

Y tras echar una ojeada por encima del hombro para asegurarse de que seguía estando solo, sacó un libro hasta el borde del estante y volvió a dejarlo en su sitio rápidamente. Aguardó, expectante, pero la chimenea no se abrió para dejar al descubierto un pasadizo secreto, ni apareció una trampilla bajo sus pies para tragárselo.

Sacudió la cabeza y profirió un bufido de fastidio. Si no refrenaba su imaginación, pronto estaría tan chiflado como el resto de los habitantes de aquella casa.

Descubrió rápidamente que *La mecanización de la labranza en una sociedad agraria* era una lectura igual de árida en pleno día. De ahí que un rato después, esa misma mañana, se hallara de nuevo en el rellano de la primera planta, contemplando el misterioso retrato de la señorita Cadgwyck. Ella parecía decidida a atormentarlo no sólo en sueños, sino también durante sus horas de vigilia. Todavía no entendía cómo era posible que una desconocida le inspirara tanta compasión.

Aquella joven había elegido su destino con la misma certeza con que él había elegido el suyo.

Cruzó las manos a la espalda mientras se esforzaba por verla con mirada desapasionada. Era innegable que la belleza de su cara podía inducir a un hombre a toda clase de locuras. Para conseguir los favores de una mujer como aquélla, un hombre podía mentir, robar, engañar, batirse en duelo, incluso asesinar.

Él había pasado la mayor parte de su vida convencido de que Clarinda era la mujer más bella sobre la que jamás pondría los ojos. Pero incluso en los momentos en que habían estado más cerca, la suya había sido siempre una belleza tan fría e inalcanzable como la luna. Los encantos de Angelica eran mucho más cálidos y accesibles.

—¿Quiere que le traiga una silla, milord, para que pueda mirar con cara de cordero a la señorita Cadgwyck más cómodamente?

Aquella voz conocida e irónica lo sacó bruscamente de sus reflexiones. ¿Era un asomo de lástima lo que había percibido en ella? ¿O de desprecio?

Al volverse, vio a su ama de llaves subiendo por la escalera con un montón de sábanas limpias en los brazos. En otro tiempo y otro lugar, tal vez la habría reprendido por no usar la escalera de servicio. Pero se alegró extrañamente de ver otra cara. Sobre todo, una viva.

—¿Debería avergonzarme por que me sorprendan contemplando el retrato de una muchacha muerta hace mucho tiempo?

La señora Spencer se reunió con él en el descansillo.

—Yo no malgastaría esfuerzos si fuera usted. Desde luego, no es el primer caballero que cae bajo su hechizo.

Su ama de llaves vestía hoy toda de negro, y al echar la cabeza hacia atrás para lanzar una mirada hastiada al retrato, pareció una siniestra corneja mirando a un llamativo canario. No quedaba ni rastro de la mujer cálida y suave a la que había apretado contra su cuerpo en la oscuridad. La mujer que lo había hecho agitarse de deseo con su olor y con la provocativa presión de su curvilíneo trasero contra su entrepierna.

Haciendo un esfuerzo desesperado por olvidarse de aquella mujer, volvió a fijar su atención en el retrato.

—¿Qué fue de la señorita Cadgwyck después del... accidente? ¿Descansa en la cripta familiar o está enterrada en algún otro lugar de la finca?

Max sabía que había fanáticos que jamás permitirían que una suicida fuera sepultada con sus preciados antepasados, muchos de los cuales seguro habrían cometido pecados mucho peores.

—Nunca se recuperó su cuerpo. Sólo encontraron su chal amarillo enredado en una roca.

Las palabras del ama de llaves fueron como un nuevo golpe en el corazón de Max. Mientras contemplaba con el ceño fruncido los ojos risueños de Angelica, le fue casi imposible imaginar toda aquella vitalidad, todo aquel encanto en el fondo del mar, reducido a huesos y despojado de su carne por la marea y el tiempo.

La ira que sintió agitarse dentro de él fue casi un alivio.

—No puedo evitar pensar que su historia podría haber tenido un final distinto si hubiera habido una sola persona que se hubiera preocupado por seguirla hasta ese promontorio. Alguien que pudiera haberla rodeado con sus brazos y retirado del precipicio.

Le pareció notar que la señora Spencer contenía bruscamente la respiración, pero debieron de ser imaginaciones suyas, porque cuando ella volvió a hablar su voz sonó tan desapasionada como siempre.

—No había nadie para salvarla. Estaba completamente sola.

Max la miró extrañado.

—¿Cómo lo sabe, si no hubo testigos?

—Habladurías de los sirvientes. Ya sabe, cada vez que un escándalo sacude a la nobleza, se desatan las malas lenguas.

—¿Fueron esas mismas malas lenguas las que resucitaron a esa pobre infeliz de su tumba de agua para que aterrorizara a los futuros amos de Cadgwyck? —Al recordar el embriagador perfume de jazmín que había hecho agitarse sus entrañas de deseo, arrugó más aún el ceño—. Aunque supongo que hay ciertos espectros a los que uno podría dar la bienvenida en su alcoba en esas horas solitarias entre la medianoche y el amanecer. —Lanzó una mirada burlona a su ama de llaves—. Vaya, señora Spencer, creo que he conseguido escandalizarla. Se está usted sonrojando.

—No sea ridículo —dijo ella agriamente mientras una oleada de rubor cubría sus pómulos delicados, probando las palabras de Max—. No soy una jovencita que se sonroja y se azora por la simple mención de las relaciones románticas.

—Ah, sí, olvidaba que, siendo viuda, no ignora usted lo que sucede normalmente entre un hombre y una mujer en la intimidad de su alcoba.

Sus ojos se encontraron y Max sintió un sobresalto que no esperaba. De pronto se arrepintió de aquella broma. Sobre todo, cuando lo asaltó una vívida imagen de lo que jamás le sucedería con aquella mujer en la intimidad de su alcoba.

Aun así, fue ella la primera en desviar la mirada.

—Puede que sea así, pero eso no significa que tenga deseos de hablar de ello con el señor.

Pasó a su lado, rozándolo, y siguió andando por la galería con paso enérgico y decidido.

—¿Qué cree usted que quiere? —gritó Max tras ella.

La señora Spencer se detuvo y se volvió lentamente para mirarlo con expresión aún más recelosa que de costumbre.

—¿Cómo dice?

—¿No es esa la creencia popular? ¿Que las almas que han sufrido alguna traición están condenadas, después de la muerte, a vagar por el plano terrenal hasta que encuentran lo que se les negó en vida? Si Angelica ha regresado a esta casa, ¿qué puede andar buscando? ¿Qué cree usted que quiere?

—Puede, milord, que sólo quiera que la dejen en paz.

Agarrando el montón de sábanas contra su pecho como si fuera un escudo, la señora Spencer dio media vuelta y lo dejó allí, delante del retrato, mientras su impertinente trasero se agitaba bajo la negra tela de su vestido.

Max la miró marchar, roto momentáneamente el hechizo de Angelica.

Durante los días siguientes, Max no recibió en su alcoba más visitas de Angelica, ni de *Pipí*, ni de su ama de llaves, ni de nadie. Curiosamente, aquellas noches largas y apacibles aumentaron su inquietud en lugar de atenuarla. Después de pasar horas, o eso le parecía, dando vueltas entre la maraña de sus sábanas, abría las puertas y salía al balcón con las fosas nasales bien abiertas para detectar cualquier vestigio de olor a jazmines. Se quedaba de pie, mirando a través del patio la torre medio derruida del otro extremo de la mansión hasta que el relente nocturno le calaba los huesos. Pero por más que esperó, por más que extremó su paciencia, no volvió a oír el tintineo desafinado de la caja de música, ni el eco turbador de una risa femenina. El único sonido que llegaba a sus oídos era el fragor sofocado del mar.

Los días eran aún más largos que las noches. Al abandonar Londres sólo había soñado con escapar, no con lo que haría para ocupar su mente y sus manos durante las horas interminables que se extendían entre el alba y el anochecer. Hasta renunciar a su puesto en la Compañía, había consagrado cada una de sus horas de vigilia a reuniones ejecutivas, citas, tes, bailes, delicadas negociaciones de tratados y discursos ante el Parlamento. Incluso durante los viajes más largos y tediosos por mar había tenido cifras que estudiar, memorandos que dictar a su secretario, y libros de cuentas que rellenar con su escritura pulcra y precisa.

Ahora se pasaba los días vagando por los acantilados, intentando convencerse de que no era demasiado tarde para que la fiereza salobre del viento se llevara de un soplo las telarañas de su cerebro. Caminaba durante horas sólo para encontrarse de nuevo en el lugar exacto desde el que Angelica había levantado el vuelo, con la mirada fija en la turbulenta espuma y el mar que se estrellaba contra las rocas, allá abajo.

Tras casi una semana de paseos sin rumbo fijo, hizo un descubrimiento sorprendente: por primera vez desde que había perdido a Clarinda, tenía hambre, y un hambre de lobo. Pero cada vez que regresaba a la casa para comer o cenar, se encontraba con un rancho aún más soso que el que le habían servido para desayunar.

No habría sido tan exasperante si su ama de llaves no se paseara por ahí oliendo como una panadería. La señora Spencer podía ser fría y distante, pero el aroma que exhalaba era cálido e irresistible.

Una noche, Max estaba sentado a la cabecera de la mesa del comedor cuando Dickon cruzó torpemente la puerta con una bandeja de plata temblando en las manos. Bebió un sorbo de jerez para ocultar su desilusión. Si le hubiera llevado la cena la señora Spencer, al menos habría podido sentir un soplo de algo que oliera a comida de verdad.

Cuando Dickon se inclinó para ponerle el plato delante, Max se sorprendió mirando su peluca empolvada. No, no eran imaginaciones suyas. La peluca estaba del revés, no había duda.

La señaló agitando una mano.

—¿Te gusta llevar esa cosa ridícula?

Dickon se irguió y lo miró con desconfianza.

—No, señor.

—Entonces, ¿por qué la llevas?

—Porque Annie... eh... porque la señora Spencer dice que si quiero ser un lacayo como es debido, tengo que llevar la ropa adecuada. Es lo más adecuado.

El hambre había afilado el humor de Max hasta dotarlo de un filo peligroso.

—De hoy en adelante, yo soy quien decide qué es lo más adecuado en esta casa, no tu señora Spencer. Por favor, quítatela. Enseguida.

—Muy bien, señor.

Dickon se quitó la peluca, a todas luces tan aliviado que por un momento se olvidó de fruncir el ceño. Tenía el pelo de un castaño leonino, pegado a la cabeza por el sudor, salvo un irrefrenable remolino en la coronilla.

Salió del comedor con una reverencia y Max volvió a quedarse solo con un plato que contenía un par de patatas arrugadas y una empanada de riñones. Clavó el cuchillo en la corteza de la empanada. No salió ni un solo hilillo de vapor. ¿Y por qué iba a hacerlo, cuando todo en aquella maldita casa se servía a una temperatura tibia que resultaba mucho menos apetecible que si la comida se sirviera fría?

Max aún no había visto a la misteriosa Nana. Empezaba a preguntarse si sin querer había hecho algo que había ofendido a la cocinera, como deshonrar a su hija o asesinar a su primogénito. ¿Por qué, si no, lo torturaba aquella mujer del demonio día tras día con sus horribles platos? O quizás estuvieran todos compinchados y habían decidido que, si lo mataban de hambre poco a poco, el alguacil encontraría menos pistas de su muerte que si lo empujaban por una ventana.

Pinchó con el tenedor la seca corteza de la empanada, cada vez más hambriento y más enfadado. Por fin se armó de valor y probó un poco de carne, pero un instante después tuvo que escupirla, no por su sabor, sino por su falta de él.

Decidiendo que ya iba siendo hora de que Nana conociera a su nuevo señor, dejó la servilleta sobre la mesa y salió.

No le costó encontrar la cocina del sótano. Sólo tuvo que seguir el alegre tintineo de los cubiertos al chocar con la vajilla y el sonido de las voces enzarzadas en una animada charla. Al acercarse a la puerta, una risa aterciopelada y femenina asaltó sus oídos, contagiosa e irresistible.

—¡Anda, Dickon, sigue! —gritó otra mujer batiendo palmas.

Max llegó a la puerta de la cocina y encontró a los sirvientes sentados en bancos, alrededor de una tosca mesa de madera. La señora Spencer estaba sentada a un extremo de la mesa. Una sonrisa sincera dejaba ver aquel gracioso huequito entre sus dientes delanteros y sus ojos castaños brillaban. De pronto parecía diez años más joven. Cuando dejó escapar otra risa gutural, Max se dio cuenta con un delicioso sobresalto de que era su risa la que había oído.

No hizo intento de ocultar su presencia, pero estaban todos tan absortos en lo que estaba sucediendo delante de la chimenea de piedra que no se fijaron en él.

Dickon estaba allí de pie, con la peluca empolvada colocada otra vez precariamente sobre la cabeza. *Pipí* se había sentado a los pies del chico y lo miraba, igual de hipnotizado que los demás por su actuación.

—Y entonces va y dice... —Dickon puso un ceño feroz y añadió con voz grave y aristocrática, en tono amenazador—: «¿Te gusta llevar esa cosa ridícula?», a lo que yo respondí: «Claro que me gusta llevarla, milord. ¿A quién puede molestarle llevar un erizo muerto en la cabeza?»

Dos de las Elizabeth prorrumpieron otra vez en carcajadas mientras otra se secaba una lágrima de risa con la punta del delantal. Hodges dio unas palmadas sobre la mesa, riendo como un enorme bebé.

—¿Qué ha pasado después? —preguntó Pippa—. ¿Se ha empeñado en que te llevaran a las mazmorras o en que te arrojaran a los perros?

Enganchando los pulgares en la cinturilla de sus calzas, Dickon infló ridículamente su escuálido pecho.

—Entonces ha sido cuando ha dicho: «De hoy en adelante, yo soy quien decide qué es adecuado hacer en esta casa, no tu querida señora Spencer. Por favor, quítatela. ¡Enseguida!»

Con ésas, se quitó la peluca, hizo una reverencia y la colocó sobre la cabeza de *Pipí*. El perrillo soportó la humillación con dignidad. Era idéntico a un mofletudo abogado con el que Max había debatido una vez en el Parlamento.

Max esperó a que se apagaran las carcajadas para comenzar a aplaudir.

—Una actuación meritoria, señorito Dickon. Es evidente que está desperdiciando aquí su talento. Debería estar pisando las tablas del Teatro Real.

Capítulo 14

*L*os sirvientes volvieron bruscamente la cabeza al unísono. Sus caras reflejaban una mezcla de alarma y horror al ver a su jefe apoyado en el quicio de la puerta, observándolos con mirada desapasionada.

Dickon le quitó la peluca a *Pipí* y la escondió tras su espalda, agachando la cabeza dócilmente. La única que pareció no inmutarse por su presencia fue una anciana que se columpiaba en una mecedora con respaldo de mimbre, en un rincón. A juzgar por los montones de ovillos de colores que tenía a sus pies, había pasado los últimos cien años tejiendo una bufanda para un gigante. Dado que era la primera vez que la veía, Max dedujo que debía ser la esquiva Nana, la responsable de su desdicha culinaria desde que había llegado a Cadgwyck.

La señora Spencer se levantó, su encantadora sonrisa sustituida por aquella expresión crispada que él empezaba a detestar. Aquella sonrisa que no era en absoluto una sonrisa, sino una mueca ideada con el único propósito de aplacar a los demás.

—Vaya, lord Dravenwood, ¿necesita algo? —Miró con reproche la fila de campanillas oxidadas que había encima de la cabeza de Max—. No le hemos oído llamar.

Al recorrer con la mirada el corro de caras recelosas, Max vio por primera vez a sus sirvientes como lo que eran en realidad: una familia. Cuando su familia se reunía para cenar, era siempre en un comedor formal muy parecido al que acababa de abandonar. La conversación se limitaba a los ampulosos pronunciamientos de su padre acerca del político de turno que hubiera suscitado su ira y a los murmullos de asentimiento de su madre. Comían casi siempre en medio de un tenso silencio roto únicamente por el tintineo de la cubertería y la suave respiración del batallón de sirvientes que, apostados detrás de sus sillas, esperaban para suplir cada una de sus necesidades.

De tarde en tarde, cuando su padre se ponía rojo y empezaba a soltar espumarajos por la boca, Ash le daba una patada a Max por debajo de la mesa y hacía una mueca graciosa, pero él mantenía los ojos cuidadosamente fijos en el plato, consciente de que sería él quien pagaría por su insolencia si el duque los descubría.

Se había prometido a sí mismo que, cuando fuera señor de su propia casa, su familia se reuniría en torno a una mesa muy parecida a aquélla para comer, hablar, reír y disfrutar del placer de su mutua compañía. De ese sueño, sin embargo, ya no quedaba nada. Tal vez fuera el señor de su casa, pero nunca sería más que un forastero a ojos de las personas reunidas en torno a aquella mesa: un intruso que interrumpía su felicidad.

En uno de los bancos, frente a la señora Spencer, había un sitio vacío y durante un instante de locura Max ardió en deseos de preguntar si podía sumarse a ellos. Pero se limitó a erguirse y dijo con rigidez:

—Me preguntaba si podrían darme un poco de sal.

—Lisbeth se la llevará enseguida —prometió la señora Spencer con visible expresión de alivio.

Al parecer lo consideraba lo bastante despiadado como para despedirlos a todos por haberse reído un poco a sus expensas.

Max estaba a punto de emprender una retirada poco honrosa cuando vio una hogaza de pan recién horneado en medio de la mesa. El dorado pan debía de haber salido del horno justo antes de su llegada. Su corteza crujiente y perfectamente dorada, todavía humeante, despedía aquel olor que lo volvía loco desde su llegada a Cadgwyck. Junto a la hogaza había un pequeño cuenco de barro con mantequilla recién batida, esperando para ser untada en aquel cálido y esponjoso manjar.

No era más que una humilde hogaza de pan, más propia de una casa de labriegos que de la mesa de un señor. Y, sin embargo, con sólo verla, Max se sintió embargado por un ansia salvaje.

Cerró los puños. Era el señor de aquella casa. El pan le pertenecía. Levantó lentamente los ojos para clavarlos en la mirada asombrada de su ama de llaves.

Todo en aquella casa le pertenecía.

Su rostro debía de tener una expresión amenazadora, porque los labios de la señora Spencer se entreabrieron como si de pronto le costara respirar. Una de sus pálidas manos aleteó nerviosamente, acercándose a la franja de encaje de su cuello.

Max se había pasado la vida entera privándose de lo que más deseaba. Tenía mucha práctica. De no haber sido así, tal vez no habría podido reunir la fortaleza necesaria para dar la espalda a la señora Spencer y a su maldito pan.

Pero tras dar sólo dos pasos, se detuvo. Sin decir palabra, giró sobre sus talones, se acercó con paso enérgico a la mesa y agarró el enorme cuchillo que descansaba junto al pan. Una de las Elizabeth soltó un chillido, alarmada, y otra se echó hacia atrás como si temiera que fuera a matarlos a todos. Lanzando a su ama de llaves la misma mirada que sin duda Hades lanzó a Perséfone antes de llevársela a su guarida del inframundo para hacer con ella lo que se le antojara, Max describió una refulgente parábola con el cuchillo y lo hundió con violencia en la hogaza de pan.

Llegó hasta la puerta con su botín. Después, regresó en busca de la mantequilla y una gruesa salchicha. Los criados lo miraban boquiabiertos, como si se hubiera vuelto loco de atar. Pero en ese momento no le importaba lo que pensaran de él si podía satisfacer sus apetitos.

Se detuvo en la puerta el tiempo justo para dedicar a su ama de llaves una escueta inclinación de cabeza.

—Gracias, señora Spencer. Eso es todo.

Durante los meses transcurridos desde que Clarinda lo había dejado plantado ante el altar, Max se había acostumbrado a pagar el precio que exigía entregarse a la disipación. Se despertaba a mediodía con una horrible jaqueca, las manos temblorosas y el gaznate ardiéndole todavía por el brandy ingerido la noche anterior. Salía de la cama tambaleándose y se iba derecho al retrete, tapándose los ojos legañosos con una mano para protegerlos de los implacables rayos del sol. Luego volvía a la cama casi a rastras y esperaba a que volviera a hacerse de noche para poder empezar de nuevo.

A lo que no estaba acostumbrado era a despertarse al alba con la tripa llena y una sonrisa en los labios. Se dio la vuelta, tumbado boca arriba y se estiró como un gato tras una noche de exitosos merodeos, dejando escapar un gruñido de satisfacción.

Tras sentarse a la mesa del comedor completamente solo y engullir el pan, la mantequilla y la salchicha, se había retirado temprano y había dormido como un bebé. Durante sus años de servicio en la Compañía, se había sentado a la mesa de señores y príncipes, pero ninguno de los exóticos manjares que le habían servido en ellas podía compararse con la delicia terrenal de aquella sencilla cena.

Confiando en poder dormir un par de horas más, exhaló un profundo suspiro de contento, perfumado con el aroma del pan horneado. Al principio pensó que aquel olor delicioso se le había pegado a la piel, pero al disiparse la neblina del sueño, se sentó de un brinco, abrió las cortinas de la cama y asomó la cabeza olfateando el aire.

Cinco minutos después bajó a toda prisa la escalera mientras se ataba la corbata. Pronto se halló apoyado contra la jamba de la puerta de la cocina, embebiéndose de todos los detalles que, por culpa del hambre y la furia, le habían pasado desapercibidos la noche anterior.

La cocina estaba situada en el sótano de la mansión, pero una hilera de altas ventanas a lo largo de la pared del fondo dejaban entrar el tenue resplandor del amanecer. Allí no había ni rastro del polvo y la cochambre que parecían invadir el resto de la casa. Un fuego alegre chisporroteaba en la chimenea, ahuyentando con su calor el frío cortante de la mañana. Relucientes cazuelas de cobre y manojos de hierbas secas atados con cintas deshilachadas colgaban de ganchos de hierro clavados en las vigas descubiertas. El suelo de baldosas y el techo bajo daban a la estancia el aire de una amplia y acogedora cueva.

Pipí estaba enroscado sobre una estera descolorida delante de la chimenea de piedra, con el morro apoyado sobre las patas mientras un orondo gato tricolor de patas blancas y peludas dormitaba en el cojín de una mecedora, en el rincón.

No era la cocinera sino el ama de llaves quien se inclinaba para mirar el interior del horno de hierro fundido, cuya puerta estaba abierta. Max dudaba mucho de que Nana hubiera tenido nunca un trasero tan bien formado. Por una vez, la señora Spencer no parecía haberse zambullido en un tanque de almidón. Un gran delantal blanco cubría sus faldas y el calor del fogón había arrebolado su cara. Varios mechones de pelo habían escapado de la redecilla que sujetaba su moño y caían hacia delante en torno a su cara. Max observó entre remiso y fascinado que el calor húmedo que reinaba en la habitación comenzaba a rizar uno de aquellos mechones.

A pesar de su desaliño, la señora Spencer parecía más feliz de lo que él la había visto nunca. Incluso canturreaba una melodía desafinada en voz baja.

En el instante en que cerraba la puerta del horno con la mano envuelta en un trapo, Max dijo:

—Muy madrugadora es usted, ¿no es cierto, señora Spencer?

Incorporándose tan bruscamente que estuvo a punto de golpearse la cabeza con un perol de cobre, ella se giró para mirarlo. Parecía tan culpable como si la hubiera sorprendido in fraganti revolcándose sobre la mesa de la cocina con algún fornido y joven jardinero, una imagen ésta que le dio que pensar más de lo que había previsto.

El trapo cayó al suelo. Ella subió rápidamente la mano para remeterse un mechón en la redecilla sin mucho éxito.

—Milord, estoy segura de que hasta en Londres es costumbre llamar cuando se necesita algo, no acercarse a hurtadillas a los sirvientes y darles un susto de muerte.

—¿Se puede saber qué está haciendo? —preguntó él tajantemente.

Ella miró la mesa. Estaba cubierta de cabo a rabo por sacos de harina, escudillas de mantequilla y manteca, una cesta con huevos con pintas marrones, varios frascos de especias, cuencos de loza y una multitud de utensilios e ingredientes diversos, muchos de ellos imposibles de identificar para la mirada profana de Max.

La boca de la señora Spencer adoptó una expresión levemente insolente.

—Cocinar.

Max avanzó hacia ella.

—Tenía la impresión de que era Nana quien cocinaba en esta casa.

—Nana está un poco resfriada hoy. —Como si quisiera recordarle que si gritaba alguien la oiría, la señora Spencer señaló con la cabeza hacia la puerta—. Ya no puede subir las escaleras, por eso duerme en una habitación al fondo del pasillo, en vez de en las habitaciones del servicio.

Max rodeó el extremo de la mesa. La señora Spencer se fue girando hacia él mientras se acercaba, siguiéndolo con los ojos como si fuera un perro furioso y ella un zorro herido.

—¿Y cuántos días a la semana está resfriada Nana? —preguntó él—. ¿Cuatro? ¿Seis? ¿Siete?

—Está un poco mayor. No nos importa echarle una mano cuando podemos.

—¿Nos? —Max paseó una mirada elocuente por la cocina—. Aquí no parece haber nadie más que usted.

La señora Spencer levantó su barbillita obstinada.

—He descubierto que si me levanto temprano puedo trabajar un rato sin que me molesten, antes de que se despierten los demás.

Max casi sentía cómo iba creciendo la exasperación del ama de llaves. Tal vez él fuera el señor de la casa, pero aquella era *su* cocina. *Su* territorio. Allí el intruso era él. Seguramente nada le habría gustado más que agarrar el rodillo espolvoreado de harina de encima de la mesa y perseguirlo con él hasta echarlo de la habitación.

—¿Necesita algo? —preguntó.

Mientras observaba su orgulloso semblante, a Max le sorprendió sentir que una peligrosa oleada de deseo se agitaba dentro de sí. Necesitaba muchas cosas, pero la señora Spencer no podía satisfacer ninguna.

—Si no necesita nada —agregó, dándole la espalda con un desafiante revoloteo del delantal—, tengo otras cosas que... ¡Ay! ¡Maldita sea!

Max la había puesto tan nerviosa que se había olvidado del trapo caído y había agarrado el tirador de la puerta del horno con la mano desnuda. Al acercarse la mano herida al pecho, rechinando los dientes para que no se le escapara otro grito, Max se acercó rápidamente a ella. Lágrimas de impotencia brillaban en sus ojos castaños, que parecían de pronto más grandes y luminosos.

Maldiciéndose por haberla distraído, él agarró suavemente su mano.

—Déjeme ver —la urgió al notar que ella mantenía los dedos férreamente cerrados.

Ella exhaló casi con un sollozo.

—No hace falta. No necesito un enfermero.

—No era una petición, era una orden.

Ella sorbió por la nariz.

—Eso es muy altanero por su parte. Confío en que sepa que pienso mofarme implacablemente de usted esta noche durante la cena, y mis burlas son aún más certeras que las de Dickon.

—No olvide incluir la parte en que la despido por desobedecer una orden directa.

Sin dejar de mirarlo con furia, abrió la mano de mala gana. Cada uno de sus finos dedos tenía una virulenta marca roja.

—Por suerte ha soltado el asa antes de que le ampollara la piel, pero debe de dolerle una barbaridad. —Levantó la mirada y la sorprendió mordiéndose el labio—. Puede llorar si quiere.

—Cuán magnánimo por su parte. ¿También para eso tengo que pedirle permiso?

A pesar de su expresión malhumorada, no protestó cuando Max la condujo hasta la pila que había sobre una mesa larga, bajo la hilera de ventanas. Accionó la bomba y acercó con delicadeza su mano herida al grifo. Ella dejó escapar un gemido cuando el agua fresca cayó sobre sus dedos. Cerró los ojos y el alivio aflojó su rostro.

Max se sintió extrañamente absorto por aquella visión. Sus pestañas de color marrón no eran especialmente largas pero sí frondosas, y se rizaban ligeramente por las puntas. No parecía llevar ni una pizca de maquillaje, y sin embargo su piel poseía la tersa pureza de la nata fresca. Los ojos de Max se posaron en sus labios. Cuando no se estiraban en una sonrisa forzada o se fruncían en un mohín de censura, eran sorprendentemente carnosos y rosados, con un pequeño arco de Cupido en la parte de arriba que incitaba a besarlos. Abrió los ojos y entonces se apresuró a fijar de nuevo la mirada en su mano para que no lo sorprendiera contemplando su cara.

—Venga —dijo hoscamente, y la llevó a uno de los bancos que flanqueaban la mesa. La hizo sentarse y a continuación se sentó a horcajadas en el banco, frente a ella—. Tengo justo lo que necesita para las quemaduras.

Contento de no haber engullido hasta el último pedazo de mantequilla que había en la casa durante su orgía culinaria, hundió las puntas de los dedos en un cuenco de loza y comenzó a untar las quemaduras con pequeños pegotes de mantequilla. La mayoría de sus conocidas jamás salían de casa sin llevar guantes hasta el codo para proteger su piel blanca como un lirio. Las manos de la señora Spencer, en cambio, estaban ligeramente morenas y las yemas de sus dedos tenían callos y algún que otro arañazo. Eran las manos de una mujer que no era ajena al esfuerzo físico.

—¿Cómo sabía que la mantequilla es buena para las quemaduras? —preguntó, lanzándole una mirada tímida por debajo de las pestañas.

—Tenía un hermano pequeño que de niño no paraba de meterse en líos. Siempre estaba volcando colmenas o robando empanadas de carne a la cocinera delante de sus narices y quemándose los dedos. Más de una vez tuve que curarle las heridas para que nuestros padres no se enteraran de sus diabluras y le dieran una buena paliza.

—¿Tenía? —preguntó ella en voz baja, evidentemente temiendo lo peor.

Max no pudo evitar que una nota de amargura sonara en su voz.

—Ya no es un niño.

—¿Y usted? ¿No hacía travesuras?

Dejó escapar un bufido desganado.

—Muy pocas. Pero sólo porque no me atrevía. Antes de que me pusiera de pie en la cuna, ya me habían inculcado a machamartillo que era el hijo mayor, el heredero de mi padre y la esperanza de todos aquellos que rendían culto ante el altar de los Burke. Las travesuras eran un placer sólo permitido a los simples mortales, no a un niño muy seriecito en pantalones cortos que algún día sería duque.

—Parece una carga muy pesada para un niño.

—No estoy seguro de que haya sido niño alguna vez.

—¿Su padre vio con buenos ojos que ingresara en la Compañía de las Indias Orientales? Creía que de los nobles sólo se esperaba que se repantigaran en sus clubes con otros caballeros acomodados, bebieran brandy y hablaran de sus sastres y de sus hazañas jugando a las cartas.

Max se estremeció.

—Una dedicación para la que estaba especialmente mal dotado. A mi padre casi le dio una apoplejía cuando anuncié mi intención de ingresar en la Compañía. Pero en cuanto comprendió que mi influencia imbuiría al apellido Burke de más prestigio aún y más poder, acogió mi decisión como si fuera la más profunda aspiración que tenía para su primogénito.

—¿Nunca se cansaba de ser el hijo perfecto? ¿No le daban ganas de escapar de los grilletes del deber y de hacer algo realmente... perverso?

Una media sonrisa remolona curvó los labios de Max cuando fijó los ojos en su mirada inquisitiva.

—Lo deseaba con toda mi alma.

Sólo entonces cayó en la cuenta de que había acabado de untar de mantequilla las quemaduras y de que seguía sosteniendo su mano. Con el pulgar acariciaba distraídamente el centro de su palma, trazando lentos círculos sobre la piel satinada.

Su sonrisa se desvaneció. Aquélla era una situación imposible. Ella era una mujer imposible. Y sin embargo en ese momento, con su mano apoyada confiadamente en la suya y la dulzura de su aliento con olor a pipermín rozando sus labios, el mundo le pareció cuajado de posibilidades.

De pronto se le ocurrió que tal vez aquella fuera su oportunidad de romper las cadenas del deber. ¿Qué mayor travesura podía haber que robar un beso de los labios de su ama de llaves? Pero si prácticamente era un rito iniciático, ¿no? Los caballeros libertinos llevaban siglos seduciendo a sus amas de llaves y a sus criadas.

Su cuerpo ya se había crispado, lleno de expectación, y lo urgía a hacer algo salvaje e insensato por una vez en su vida, y al diablo con las consecuencias.

Acercó la otra mano a su cara, esperando a medias que ella se apartara de un respingo. Pero cuando rozó con el pulgar su mejilla suave, ella se mantuvo tan quieta como su mirada. Uno de sus rizos sueltos le hizo cosquillas en el dorso de los dedos cuando deslizó el pulgar hacia terreno más peligroso, rozando el calor aterciopelado de sus labios, que ya no estaban apretados, sino entreabiertos e invitadores. Probar la tersura de aquellos labios con la firmeza de su pulgar sólo consiguió aumentar su deseo, hasta que en lo único que pudo pensar fue en lo dulce que sería su sabor.

Cuando se inclinó hacia delante, la señora Spencer bajó las pestañas para velar sus ojos luminosos, casi como para negar lo que estaba a punto de suceder. Sus labios estaban a punto de encontrarse cuando la primera hilacha de humo se coló entre los dos.

Capítulo 15

Anne y Dravenwood miraron hacia el fogón y descubrieron que una espesa y acre nube de humo salía por las rendijas de la puerta de hierro fundido. Dejando escapar un grito de consternación, Anne se levantó de un salto y corrió al fogón. Esta vez se acordó de agarrar tanto el paño como una paleta de madera antes de abrir la puerta. Pero pese a sus esfuerzos llegó demasiado tarde. La paleta salió del horno llevando encima un bulto achicharrado.

Anne lo dejó sobre la mesa. Dravenwood se reunió con ella y miró el pan ennegrecido con tanto pesar, si no más, que ella.

—Perdóneme —dijo, con la voz enronquecida todavía por una emoción que podía haber sido arrepentimiento o deseo—. No debería haberla distraído.

—La culpa es sólo mía —repuso mientras se llevaba distraídamente los dedos al guardapelo que ocultaba bajo el corpiño del vestido—. He cometido el error de olvidar que unos segundos de distracción pueden estropearlo todo.

Dravenwood inclinó la cabeza enérgicamente y salió de la cocina sin decir palabra.

Anne vio desaparecer sus anchos hombros por la puerta y pensó con una traicionera punzada de tristeza que ninguno de los dos sería lo bastante estúpido para volver a cometer ese error.

—El señor desea verte en su despacho.

Anne, que estaba aplastando desganadamente un poco de tierra del jardín en la alfombra del salón con el tacón de su bota, levantó la mirada y vio a Lizzie en la puerta. La joven criada retorcía entre las manos el bajo de su delantal y parecía casi tan ansiosa como se sentía ella.

Anne estaba esperando aquella llamada desde su encuentro con lord Dravenwood en la cocina, esa mañana. Había confiado en que, al recibirla por fin, se aflojara el nudo de angustia que tenía en el estómago, no que se apretara aún más, hasta convertirse en una garra de la que era imposible escapar.

Había pasado los diez años anteriores intentando demostrar frenéticamente que ya no era la chica de antaño. Pero sólo había hecho falta una caricia tierna y la promesa seductora de un beso de los labios bellamente esculpidos de lord Dravenwood para que aquel espejismo se hiciera añicos. ¿Qué habría hecho si sus labios hubieran llegado a tocarse? ¿Le habría rodeado el cuello con los brazos y se habría sentado en su regazo? ¿Le habría robado él el corazón tan hábilmente como podía robarle un beso? ¿Era ella capaz de entregar uno sin el otro?

—Gracias, Lizzie.

Escondió un tiesto medio lleno de tierra debajo del volante de un diván y consiguió dedicar una sonrisa animosa a la muchacha antes de subir las escaleras para ir al encuentro de su destino.

La puerta del despacho estaba entornada. Al deslizarse en la habitación, encontró a lord Dravenwood sentado detrás del polvoriento escritorio de cerezo, rodeado por altos montones de libros de cuentas con tapas mohosas y páginas amarillentas. Estaba haciendo anotaciones en uno de ellos, completamente absorto en su tarea.

Anne se quedó allí parada, esperando a que advirtiera su presencia. Esa mañana en la cocina había descubierto lo embriagadora y peligrosa que podía ser su mirada cuando se clavaba en ella con tanta intensidad.

Un mechón de cabello oscuro y ondulado había caído sobre sus ojos. Lo apartó con gesto impaciente sin que su pluma dejara de volar sobre la página. Algo en aquel gesto pueril desencadenó una extraña ternura en el corazón de Anne. Consciente de que estaba mal espiarlo de modo tan cobarde, carraspeó.

Él levantó la mirada inmediatamente y su pluma dejó de moverse. No dijo nada, se limitó a mirarla de arriba abajo por debajo de las espesas y oscuras alas de sus cejas. Ya no era la mujer vulnerable que había permitido que le curara las heridas y que casi le robara un beso. Su delantal estaba recién almidonado, su cabello peinado con esmero y recogido en su pulcra redecilla.

Eran otra vez el señor de la casa y el ama de llaves, sabedores ambos del lugar que ocupaban y de qué límites no debían cruzarse.

Jamás.

Esforzándose por mantener una expresión lo más desapasionada posible, Anne le sostuvo la mirada.

—¿Me necesitaba el señor?

Sus ojos se entornaron un ápice antes de que cerrara el libro de cuentas con un sonoro chasquido, dejando claro que ahora iba a ocuparse de ella.

—Creo que es usted quien me necesita, señora Spencer. Tras nuestra conversación de esta mañana, me he dado cuenta de que he faltado absolutamente a mis responsabilidades.

—¿Usted, faltar a sus responsabilidades?

—De no ser así, no tendría usted que esforzarse por hacer el trabajo de todo un día antes de que el sol asome por el horizonte.

—Soy el ama de llaves de esta casa. Mi trabajo consiste en asegurarme de que todo vaya como la seda.

—Puede que sea cierto, pero no le corresponde a usted hacer el trabajo de todos los demás.

Se recostó en su silla y juntó los dedos bajo la barbilla.

Sus manos eran como debían ser las manos de un hombre: fuertes, poderosas, con un leve vello oscuro en el envés y largos y elegantes dedos. El tipo de manos que una mujer podía imaginarse fácilmente acariciándola, deslizándose por su cuerpo, tocándola... Anne fijó de nuevo bruscamente la mirada en su cara, horrorizada por el curso que habían seguido sus pensamientos.

—Por lo que he observado desde que estoy aquí, tiene usted que cargar con un mayordomo chiflado, una cocinera anciana, varias doncellas muy simpáticas pero de una incompetencia suprema, y un lacayo con muy malas pulgas incapaz de distinguir una bandeja de plata de un lirón. Si sigue intentando compensar los defectos de su personal, sólo conseguirá acabar prematuramente en la tumba de tanto trabajar.

Antes de que le diera tiempo a refrenarse, una risa amarga escapó de los labios de Anne.

—Puede que simplemente esté intentando salir de una tumba prematura a base de trabajar.

—Estoy seguro de que hace todo lo que puede, pero una mujer sola no puede encargarse de todo. Ha sido evidente para mí desde la noche de mi llegada que el personal de la mansión no era el adecuado para ocuparse de una casa de este tamaño. Sin embargo no hice nada para remediar la situación. Por eso he decidido buscar más servicio en Londres.

Anne sintió que se le entumecían los labios al pensar en que una horda de desconocidos vagara por la casa hurgando en cosas que no eran de su incumbencia. En cosas enterradas hacía mucho tiempo y que así, enterradas, debían permanecer. Y en otras cosas que sólo debían sacar a la luz ella y sus compañeros.

—Le aseguro que no será necesario —repuso, intentando evitar que una nota de histeria se colara en su voz—. Soy yo quien ha permitido que los otros sirvientes descuidaran sus deberes cuando no había señor viviendo en la casa. En cuanto les explique lo que se exige de ellos, se esmerarán más. Le doy mi palabra.

—Puede que los más jóvenes sí, pero ¿qué me dice de Hodges? ¿Y de Nana? Se supone que dirige usted una mansión, señora Spencer, no un asilo para ancianos y dementes.

—Nana y Hodges quedarían destrozados si se les privara de su empleo. Ninguno de los dos tiene familia que pueda velar por ellos. No tienen adonde ir. Hodges empezó a mostrar síntomas de deterioro mental hace poco tiempo —mintió—. Me temo que es el resultado de una herida que sufrió en la guerra.

Dravenwood la miró con desconfianza arrugando el ceño.

—¿En qué guerra?

—En la de Napoleón —contestó Anne, y confió en cubrir con eso la mayoría de las guerras que se habían librado en las décadas anteriores—. Sería indigno arrojarlo a la calle después de que sirviera tan valientemente a su país y a su rey.

—¿Y Nana? —refunfuñó Dravenwood—. ¿Acaso era artillera de la Marina Real?

—Nana sirvió fielmente a una familia de la comarca casi toda su vida —dijo Anne, confiando en que aquel pedacito de verdad consiguiera aplacarlo—. Pero cuando empezó a perder oído, se empeñaron en reemplazarla y la despidieron. Su único deseo es pasar los años que le queden de vida aquí, en Cadgwyck, en la casa que considera su hogar. —Se acercó y apoyó las manos en el escritorio, dispuesta a sacrificar su rígido orgullo ante el altar de la misericordia de Dravenwood—. Por favor, milord. Si los demás aceptan esforzarse más para aliviar mi carga de trabajo, ¿pueden quedarse Hodges y Nana?

—Claro que pueden quedarse. —La miró arrugando el ceño. Parecía sinceramente ofendido—. ¿Qué creía que iba a hacer? ¿Ponerlos de patitas en la calle y desentenderme de ellos?

Anne se irguió y suspiró aliviada. Eso era lo que había temido.

—Gracias, milord. ¿Se le ofrece alguna otra cosa?

—Sí, una más.

El brillo lascivo de su mirada hizo que el estómago de Anne volviera a contraerse.

—¿Sí, milord?

—Me da igual la bazofia que me sirva, pero quiero en mi mesa un poco de ese pan que hornea. Todos los días. Para desayunar. —Tras pensárselo un momento añadió—: Y para cenar.

Anne sintió que una sonrisa asomaba a sus labios.

—Creo que puede arreglarse. ¿Eso es todo, milord?

—Por ahora sí.

Aquellas sencillas palabras sonaron extrañamente provocativas en sus labios bellamente cincelados. Unos labios que habían estado a punto de apoderarse de los suyos esa misma mañana.

Ella casi había llegado a la puerta cuando Dravenwood dijo:

—¿Señora Spencer?

Se volvió y lo miró con recelo.

—¿Se le ha ocurrido pensar que tal vez no sea el ogro sin corazón que cree que soy?

—No, milord —contestó solemnemente—. Me temo que no.

Pero justo antes de salir por la puerta le lanzó una sonrisa sincera, no su tensa mueca de costumbre.

—Demonio de mujer —lo oyó Anne mascullar en voz baja cuando volvió a concentrarse en sus libros de cuentas.

—¡Exijo un aumento de salario! —exclamó Pippa la tarde siguiente mientras Dickon y ella luchaban por sacar del salón una alfombra turca enrollada y cruzar con ella el vestíbulo.

—Tú no tienes salario —le recordó Anne.

Estaba encaramada a una endeble escalera en medio del vestíbulo, limpiando con un cepillo el denso velo de telarañas de los deslucidos brazos de bronce de la lámpara. Cada vez que sentía una punzada o un dolor en los músculos, se acordaba de que era ella quien las había puesto allí.

—Razón de más para exigir un aumento.

Pippa exhaló un suspiro de agotamiento, dejó caer su lado de la alfombra y se sentó encima de ella. Se había cubierto los rizos morenos con un pañuelo de lino para protegerlos del polvo.

Dickon puso los ojos en blanco.

—No sé por qué estás de tan mal humor. —El muchacho miró con anhelo la puerta abierta de la mansión—. Yo podría estar ahora en los páramos, cazando para la cena o atrapando a un pony salvaje para montarlo. Y sin embargo aquí estoy, atrapado en esta mísera casa, haciendo faenas de mujeres con vosotras dos.

—No te quejes, querido —replicó Anne desde su tambaleante escalera—. Te vas a cansar de aire puro cuando estés en el patio golpeando esa alfombra para quitarle diez años de polvo.

Dickon masculló algo en voz baja que sin duda le habría valido un tirón de orejas si Anne lo hubiera oído y tiró con fuerza de su extremo de la alfombra, lanzando a Pippa al suelo. Mientras ella se levantaba de un salto y se frotaba el trasero mirándolo con cara de pocos amigos, el muchacho arrastró la alfombra y la sacó por la puerta.

Anne soltó el cepillo y se bajó de la escalera. Se sacudió las manos sucias y observó el resultado de sus esfuerzos con una sonrisa satisfecha.

Había cumplido sin tardanza la promesa que le había hecho a lord Dravenwood. Beth y Bess se habían pasado casi toda la mañana estornudando mientras descolgaban las cortinas mohosas de las altas y arqueadas ventanas y ahora estaban refregando sus ondulantes cristales para librarlos de la mugre acumulada durante años. Betsy estaba pasando una mopa por los suelos mientras Lisbeth hundía un trapo en un cubo con aceite de linaza y cera de abeja para lustrar la barandilla de caoba. Lizzie estaba arriba quitando a los muebles las sábanas viejas que los cubrían y rellenando todos los colchones con puñados de plumas frescas compradas a la muchacha del pueblo que criaba gansos. Hasta Hodges y Nana se habían empeñado en arrimar el hombro. Hodges iba recogiendo alegremente las piezas de plata deslustrada de la casa y las llevaba a la cocina para que Nana les sacara brillo con sus manos retorcidas.

Era imposible que con sus limitados recursos devolvieran a la mansión su antiguo esplendor. Como mucho, podían empuñar un espejo velado que reflejara lo que había sido antaño. Sus modestos esfuerzos, no obstante, habían removido algo más que el polvo. Si Anne ladeaba la cabeza en el ángulo adecuado, casi podía oír las notas delicadas de un vals saliendo del salón de baile desierto, el alegre tintineo de las copas de champán al levantarse en un brindis jovial, el murmullo apagado de las conversaciones y las risas de voces desaparecidas hacía largo tiempo. Angelica los miraba desde su altivo pedestal en lo alto de la escalera. Era imposible adivinar por su críptica sonrisa si aprobaba sus esfuerzos o se mofaba de su necedad.

Pippa siguió la dirección de su mirada.

—Nuestra Dama Blanca no se aparece desde hace casi quince días. Y estás poniendo tan cómoda la mansión que lord Imperioso no querrá marcharse. Empiezo a sospechar que no tienes mucha prisa por librarte de él como quieres hacernos creer.

—No seas absurda —contestó Anne, y hasta a ella le sonó poco convincente su voz—. Claro que quiero librarme de él. Pero creía que habíamos quedado en que nos convenía andarnos con cuidado con éste. No es tonto como los demás.

—No me refería a que el tonto sea él —repuso Pippa, lanzándole una mirada astuta antes de salir por la puerta lateral para reunirse con Dickon en el patio.

—Mocosa descarada —rezongó Anne, consciente de que seguramente sólo era cuestión de tiempo que Pippa y Dickon dejaran de usar las paletas para sacudir la alfombra y empezaran a zurrarse el uno al otro.

A pesar de lo que pensara Pippa, lo último que quería era que Dravenwood se quedara en Cadgwyck. Estaban perdiendo un tiempo precioso que podían invertir más provechosamente buscando el tesoro. Además, cuanto más se quedara, más difícil sería desalojarlo. Ella sólo estaba siguiéndole la corriente, aplacando sus sospechas y esperando a que bajara la guardia. En cuanto eso sucediera, se apartaría gustosamente para dejar que Angelica hiciera con él lo que quisiera.

De pronto la asaltó una imagen sorprendente: Dravenwood tendido desnudo en su colchón recién rellenado, bajo el dosel de su cama, con una sábana de seda cubriéndole las estrechas caderas y una sonrisa que parecía decir: «Ven, acércate».

—¡Señora Spencer!

De haber estado en lo alto de la escalera cuando aquella voz profunda y viril interrumpió su perversa fantasía, seguramente se habría caído de ella y se habría partido la crisma. Sacó un pañuelo del bolsillo de su delantal, se enjugó las mejillas sofocadas y se dirigió apresuradamente a la escalera. ¿Cómo era posible que su díscola imaginación engendrara una idea tan ridícula? Nunca había visto al conde esbozar una sonrisa sincera, y mucho menos una sonrisa seductora.

Cuando llegó al pasillo de la alcoba de lord Dravenwood vio que estaba desierto. Llamó indecisa a la puerta.

—Entre —ordenó él hoscamente.

Anne abrió con cautela la puerta, casi esperando encontrar a *Pipí* devorando otro par de botas o a *Sir Almohadillas* enredado en la mejor corbata del conde. Pero Dravenwood estaba solo, sentado en un taburete delante del tocador, mirándose ceñudo en su espejo biselado.

Desvió la mirada y sus ojos de color gris humo se encontraron con los de ella en el espejo.

—Lamento apartarla de sus deberes, pero la necesito.

La necesito.

Aquella descarada confesión la hizo preguntarse cómo sería que un hombre como él la necesitara de verdad. Oír esas mismas palabras susurradas al oído en la oscuridad de la noche y entonadas por la voz ronca de un amante.

Se acercó y procuró aguzar su enérgico tono de voz.

—¿En qué puedo servirlo, milord?

Dravenwood se giró en el taburete, dejando al descubierto el destello de las tijeras que tenía entre las manos y el puñado de pelo moreno y lustroso esparcido por el suelo a su alrededor.

—¡Oh, no! —exclamó, consternada sin motivo por aquella visión—. ¿Qué ha hecho?

—Estaba empezando a parecer un salvaje. O un americano. Desde que llegué a Cadgwyck me siento mucho más inclinado a cuidar de mi persona, pero necesito que me ayude a cortarme el pelo. Como ve, estoy haciendo una chapuza.

Anne volvió a mirar su pelo. Experimentó una absurda oleada de alivio. Todavía tenía arreglo, aunque saltaba a la vista que el pelo del lado derecho era más largo que el del izquierdo.

Dio otro paso adelante y luego vaciló. Una tarea tan íntima como cortar el pelo de un hombre era más propia de un ayuda de cámara o un barbero. O de una esposa.

—¿Qué le parece si llamo a Dickon, milord?

—Si no permito que ese chico se acerque a mi garganta con una cuchilla de afeitar, ¿qué le hace pensar que voy a confiarle unas tijeras?

Cada vez más ansiosa, Anne contestó:

—Entonces quizás Hodges...

Dravenwood ladeó la cabeza y le lanzó una mirada de reproche.

Ella exhaló un suspiro.

—Muy bien. Si insiste...

Revistiéndose de su aire más imperturbable, cruzó la habitación hasta situarse a su lado. Le sacudió el pelo cortado de los hombros, y aquel sencillo contacto hizo que las yemas de sus dedos cosquillearan de expectación. Sus manos se demoraron por voluntad propia, midiendo la anchura impresionante de sus hombros hasta que se dio cuenta de lo que hacía y las apartó bruscamente.

Al quitarse el delantal y colocarlo sobre los hombros del conde para salvaguardar su chaqueta, no pudo resistirse a preguntar:

—¿Está seguro de que a mí sí puede permitirme que me acerque a su garganta con un instrumento cortante?

—No del todo. Pero convencer al juez local de que tropecé y caí directamente en las hojas de unas tijeras será todo un reto incluso para usted y sus considerables recursos.

Lanzándole una mirada divertida y sombría, le ofreció las tijeras con las asas por delante.

Ella las aceptó, apretando los labios en una fina línea. Al inclinarse sobre él para calcular el alcance de los daños, llegó a sus orificios nasales el olor cálido y masculino del jabón de laurel. Un calorcillo comenzó a extenderse por su vientre.

Dravenwood se mantuvo tan quieto como una estatua de mármol cuando agarró un grueso mechón de pelo entre sus dedos y le dio un tijeretazo indeciso. Era lo bastante lúcida para darse cuenta de que el poder que tenía en ese momento sobre él era un espejismo que podía disolverse con una sola caricia o una mirada.

—¿Le cortó alguna vez el pelo al señor Spencer?

Ella bajó la mirada y lo encontró observando su rostro con expresión inescrutable.

—A veces —contestó, y sus manos fueron ganando poco a poco confianza al moverse en torno a su cabeza.

—¿Fue el suyo un matrimonio feliz?

—Durante un tiempo. Como la mayoría.

—¿Cuánto tiempo lleva sola?

Toda la vida, estuvo a punto de balbucir, pero enseguida se acordó que sólo era una impresión suya.

—Casi una década.

Él arrugó la frente.

—Es mucho tiempo para que una mujer se valga sola en este

mundo. ¿No tenía nadie que velara por usted cuando murió su marido?

—Soy perfectamente capaz de valerme sola, y he encontrado toda la familia que necesito aquí, en Cadgwyck. ¿Y usted, milord? —preguntó con la esperanza de cambiar de tema—. ¿Cuánto tiempo lleva solo?

Esperaba que él la reprendiera por su impertinencia, pero se limitó a encogerse de hombros y a decir:

—Toda mi vida, por lo visto.

Sus ojos se encontraron un instante. Después, ella siguió cortando suavemente el cabello del lado derecho de su cabeza, hasta que quedó a la misma altura que el del lado izquierdo. Procuró no cortárselo por encima de la ruda línea de su mandíbula. Sus oscuros mechones parecieron ondularse y rizarse más aún sin el peso extra que tiraba de ellos hacia abajo.

—Ya está —dijo cuando hubo acabado, y le hizo volverse en el taburete para que ambos pudieran admirar su obra en el espejo—. Creo que así bastará. Al menos, hasta que vaya al barbero.

Sin pensar, bajó la mano y acarició entre los dedos su cabello recién cortado como habría hecho con Dickon. Sus miradas coincidieron en el espejo y su mano se detuvo en seco. Fuera cual fuese el servicio que le pidiera el conde, no tenía derecho a tocarlo con tanta familiaridad.

Apartó la mano bruscamente, pero él se la agarró y cerró sus fuertes dedos en torno a los suyos, deteniendo su leve temblor. Le sostuvo la mirada mientras la retenía cautiva y por un instante sobrecogedor Anne pensó que iba a llevarse sus manos a los labios o a tirar de ella para acogerla en el cálido refugio de su regazo.

En vez de ello, le apretó suavemente las manos.

—Gracias, señora Spencer.

Embargada por una curiosa mezcla de alivio y desilusión, Anne apartó las manos de las suyas y le quitó el delantal de los hombros.

—¿Necesita algo más, milord?

Mirándola todavía en el espejo con los ojos entornados, Dravenwood abrió la boca y la cerró otra vez antes de decir en voz baja:

—No, señora Spencer. Creo que eso es todo.

Anne cerró la puerta al salir y se recostó contra ella dejando escapar un suspiro melancólico. Pippa tenía razón desde el principio. Su nuevo señor era más peligroso que los demás.

Pero por motivos insospechados.

Capítulo 16

*P*or favor, querido... Tengo fe en ti. Sé que puedes acordarte si lo intentas un poco más.

Max estaba cruzando el vestíbulo a la mañana siguiente cuando le llegó la voz de su ama de llaves proveniente del salón. Detuvo sus pasos. Nunca había sido muy dado a escuchar a hurtadillas, pero había algo irresistible en el tono suave y zalamero de su voz, una voz que solía ser enérgica y rebosante de orgullo.

—¡Te digo que no me acuerdo!

Max reconoció también la voz de Hodges, aunque nunca había oído hablar al mayordomo en un tono tan petulante.

—Me he devanado los sesos hasta que me ha dado dolor de cabeza, pero no me acuerdo.

—Quizá si lo intentaras una vez más... —le instó la señora Spencer.

Max se acercó a la puerta en arco para asomarse a la habitación.

Hodges estaba sentado en una silla Sheraton que tenía una de las patas astilladas apoyada en un libro. La señora Spencer estaba arrodillada a su lado, con una mano posada sobre su muslo. Levantaba la mirada hacia los ojos enrojecidos del viejo con una expresión en la que se mezclaban la esperanza y la consternación.

—No debes darte por vencido. Eres nuestra única esperanza y se nos está agotando el tiempo. Por favor, querido...

Max se puso rígido. Si a él le suplicara así, no sabía si podría negarle algo.

—¡Es que no está! ¿No ves que estoy haciendo todo lo que

puedo? —gimoteó Hodges, escondiendo la cara rubicunda entre las manos.

—Claro que sí. —Ella le dio unas palmaditas en la pierna y dejó caer los hombros, desanimada—. Ea, ea, querido. No pasa nada. Lo siento muchísimo. No debería haber insistido tanto.

Max carraspeó.

Hodges levantó la cabeza y los dos fijaron su mirada en él. La pátina de lágrimas de los ojos del mayordomo era inconfundible, al igual que la frustración y la culpa que reflejaba el rostro cansado del ama de llaves.

—¿Ocurre algo? —preguntó Max—. Tal vez pueda serles de ayuda.

La señora Spencer se levantó con los hombros de nuevo muy tiesos.

—El querido señor Hodges ha olvidado dónde puso la llave de la bodega. Estoy segura de que se acordará antes de que la necesitemos.

Max miró su cintura, de donde colgaba todavía su sempiterno manojo de llaves. La señora Spencer le estaba mintiendo. Su mirada podía ser osada, incluso desafiante, pero ello sólo quería decir que llevaba mintiendo tanto tiempo que lo hacía con todo desparpajo. El propio Max había vivido una mentira durante casi una década. Sabía lo fácil que era caer en esa situación.

Hodges había desviado los ojos y se agarraba a los brazos labrados de la silla en un vano esfuerzo por ocultar el temblor involuntario de sus manos.

Aparte de amenazar con despedirlos a los dos, Max tenía poco que hacer. Y si los despedía, tal vez nunca descubriera qué estaban ocultando.

—No se esfuerce en exceso, Hodges —dijo mientras fijaba una mirada pensativa en la señora Spencer—. A veces las cosas que se pierden aparecen donde menos te lo esperas.

A la mañana siguiente, le despertó el tamborileo de la lluvia en las ventanas de su alcoba. Pensó en salir a dar su paseo matutino por los acantilados, como solía, pero cuando acabó de desayunar la lluvia caía implacable, formando más allá de los ventanales del comedor una cortina gris que tapaba hasta el bullir tempestuoso del mar.

Quizás otro hombre habría encontrado acogedora la silenciosa penumbra y el rítmico repiqueteo de la lluvia en el tejado. Habría sido la oportunidad perfecta para regresar al despacho, encender un fuego que ahuyentara la humedad y seguir revisando los libros de cuentas y la correspondencia dejada por los antiguos señores de Cadgwyck Manor. Había ido allí supuestamente para encargarse de administrar la finca, no para convertirse en uno de sus fantasmas. Pero la sola idea de pasar el día atrapado tras un escritorio, dedicándose a las mismas vacuidades a las que había consagrado la mayor parte de su vida, se le antojó de pronto insoportable.

Al pasar junto a una ventana de la escalera, después de desayunar, la lluvia amainó lo justo para permitirle vislumbrar la torre que se erguía como un centinela al otro lado del patio. Agachó la cabeza para escudriñar entre el manto de oscuridad. La sola visión de la torre estimuló sus sentidos como no podría haberlo hecho ningún polvoriento libro de cuentas. Hasta ese momento no se había dado cuenta de lo mucho que echaba de menos las visitas de Angelica.

Una sonrisa inesperada afloró a sus labios. Si la Dama Blanca no venía a él, tal vez fuera hora de que le hiciera una visita.

Tardó casi media hora en cruzar la casa hasta el ala oeste. Podría haberse echado un gabán sobre los hombros y haberse puesto un sombrero, haber salido a hurtadillas por una de las puertas de la terraza y cruzado el patio de adoquines empapados, pero quería evitar las miradas inquisitivas de los sirvientes, cuyos esfuerzos por adecentar la mansión no habían llegado aún hasta aquella parte de la casa. Por el camino, pasó por habitaciones a oscuras pobladas por muebles que languidecían bajo fantasmales sábanas blancas. Un par de altas puertas decoradas con pan de oro descascarillado daban a un enorme salón de baile en el que sin duda Angelica Cadgwyck habría danzado antaño en brazos de sus rendidos pretendientes. Después de verse obligado a dar un rodeo tras encontrarse por tercera vez con una puerta cerrada, comenzó a lamentar no haber llevado consigo el llavero de la señora Spencer.

O quizás a la señora Spencer en persona.

Por fin llegó a un pasillo sin ventanas cuyo suelo de madera carcomida crujía tétricamente bajo sus botas. La penumbra se hizo tan espesa que se vio obligado a avanzar el último trecho tanteando las paredes, hasta que el pasillo acabó en una puerta.

Tras buscar a tientas un minuto, maldiciéndose por no haber tenido la precaución de traer una vela, encontró por fin un tirador de hierro y dio un empujón a la puerta. Ésta se resistió un momento, reacia a desvelar sus secretos, y luego cedió con un ventoso suspiro.

Max se halló en la planta baja de la torre y parpadeó aliviado al descubrir que ya no estaba a oscuras. Tal y como sospechaba, aquella parte de la casa había sido antaño la torre del homenaje del castillo original. Una luz fangosa entraba por las troneras abiertas a intervalos en los muros de piedra. La sinuosa escalera que ascendía adosada a la pared estaba derrumbada a trechos y resbaladiza por la lluvia que entraba por las troneras y goteaba a través de las grietas de los muros. A pesar de que sería fácil que resbalara, se rompiera la crisma y permaneciera allí durante días sin que nadie lo descubriera, comenzó a subir con paso extrañamente enérgico por la escalera.

Ésta subía retorciéndose hasta una puerta de roble reforzada con listones de hierro que parecía mucho más antigua que cualquier otra cosa que él hubiera visto hasta entonces en la casa. A diferencia de la puerta del pie de la escalera, aquélla cedió fácilmente cuando la empujó con cautela.

Antes de que tuviera ocasión de orientarse, una forma blanca voló derecha hacia su cara.

Capítulo 17

*M*ax dejó escapar un grito gutural y levantó las manos automáticamente para protegerse los ojos. El batir frenético de unas alas sobre su cabeza le hizo comprender al momento que lo que se había abalanzado sobre él no era un alma en pena, sino una tórtola desorientada que había entrado por un cristal roto de la ventana. Tan pronto intuyó que él no suponía una amenaza, la tórtola perdió interés en su persona y se elevó para posarse en una de las vigas, donde se dedicó a acicalarse las alas con esmero.

Divertido por su propia reacción, Max sacudió la cabeza y se alegró de que su socarrona ama de llaves no estuviera allí para verlo.

Fijándose de nuevo en su entorno, giró lentamente sobre sí mismo y miró en derredor con embelesada fascinación. El estado decrépito de la torre le había hecho suponer que llevaba varias generaciones deshabitada. Por el contrario, era como si hubiera entrado en la morada desierta de una princesa de cuento de hadas que hubiera salido para una o dos décadas y estuviera a punto de volver envuelta en un revuelo de seda y satén y una nube de perfume. Max se adentró en la estancia, subyugado a su pesar por el romanticismo de la escena.

La cámara redonda ocupaba por entero la planta superior de la torre. Las paredes de piedra estaban manchadas de moho y suciedad, pero en algún momento habían sido encaladas y decoradas con una complicada cenefa de hiedra que se parecía turbadoramente a la hiedra real que se colaba por las ventanas rotas.

Una cama de bronce oscurecido se alzaba entre dos de las ventanas ojivales, y el encaje carcomido que adornaba su medio baldaquín ondeaba agitado por la brisa perfumada de lluvia. Cerca de ella se veía un delicado clavicordio de madera de cerezo. Max podía imaginarse sin esfuerzo a una joven cuyos gráciles dedos se trababan ligeramente al deslizarse por las teclas mientras tocaba una de las intemporales melodías de Bach o Händel. Se acercó y, al aplicar un dedo a una de las teclas amarillentas, la nota aguda que emitió el instrumento le hizo dar un respingo.

Un alto espejo ovalado con una resquebrajadura en el centro colgaba de un marco diseñado de tal modo que podía ladearse para mostrar a quien lo miraba su ángulo más favorecedor. Cuando se acercó para moverlo, Max casi esperó descubrir en él una cara distinta a la suya. Pero sólo vio su propio semblante partido en dos por la grieta del espejo, inexpresivo y envuelto en sombras.

Dando la espalda al espejo, se acercó a una de las ventanas que daban a los acantilados y el mar. Los cojines del asiento de la ventana se habían podrido hacía tiempo, pero se imaginó a una joven acurrucada en ellos con un libro en la mano mientras la lluvia se estrellaba contra los cristales romboidales de las ventanas en un día como aquél, tan protegida y a sus anchas en aquella habitación como lo estaría la tórtola cuando regresara a su nido.

Justo frente a la cama había un tocador con faldas y un taburete roto tirado a sus pies. Max aminoró el paso al acercarse al tocador. Era ya un intruso en aquella estancia, pero por alguna razón espiar el tocador de una joven agudizó su sensación de estar invadiendo terreno sagrado.

Había algo de irresistible femenino en los objetos polvorientos esparcidos por la superficie de mármol del tocador: un espejo con el dorso de marfil y mango de plata; un par de peines de ámbar; una cajita de madera de catecú con bálsamo labial; un surtido de frascos cuyas etiquetas ostentaban nombres tan prometedores como «Leche de rosas», «Rocío del Olimpo» o «Flor de Ninón»; una guirnalda de cintas descolorida que podía haber sido arrancada de un complicado tocado y arrojada con descuido sobre la mesa de madrugada, tras una noche de baile en algún magnífico salón.

Y un solo frasco de perfume.

Max quitó el tapón de cristal tallado al elegante frasco y acercó éste a su nariz, sabedor ya de lo que encontraría en él. Su contenido se había evaporado hacía tiempo, pero al inhalarlo el aroma sutil del jazmín invadió sus pulmones: provocativo, erótico y sin embargo extrañamente candoroso. Estaba devolviendo con cuidado el frasco a su sitio cuando vio en la esquina del tocador una cajita de plata en forma de corazón adornada con perlas.

Dudó, consciente de qué había sentido Pandora al presentársele tan irresistible tentación. Cogió la caja y la sostuvo en una de sus manos, que de pronto le pareció demasiado grande y torpe para acoger semejante tesoro.

Intentando refrenar una mezcla de temor y expectación, levantó con cuidado la tapa para dejar al descubierto el interior vacío, forrado de terciopelo rojo. Unas cuantas notas levemente desafinadas que conocía muy bien se elevaron flotando en la habitación, como habían flotado hasta la puerta de su balcón la noche de su llegada.

Incapaz de soportar la penetrante dulzura de aquellas notas, cerró de golpe la tapa. Si algo podía invocar a un espíritu que deseaba que lo dejaran en paz, era sin duda aquella melodía obsesionante. Dejó la cajita de música en su sitio y se volvió para inspeccionar el resto de la habitación, cada vez más ansioso por encontrar alguna pista que desvelara el misterio de Angelica Cadgwyck.

Se hallaba frente a un armario de caoba casi idéntico al de su alcoba. Cruzó el suelo de madera con paso decidido y sólo vaciló cuando agarró los pomos de marfil de las puertas idénticas. Una de ellas colgaba torcida de sus bisagras, dejando una estrecha rendija entre el marco y el panel. Armándose de valor para hallarse ante un sonriente esqueleto que se precipitara hacia él, abrió de golpe las dos puertas.

Lo único que vio fueron los restos de un lujoso guardarropa sometido durante años a las inclemencias del tiempo: raso hecho jirones, seda rasgada y lana de merino roída por las polillas. El suelo del ropero estaba cubierto de delicados escarpines en descoloridos tonos pastel, con puntillas y cintas deshilachadas y punteras curvas. Al tocar uno de ellos con su bota, un chillido de protesta le advirtió de que una familia de ratones se había instalado allí.

Dejó abiertas las puertas del armario y, al volverse para observar la habitación, tuvo que reconocer por fin que su empeño era inútil. Si Angelica guardaba algún secreto, se lo había llevado consigo a la tumba al arrojarse por el borde del acantilado.

Una hilera de muñecas lo miraba altivamente desde un estante empotrado en la pared de piedra. Sus blancas caritas de porcelana estaban resquebrajadas, pero no por ello dejaban de tener un aire de altiva superioridad. Hasta sus labios puntillosamente fruncidos parecían expresar censura. Extrañamente fascinado por aquella imagen, Max se acercó a ellas. Sus faldas de raso estaban manchadas de moho, pero plegadas con precisión. Saltaba a la vista que las había colocado allí con tierno cuidado la mano de una muchacha demasiado mayor para jugar con ellas, pero demasiado joven para arrebatarles el lugar privilegiado que ocupaban en su corazón.

Entonces alargó el brazo para sacar una de las muñecas del estante. No se parecía a su joven dueña, pero había algo extrañamente familiar en ella. Sus labios pintados no parecían fruncirse en una mueca de desaprobación, sino ocultar una sonrisa. Sus ojos castaños estaban iluminados por un brillo burlón. Sin acertar a adivinar a quién se parecía la muñeca, Max sacudió la cabeza con desgana y se preguntó si no estaría perdiendo la cabeza por completo. Empezaba a ver fantasmas allí donde mirara.

Estaba devolviendo la muñeca a su sitio cuando advirtió algo extraño. Le había parecido que estaba sentada sobre un cojín de terciopelo de color azul Prusia, como correspondía a su situación de privilegio, pero al mirar más de cerca vio que no era un cojín, sino un libro con tapas de terciopelo. Empujó la muñeca con descuido a un rincón del estante y sacó el libro.

Al hojear suavemente sus frágiles páginas constató que se trataba de un diario, del tipo de los que utilizaban las jóvenes para consignar sus reflexiones y sus sueños.

Y sus secretos.

Con el diario aún en la mano, se acercó a una de las ventanas, donde la luz era algo mejor. Miró distraídamente el empedrado del patio, que la lluvia había dejado resbaladizo. A pesar de sus fantasías románticas, Angelica no había sido una princesa cautiva que morara en aquella torre. Y aunque lo hubiera sido, él había llegado demasiado tarde para rescatarla. Si quedaba en su alma una sola pizca de integridad, devolvería el diario a su escondite y haría lo que le había sugerido la señora Spencer: dejar que la señorita Cadgwyck descansara en paz, fuese cual fuese el lugar donde había hallado reposo.

Eso era justamente lo que habría hecho antes de que Clarinda lo abandonara para regresar a los brazos de su hermano.

Apoyando un pie en los restos astillados del asiento de la ventana, abrió el diario por la primera página. Comenzaba con las habituales divagaciones prosaicas de una muchacha entusiasmada por las muñecas, los ponis y los pasteles. Pero entre las líneas de aquellos sencillos pero encantadores esbozos de la vida cotidiana en Cadgwyck, comenzó a aflorar un retrato mucho más nítido que el del descansillo.

Angelica había sido mimada quizás en exceso, pero aun así siempre había estado muy atenta a quienes la rodeaban. Fue ella la primera en advertir que su niñera tenía dolor de muelas y necesitaba una cataplasma que la aliviara. Y lamentó enormemente que el hijo de uno de los mozos de cuadras de su padre sufriera una herida fatal al ser coceado por un caballo rebelde. La tinta de la página en la que relataba aquel suceso estaba emborronada y el papel arrugado como si hubiera tenido que absorber más de una lágrima.

Era evidente que Angelica adoraba a su padre y admiraba a su hermano mayor, Theo, a pesar de que la enfurecía que estuviera constantemente burlándose de ella y tirándole de los rizos. Envidiaba a su hermano por la libertad de la que disfrutaba por ser un niño y aprovechaba cada oportunidad que se le presentaba para escabullirse y correr a su aire por los páramos acompañada por Theo, aunque se arriesgara por ello a sufrir las severas reprimendas de su padre cuando regresaba a casa. El padre, sin embargo, parecía incapaz de permanecer enfadado con ella mucho tiempo, pues se aplacaba cada vez que la niña se sentaba sobre sus rodillas y le rodeaba el cuello con sus bracitos.

Mientras seguía pasando las páginas, Max descubrió largas lagunas entre las fechas a medida que Angelica se hacía mayor. Sin duda había estado demasiado ocupada viviendo la vida como para consignarla en un diario. Con el paso veloz de los años, su escritura se había ido haciendo más floreada, y los torpes borrones de tinta habían sido sustituidos por la elegante caligrafía de una joven cultivada.

Tras un paréntesis de varios meses, encontró esta anotación:

14 de marzo, 1826
Papá ha decidido encargar un retrato mío para mi decimoctavo cumpleaños. Aunque sé que le hace ilusión, temo tener que pasar horas sin fin posando para un pintor viejo y pomposo sin poder mover ni una pestaña. ¿Cómo voy a sobrevivir a semejante tortura?

En los labios de Max se dibujó una sonrisa. Como cualquier muchacha de diecisiete años, Angelica era dada a las exageraciones y el dramatismo. Pero cuando leyó las líneas siguientes, su sonrisa se desvaneció:

3 de abril, 1826
No puedo seguir callando. He de hacer una confesión que nadie más ha de oír, salvo mi diario: ¡Estoy enamorada! El amor se ha abatido sobre mí como una tormenta, como una fiebre, como una locura dulce y sin embargo terrible. Ya en nuestro primer encuentro él se llevó mi mano a los labios y la besó como si fuera la dama sofisticada que a menudo finjo ser ante mis pretendientes. Temo que posar para el retrato acabe siendo una tortura de una índole que no imaginaba.

14 de abril, 1826
No te imaginas lo difícil que es para mí intentar parecer tranquila y conservar el aplomo cuando me coloca a su gusto, me ordena que ladee la cabeza así o asá o me mira con el ceño un poco fruncido cuando me muevo o no consigo sofocar un bostezo. La más leve caricia de sus dedos en la mejilla me convierte en una extraña hasta para mí misma. Cuando se inclina

sobre mí para corregir la posición de un rizo o una cinta, me aterra que oiga latir mi corazón en el pecho como las alas de un pájaro cautivo y lo descubra todo. Es casi como si esos penetrantes ojos azules se asomaran a mi misma alma. No me atrevo a hacerme ilusiones de conseguir su cariño, pero en esos instantes temo ser capaz de hacer cualquier cosa con tal de ganarme la más insignificante migaja de su afecto. Absolutamente cualquier cosa.

28 de abril, 1826

¡Oh, día aciago! El retrato está terminado. Si antes contaba con gozosa expectación los segundos que faltaban para que llegara mi baile de cumpleaños, ahora temo que llegue ese día. Cada tictac del reloj me acerca al momento en que él se marchará de aquí, llevándose consigo mi corazón todavía palpitante.

3 de mayo, 1826

Me provoca sin piedad al negarse a que vea el retrato hasta el día del baile, cuando será desvelado públicamente. Tiemblo ante esa idea. ¿Y si el retrato revela a la criatura enamorada en la que me he convertido? ¿Será él tan cruel como para exponer los más profundos anhelos de mi corazón a los ojos burlones del mundo?

6 de mayo, 1826

¡Aún no está todo perdido! Me ha enviado una nota suplicándome que me reúna con él en la torre después del desvelamiento del retrato. ¿Y si intentara robarme un beso? Él ignora que no sería un robo, pues se lo daría libremente. ¿Qué otra cosa podría hacer, si mi corazón ya le pertenece?

Max frunció el ceño pensativamente. Así pues, Angelica y su amado pintor no eran todavía amantes cuando ella había accedido a reunirse con él en la torre, esa noche. Todavía era virgen, aunque fuera proclive a dejarse seducir. Sobre todo, por un artero donjuán que hubiera calculado cada palabra, cada sonrisa y cada roce para desnudar el corazón de una joven ofuscada por la angustia y el gozo del primer amor.

Sintiendo que el enojo fruncía aún más su ceño, Max comprendió que estaba siendo injusto. A juzgar por el retrato, el pintor había estado tan enamorado de Angelica como ella de él.

Estaba a punto de pasar la página cuando se dio cuenta de otra cosa. Si su último encuentro había tenido lugar en la torre, era posible que fuera allí donde había muerto el artista. Inspeccionó el suelo de madera. De pronto, cada mancha y cada sombra le parecieron sospechosas. Tal vez el enamorado de Angelica hubiera exhalado su último suspiro allí mismo, bajo sus botas. Por algún motivo le horrorizó la idea de que el nido de Angelica, el refugio encantador donde se escondía de la cruda realidad del mundo, hubiera quedado mancillado para siempre por semejante acto de violencia.

La siguiente página del diario no llevaba fecha. Escritas en ella había sólo seis palabras despojadas de florituras dramáticas y signos de exclamación: *Estoy deshonrada. Todo está perdido.*

La congoja se agitó en sus entrañas al pasar lentamente la página. Sabía ya lo que encontraría: páginas en blanco, lo único que quedaba de una vida malograda. Comenzó a pasarlas frenéticamente, casi como si pudiera hacer aparecer las palabras por obra de su voluntad. Palabras que lo tranquilizaran, que lo convencieran de que Angelica se había dado tiempo para comprender que, mientras siguiera respirando, no todo estaba perdido. Que todavía había esperanza.

Pero su voz se había apagado, dejándolo únicamente con hojas en blanco y el susurro amortiguado de la lluvia.

El diario se cerró entre sus manos. Seguía mirándolo, aturdido todavía por aquel viaje al pasado, cuando una furiosa voz de mujer rompió la quietud.

—¿Qué demonios está haciendo?

Capítulo 18

*P*or un instante, lord Dravenwood pareció tan arrepentido que Anne pensó que iba a esconder el diario de Angelica detrás de su espalda como un colegial al que hubieran sorprendido hojeando un libro de grabados indecentes. Aquella expresión, sin embargo, se desvaneció antes de que a ella le diera tiempo a apreciar por completo su extraño atractivo, y Dravenwood volvió a entornar los párpados y a asumir su inescrutable semblante de costumbre.

No esperaba encontrárselo allí cuando había subido las escaleras de la torre. Ninguno de los propietarios anteriores había tenido la osadía de ir a retar a la Dama Blanca a su guarida.

Se había quedado allí, paralizada en la puerta, durante lo que le había parecido una eternidad, mirándolo manipular el diario con una delicadeza rayana en la adoración. La visión de sus manos fuertes y masculinas pasando aquellas frágiles páginas había hecho que un delicioso escalofrío recorriera su cuerpo, casi como si Dravenwood la estuviera tocando a ella.

Ansiosa por sacudirse los vestigios de aquella sensación, cruzó la estancia y le arrancó el diario de las manos. Dravenwood levantó una ceja.

—¡Hombres! ¡Siempre metiéndose donde nadie les llama ni son bien recibidos! Imagino que ha pensado que podía subir aquí tranquilamente y comenzar a revolver entre cosas que no son de su incumbencia, como si no le hubieran enseñado que eso no se hace. ¡Debería avergonzarse de sí mismo!

Dravenwood siguió observándola con exasperante calma.

—¿Por qué me mira así? —preguntó Anne al darse cuenta de que no pensaba responder a su reprimenda.

Una sonrisa grave se extendió lentamente por el rostro del conde. Era la primera sonrisa sin un solo asomo de burla que le dedicaba. El gesto transformó su cara, ahondando los surcos que rodeaban su boca y haciendo que a ella se le acelerara el corazón.

—Estaba pensando que nadie me reñía así desde que llevaba pantalones cortos. De hecho, de niño estaba siempre tan ansioso por complacer que no sé si alguna vez me echaron una bronca tan tremenda. Como no fuera mi hermano pequeño, claro.

Por un instante, Anne se había permitido el peligroso lujo de olvidar que aquel hombre no era su igual, sino su jefe. Intentando escapar a la zozobra que se estaba apoderando de su corazón por culpa de aquella sonrisa, se volvió hacia la ventana y abrazó distraídamente el diario contra su pecho mientras miraba caer la lluvia.

—Discúlpeme. No debería haber sido tan vehemente. Es sólo que la señorita en cuestión lleva más de una década siendo objeto de sórdidas habladurías. Su vida ha sido diseccionada y su honor puesto en duda por perfectos desconocidos dispuestos a tacharla de buscona con el único objeto de parecer más virtuosos. —Sintió que su ira volvía a agitarse—. No digo que la chica no tenga culpa, pero las mujeres que se ven enredadas en un escándalo lo tienen mucho más difícil que los hombres. Su reputación queda arruinada, mientras que los hombres salen indemnes y son libres de seducir a la siguiente ingenua con la que se topen, y de alardear de sus conquistas por el camino.

—Por lo que me dijo usted —le recordó suavemente Dravenwood—, el hombre que sedujo a Angelica no salió precisamente ileso.

—Bueno, él fue la excepción que confirma la regla —reconoció, y se alegró de que Dravenwood no pudiera ver lo dura que sin duda era su expresión en ese momento—. Lo único que digo es que la chica no se merece que cualquier desconocido manosee sus pertenencias. Ya perdió muchas cosas. ¿No podemos dejarle al menos un poco de intimidad y de dignidad?

Sintió, más que verlo, que Dravenwood se acercaba a ella. Estaba tan cerca que sintió calor y el olor del jabón de laurel que exhalaban su garganta y su mandíbula recién afeitadas. Recordó lo a salvo y a gusto que se había sentido cuando la había apretado contra su cuerpo en la oscuridad y cómo se había estremecido de expectación cuando había creído que iba a besarla.

Pasando el brazo por encima de su hombro, Dravenwood le quitó el diario de las manos con suavidad, pero con firmeza. Anne se volvió para mirarlo, profundamente decepcionada por que desoyera sus deseos de manera tan cruel.

Dravenwood cruzó la habitación. Mientras ella lo miraba, rodeándose con sus brazos ahora vacíos, volvió a poner el libro en su escondite y colocó la muñeca encima de él. Incluso se tomó la molestia de arreglar las faldas enmohecidas de la muñeca de modo que sus pliegues ocultaran los secretos de Angelica a cualquier mirada curiosa.

—Ya está. —Se volvió para mirarla—. ¿Satisfecha?

Asintió con la cabeza, a pesar de que, al ver cómo sus hábiles manos manejaban la muñeca con la misma delicadeza con que había manejado el diario, se despertó en ella un anhelo tan profundo que dudó de que alguna vez pudiera volver a sentirse satisfecha.

Más para distraerse a sí misma que para distraerlo a él, se acercó a la cama y pasó una mano por el andrajoso encaje que colgaba del dosel. Se agitó al contacto de sus dedos como una tela de araña.

—Después de ver esta habitación, seguramente no le será difícil comprender por qué Angelica se convirtió en una mocosa malcriada. Según se cuenta en la comarca, su padre encargó a París, especialmente para ella, todas esas ridículas muñecas.

—A mí me parece un padre que mimaba a su hija, nada más. —Una sonrisa socarrona curvó la boca del conde—. Si alguna vez tengo la fortuna de tener una hija, probablemente a mí también me den tentaciones de hacer lo mismo.

Procurando no imaginarse a un Dravenwood risueño con una niñita de rizos morenos y ojos grises como el humo subida sobre sus hombros, Anne contestó:

—Por lo que he oído, la torre llevaba siglos deshabitada, de modo que Angelica engatusó a su padre para que trajera a un batallón de trabajadores y se gastara una fortuna en reformarla con el único fin de que ella pudiera presidir aquí su propio reino. Seguramente se creía una especie de princesa legendaria. —Meneó la cabeza y dejó escapar una risita desganada—. ¿Y quién podía reprochárselo teniendo en cuenta cómo la habían malcriado?

—Algunos niños, aunque malcriados, no se malogran sin remedio. Sospecho que Angelica era de ésos.

Anne lo miró boquiabierta, incapaz de ocultar su sorpresa.

—¿Por qué dice eso?

Dravenwood señaló el diario con la cabeza.

—Porque cuando tenía sólo siete años, ya era consciente de que su cumpleaños era también el aniversario de la muerte de su madre, y procuró alegrar a su padre regalándole una acuarela que había hecho de su madre con un arpa y alas de ángel. Porque cuando tenía once años y varios arrendatarios de su padre cayeron enfermos de cólera, salía de la mansión a hurtadillas, desobedeciendo las órdenes expresas de su padre, para llevar cestas de comida a sus casas. Comida que recogía de su propio plato, saltándose la cena y yéndose con hambre a la cama durante casi una semana.

Incapaz de resistir que siguiera enumerando las virtudes de Angelica, Anne le espetó:

—Es fácil ser generoso cuando no te falta de nada.

—Está usted siendo muy dura con esa joven, ¿no le parece? Sobre todo, después de haberla defendido tan apasionadamente.

—Defendía su intimidad, no su carácter.

Dravenwood entornó los ojos hasta que quedaron convertidos en grises rendijas y la observó atentamente.

—Puede que su fortaleza moral le impida compadecerse de las flaquezas de los simples mortales.

Anne casi habría jurado que se estaba mofando de ella. Su mirada penetrante parecía horadar la fina capa de respetabilidad que la recubría y descubrir todos los subterfugios, todos los embustes que había contado para lograr sus fines.

Ya le había demostrado lo persuasivo que podía ser. Cómo era capaz de seducir a una mujer para que le contara sus secretos con sólo atraerla entre sus brazos y rozar levemente sus labios con la boca.

Blindando su corazón contra el poder de aquella mirada, dijo:

—¿Y usted se incluye entre los mortales o entre los dioses?

Su áspera carcajada sonó cargada de amargura.

—Seguramente no le sorprenderá saber que he pasado la mayor parte de mi vida sentado en lo alto del monte Olimpo, mirando por encima del hombro a quienes consideraba menos virtuosos que yo. —Su semblante se ensombreció—. Pero le aseguro que la caída desde el monte Olimpo es muy larga. Y el aterrizaje muy duro.

No, si tienes a alguien esperando para cogerte en sus brazos.

Aquel pensamiento le asaltó de pronto la mente. Inclinó la cabeza, confiando en que las sombras ocultaran su rubor. Pero su renuencia sólo consiguió picar la curiosidad de Dravenwood.

—Me regaña por invadir el reino de la señorita Cadgwyck, como usted lo llama, pero ¿qué está haciendo usted aquí?

No podía decirle que había ido con intención de hacer lo que llevaba cuatro años haciendo cada vez que tenía un momento libre: buscar, buscar siempre, devanándose los sesos y poniendo la estancia patas arriba, alguna pista acerca del paradero de lo único que podía liberarla de aquella torre para siempre.

Así pues, le dijo lo más parecido a la verdad que se le ocurrió:

—A veces vengo aquí para estar sola. Para escapar. Para pensar. —El tamborileo acogedor de la lluvia pareció confirmar sus palabras—. Pero debería volver antes de que los otros me echen de menos.

Señaló hacia la puerta, invitándolo a precederla.

Visiblemente divertido por aquella muestra de despotismo, Dravenwood se dirigió a la puerta. Ella lo siguió, pero cuando llegaron al descansillo el conde se volvió y la miró pensativo.

—Desde que me ha sorprendido aquí, no se ha dirigido a mí ni una sola vez llamándome «milord». La verdad es que me gusta.

—¿Cómo preferiría que lo llamara? ¿Amo?

Cuando sus miradas se encontraron, un cambio infinitesimal en su expresión dio a Anne motivos para arrepentirse de su respuesta burlona. Un peligroso rescoldo ardía en el fondo de aquellos fríos ojos grises, amenazando con disolver su «fortaleza moral» en un soplo de humo.

—Mi nombre de pila es Maximillian.

Anne procuró no imaginar lo delicioso que sería dejar que aquel nombre se deslizara por su lengua y lo miró parpadeando con inocencia.

—Muy bien, milord.

—¿Usted tiene nombre de pila? ¿O «señora» es su nombre de pila?

—Anne. Me llamo Anne. —A pesar de que el rostro de Dravenwood no dejaba traslucir nada, no costaba imaginar lo que estaba pensando: un nombre insulso para una mujer insulsa—. Tenga cuidado al bajar las escaleras, milord —le advirtió—. Otra razón para mantenerse alejado de este lugar. Las escaleras se están desmoronando y pueden ser bastante peligrosas para quien no está acostumbrado a ellas. Podría haberse caído y...

—¿Y haberme roto el cuello? —preguntó él solícitamente.

—Haberse torcido el tobillo —contestó Anne, envarada.

El conde sopesó su advertencia un momento. Después se apartó. Esta vez no hubo duda del desafío implícito en su sonrisa burlona cuando extendió galantemente una mano hacia la escalera.

—Usted primero, señora Spencer.

Esa noche, ya tarde, Max se descubrió de nuevo ante el retrato de Angelica. Levantó más arriba la vela para bañar el cuadro con su amorosa luz. Tal vez no pudiera conocer a la mujer en la que se habría convertido Angelica, pero su visita a la torre le había permitido vislumbrar a la muchacha que había sido una vez.

Se inclinó hacia el retrato. Había estado demasiado entretenido contemplando el bello rostro de Angelica para prestar atención a la firma garabateada en la esquina del lienzo. Así pues, aquél era el hombre cuyo solo contacto había hecho latir su corazón «como las alas de un pájaro cautivo». Max entornó los párpados. No desconocía, naturalmente, la insidiosa comezón de los celos, pero no esperaba sufrirlos por una mujer muerta hacía una década.

Consignando el nombre del artista en su memoria, se incorporó. Tras leer el diario de Angelica tenía aún más curiosidad por saber qué había sucedido exactamente la noche en que se desveló el retrato. Tal vez hubiera estado buscando respuestas en el lugar equivocado. Al día siguiente mandaría a Dickon al pueblo con un mensaje para Londres. Si podían hallarse respuestas en los anales de las habladurías londinenses, conocía al hombre adecuado para encontrarlas.

Anne avanzaba por el mercado prestando poca atención a la algarabía y el ruido que se agitaban a su alrededor. Había comprado ya un hermoso ganso recién desplumado y un ovillo nuevo de lana para Nana a uno de los vendedores ambulantes que los viernes por la mañana montaban sus escuálidos tenderetes de madera a lo largo de la calle mayor de la aldea. Guardaba siempre una importante provisión de víveres en la mansión, pero antes de que emprendiera el largo camino de regreso a casa esa tarde, la cesta que colgaba de su brazo iría cargada con algunas cosas extras que necesitarían la semana siguiente.

Al pasar junto al magistrado de cara zorruna, lo saludó con una fría inclinación de cabeza. Sintió cómo la seguían sus ojillos pequeños como cuentas cuando pasó al siguiente tenderete. Antaño, una mirada como aquélla la habría impulsado a bajarse unos centímetros el feo sombrero negro que llevaba, con la esperanza de que su sombra le ocultara la cara. Ahora, en cambio, mantenía la cabeza erguida. Había aprendido que la mayoría de la gente veía sólo lo que esperaba ver. Y lo que esperaban ver cuando ella pasaba era el semblante severo y anodino del ama de llaves de Cadgwyck Manor.

La fresca brisa otoñal arrastraba el aroma de las castañas asadas. Incapaz de resistirse a aquel olor delicioso, se detuvo en el puesto siguiente para comprarle un cucurucho a Dickon con su dinero.

—Estuvo a punto de matar a ese pobre muchacho, ya lo creo que sí. Es lo que ha oído mi prima Molly. Tuvo que huir de Londres para que no lo arrestaran por batirse en duelo.

Al pasar al tenderete siguiente y ponerse a inspeccionar unas bonitas cintas de seda que sin duda encantarían a Pippa, prestó poca atención a la voz nasal de la señora Beedle, la lavandera del pueblo. Aquella mujer era una redomada cotilla. Anne tenía poca paciencia para las habladurías, pues sabía por experiencia propia hasta qué punto podían sumir la vida de una persona en el caos.

—Ya me parecía a mí que tenía pinta de calavera, entrando así en la taberna de mi Ollie, repartiendo bolsas de oro con esos aires que se da y mandando a todo el mundo como si fuera el dueño del lugar.

Anne levantó bruscamente la cabeza y una cinta de color lavanda se escurrió entre sus dedos. La voz ronca de Avigail Penberthy, la pechugona mujer del posadero, era inconfundible. Como lo era también la identidad del autoritario calavera que se paseaba por el lugar como si fuera el dueño de cada palmo de tierra que pisaban sus lustrosas botas de cuero.

Incapaz de resistirse a la tentación, se acercó a las dos mujeres, añadiendo así a la nutrida lista de sus pecados el de aplicar la oreja a conversaciones ajenas.

La señora Beedle bajó la voz:

—Molly se ha enterado de que era un perfecto caballero hasta que su prometida le dio calabazas. Lo dejó plantado en el altar y huyó para casarse con otro justo antes de dar el «sí, quiero».

Mientras las dos mujeres suspiraban a coro, compadeciéndose esta vez de Dravenwood, Anne sintió una punzada de piedad en las inmediaciones del corazón. Podía imaginar el golpe terrible que habría supuesto una ofensa semejante para un hombre con un orgullo tan irreductible como el de Dravenwood. Ahora comprendía por qué había llegado a Cadgwyck con aspecto de arrastrar sus propios fantasmas. Debía de haber amado mucho a su prometida para que su abandono le calara tan hondo.

—Yo pensaba que no duraría ni una noche en la mansión, cuanto más una quincena. Ha tenido que hacer un pacto con el mismo diablo para sobrevivir en esa tumba —comentó la señora Penberthy, y un escalofrío hizo temblar su voz.

—¿Con el diablo? —susurró la señora Beedle—. ¿O con la amante del diablo?

Normalmente, a Anne le habría entusiasmado escuchar pruebas de que la leyenda de Angelica seguía creciendo, pero ese día las bobadas de las dos mujeres le atacaron los nervios. Negándose a escuchar una palabra más, pasó rozándolas y, al hacerlo, propinó un fuerte golpe con la cesta al voluminoso pecho de la señora Penberthy.

—Disculpe —murmuró.

Las dos mujeres se sobresaltaron y cambiaron una mirada contrita.

—Caray, señora Spencer, no la habíamos visto.

—No, ya lo supongo. —Clavó una mirada gélida en la lavandera—. Señora Beedle, espero verla la semana que viene en la mansión.

La lavandera le dedicó una tibia sonrisa.

—Sí, señora Spencer. No faltaré.

Anne se despidió de ella con una fría inclinación de cabeza y siguió su camino, sintiendo cómo la seguían con los ojos hasta el final de la calle.

—¿Milord?

Esa misma tarde, Anne asomó con cautela la cabeza por la puerta de la biblioteca y encontró a su jefe reclinado en un sillón orejero de piel, con las largas y fibrosas piernas enfundadas en ceñidos pantalones, apoyadas en una otomana y cruzadas por los tobillos.

—¿Umm? —preguntó él distraídamente mientras pasaba una página del libro que estaba hojeando.

Anne se resistió a duras penas al impulso de poner los ojos en blanco al ver que era *Una investigación sobre la naturaleza y causas de la riqueza de las naciones*, de Adam Smith. Se permitió un instante para observar a hurtadillas las líneas nítidas y viriles de su perfil, la negra curvatura de sus pestañas, el asomo de barba que oscurecía su mandíbula a pesar de que se había afeitado esa misma mañana. Al acordarse de las murmuraciones que había oído en el pueblo, no pudo evitar preguntarse qué clase de mujer era capaz de romperle el corazón a un hombre como él.

—Fui a buscar el correo esta mañana, cuando estuve en el pueblo. Esto estaba esperando.

Se acercó a él y le tendió solícitamente la misiva.

Dravenwood dejó a un lado su libro, se irguió y cogió con cierta avidez el cuadrado de pergamino doblado. Pero al parecer no era la carta que esperaba. Masculló por lo bajo algo que sonó sospechosamente a «buah» y deslizó el pulgar bajo el sello de lacre. Al desplegar el pergamino y comenzar a leer la carta, palideció bajo la piel bronceada.

A Anne le dio un vuelco el corazón.

—¿Qué sucede? —preguntó alarmada.

La última carta que había llegado a Cadgwyck Manor había traído a lord Dravenwood hasta su puerta.

Al ver que levantaba lentamente la cabeza con expresión aturdida, se acercó a él sin darse cuenta de lo que hacía. La carta se escurrió entre los largos y aristocráticos dedos del conde y fue a parar al suelo.

—Es mi hermano.

Anne sintió una punzada de angustia al oír sus palabras.

—¿Son malas noticias? ¿Le ha ocurrido algo terrible?

—No. Es a mí a quien le ha ocurrido algo terrible. —Dravenwood fijó en el rostro de Anne una mirada afligida—. Va a venir. Con su familia.

Capítulo 19

*A*nne luchó por refrenar su propia consternación. Lo último que le hacía falta era tener a más miembros de la familia Burke husmeando por la casa, repartiendo órdenes y metiendo sus aristocráticas narices en asuntos que no eran de su incumbencia.

—Supongo que podremos preparar algunas habitaciones más —dijo con reticencia.

El conde se levantó de un salto, obligándola a dar precipitadamente un paso hacia atrás. Pasándose una mano por el pelo crespo, comenzó a pasearse arriba y abajo por la habitación como un tigre enjaulado.

—Usted no lo entiende. Tenemos que escribirle enseguida. Debemos detenerlos.

—¿Y cómo sugiere que lo hagamos?

—Me da igual cómo lo hagamos. Les diremos que la casa no está habitable. Que el mayordomo está senil. Que el lacayo es un gamberro. Y que hay un fantasma. ¡Y un perro incontinente!

Anne aprovechó que él se paseaba frenéticamente por la habitación para recoger la carta del suelo. Al echarle un vistazo, casi deseó haberla dejado en el suelo. Confiando en suavizar el golpe, dijo con calma:

—Me temo que es demasiado tarde para eso, milord. El correo tarda mucho en llegar a Cadgwyck, como descubrimos cuando recibimos la noticia de su llegada a la mansión. Según esta carta, su hermano y su familia salieron de Dryden Hall hace casi una semana. Está previsto que lleguen dentro de menos de dos días.

Dravenwood soltó un gruñido.

—¿Dos días? —Cambió bruscamente de dirección, y Anne se apresuró a apartar la otomana de su camino antes de que se cayera sobre ella—. Maldito sea —refunfuñó entre dientes—. Malditos sean los dos.

—Deduzco que no se alegra de su llegada —comentó ella con cautela.

—Claro que me alegro —repuso él con hiriente sarcasmo—. Igual que me alegraría de tomar el té con Atila el Huno. O del regreso de la Peste Negra. —Comenzó a rezongar otra vez, más para sí mismo que para ella—. Es muy propio de él, ¿verdad? Creerse que puede venir aquí y engatusarme de alguna manera para congraciarse conmigo. —Se paró en seco, como asaltado de pronto por una idea—. Quizá venga a matarme.

—¿Ha hecho usted algo para merecerlo?

Dravenwood le lanzó una mirada torva.

—Por su expresión deduzco que no le sorprendería mucho que fuera así.

Anne mantuvo un semblante cuidadosamente inexpresivo.

—¿Qué quiere que haga, milord?

Frotándose la nuca, Dravenwood suspiró.

—Su trabajo, supongo. Prepare las habitaciones —ordenó. Su desaliento parecía haberse endurecido hasta convertirse en una amarga resignación—. Por más que quiera, no podemos cerrarles las puertas. No le daré esa satisfacción. —Su rostro se iluminó—. Quizá, si les damos de comer esa bazofia que me sirve a mí, no se quedarán mucho tiempo. Pero haga lo que haga —añadió, lanzándole una mirada tan amenazadora que Anne dio instintivamente un paso atrás—, no les dé de su pan.

Anne dudó frente a la puerta cerrada del despacho. Había estado temiendo aquel momento todo el día, pero no había forma de posponerlo. Se secó las palmas sudorosas en el delantal antes de tocar suavemente a la puerta.

—Entre.

Obedeciendo la enérgica orden de Dravenwood, abrió la puerta y entró en la habitación. El conde estaba sentado detrás del enorme escritorio de cerezo. Los libros que contenían las cuentas de la casa, tanto pasadas como presentes, no estaban ya desperdigados sin orden ni concierto por la mesa, sino colocados en pulcros montones. Uno de ellos estaba abierto sobre el secante de piel del escritorio. Mientras observaba a Dravenwood, éste mojó la pluma en un frasquito de tinta, pasó la página y comenzó a hacer una anotación.

Nunca lo había visto tan acicalado. Se diría que lo había vestido y arreglado el mejor ayuda de cámara de todo Londres. Estaba recién afeitado, llevaba bajo la levita un chaleco abotonado de rayas de color plata y gris, y una corbata blanca como la nieve pulcramente anudada. Su cabello era lo único que se había resistido a la doma, y sus puntas negrísimas se rizaban aún en franca rebeldía alrededor del cuello almidonado de la camisa. Anne tuvo la sensación de que era la primera vez que veía al verdadero Maximillian Burke, al hombre sereno y comedido que durante años había reinado sobre su particular imperio desde detrás de un escritorio muy parecido a aquél.

Como la punta de su pluma seguía arañando el papel al deslizarse por la página; Anne carraspeó azorada.

—Lamento interrumpirlo, milord, pero Dickon ha divisado un carruaje privado cruzando el páramo. Creo que sólo puede ser su hermano.

Él levantó la vista y le lanzó una mirada tan tibia y cortés que a Anne se le encogió el estómago de alarma. Habría preferido de lejos una de sus miradas fulminantes.

—¿Y qué quiere que haga al respecto?

—¿No va a salir a recibirlos? —preguntó, indecisa.

—Eso se lo dejo a usted. —Volvió a fijar la atención en el libro de cuentas y mojó de nuevo la pluma en el tintero—. Que yo recuerde, realizó esa tarea con admirable aplomo la noche de mi llegada a Cadgwyck Manor.

—Pero, milord, es su hermano. —A medida que su perplejidad y su desaliento aumentaban, Anne buscó consuelo trazando con los dedos la forma familiar del guardapelo que escondía bajo el corpiño—. Pensaba que, si hace tiempo que no se ven, querrían...

—No le pago para que piense, señora Spencer —replicó Dravenwood sin levantar la vista.

Anne dio un respingo como si la hubiera abofeteado.

—No, milord —contestó en tono gélido—. Supongo que no.

Negándose a darle la satisfacción de preguntarle si podía retirarse, giró sobre sus talones y se encaminó a la puerta.

—¿Señora Spencer?

Se volvió y lo miró con desconfianza.

—Cuando lleguen, mi hermano sin duda querrá verme. Puede mandarlo aquí una vez que hayan cenado. A él solo.

—Como desee, milord.

Lo dejó allí con sus libros de cuentas y se obligó a cerrar la puerta con suavidad al salir, a pesar de que ardía en deseos de dar un portazo capaz de sacudir el marco de la puerta, y de paso a él.

En pie bajo el pórtico, en lo alto de la desmoronada escalinata, Anne vio avanzar el carruaje entre sacudidas por la avenida llena de baches. No era un coche alquilado, sino particular, con un hermoso tiro de seis caballos grises, cuatro palafreneros con librea y el escudo de armas ducal grabado en rojo y negro en la reluciente puerta lacada. Por primera vez, se detuvo a preguntarse por qué su jefe, el actual conde de Dravenwood y futuro duque de Dryden, no había llegado rodeado de tan regio esplendor.

Dickon aguardaba junto a la avenida con su librea raída pero sin peluca, haciendo al mismo tiempo el papel de lacayo y palafrenero. La tarde no era precisamente esplendorosa, pero tampoco tan fría y húmeda como habían sido los días anteriores. Un viento fragante amenazaba con soltar unos cuantos mechones del moño de Anne.

Cuando se detuvo el carruaje, Dickon le lanzó una mirada indecisa por encima del hombro. Ella hizo un gesto sutil urgiéndolo a acercarse. El muchacho corrió al carruaje para abrir la portezuela.

Anne no sabía qué esperar, pero el hombre que se apeó del coche era tan rubio como moreno era su hermano. Era de la misma estatura que Dravenwood y tan ancho de espaldas como él, pero ligeramente más flaco. Su cabello de color caramelo era liso y estaba cortado casi al ras.

Sus botas apenas habían tocado el suelo cuando tuvo que girarse bruscamente para agarrar a una niña de pelo rubio antes de que se lanzara de cabeza del carruaje como un perrillo atolondrado.

—¡Tranquila, Charlotte! —exclamó, y una sonrisa deslumbrante distendió su rostro tostado por el sol—. Te encanta mantener bien afinados los reflejos de papá, ¿eh, cariño?

Sujetando en el hueco del brazo a la pequeña, que no cesaba de retorcerse, le tendió la mano a su esposa. Ella posó la mano en la suya y salió del carruaje tocada con un sombrero de ala ancha cuya sombra ocultaba su rostro por completo, con excepción de la delicada curva de una de sus mejillas.

Dickon encaminó al cochero y a los lacayos hacia los destartalados establos mientras los señores comenzaban a subir por los anchos peldaños de piedra de la escalinata. La adorable chiquilla se metió el pulgar en la boquita fruncida como un capullo de rosa y apoyó la cabeza en el pecho de su padre, abrumada por una súbita timidez. La habían vestido con el esmero de las muñecas de la torre, pero una mancha de tierra oscurecía la rodilla de una de sus medias de color marfil, y tenía migas de galleta esparcidas por la pechera del delantalito.

Cuando el hermano de lord Dravenwood llegó a lo alto de la escalinata, Anne compuso una sonrisa solícita como había hecho la noche de la llegada de su nuevo señor.

—Soy la señora Spencer, el ama de llaves de la casa. Bienvenido a Cadgwyck Manor, milord.

El hombre frunció la frente en un gesto burlón que imitaba impecablemente el de su hermano mayor.

—Bastará con «señor Burke» o «señor», señora Spencer. ¿No se lo ha advertido Max? —Se inclinó y, bajando la voz, le susurró con aire conspirador—: Soy uno de esos plebeyos sin modales que él tanto desprecia.

Anne tuvo que refrenar una sonrisa sincera. La perezosa sonrisa del señor Burke y el brillo travieso que danzaba en sus ojos ambarinos eran casi irresistibles. Los ojos se le arrugaban cuando sonreía, como si hubiera pasado gran parte de su vida entornando los párpados para protegerlos del brillo del sol.

Su esposa dejó escapar una risa cantarina.

—No se deje engañar por mi marido, señora Spencer. Ashton Burke no tiene nada de corriente. Es tan poco convencional como el que más.

La señora Burke echó la cabeza hacia atrás y, al ver su rostro, uno de los más bellos que había contemplado, Anne sintió una extraña punzada en la región del corazón. Nunca se había sentido tan insulsa, ni había envidiado tanto los afeites, los polvos y las tenacillas de otra mujer.

El irresistible calor de su sonrisa suavizaba la gélida frialdad de su rubia belleza nórdica, y sus ojos verdes se rasgaban hacia arriba por las comisuras exteriores como los de un exótico felino.

Sorprendió a Anne al tomarla de la mano.

—Muchísimas gracias por su hospitalidad, señora Spencer. Hemos sido muy impulsivos al venir aquí. Confío en que nuestra llegada no haya causado muchas molestias a su personal.

—Ninguna en absoluto —mintió Anne.

Había tenido a las doncellas trabajando casi de sol a sol desde que sabía de su inminente visita. Hasta Pippa había arrimado el hombro, aunque a regañadientes. Por alguna razón incomprensible, Anne no quería que el hermano de Dravenwood encontrara a éste viviendo en una pocilga.

El señor Burke paseó la mirada a su alrededor y su mirada se tornó de juguetona en cautelosa.

—Bien, ¿dónde está mi devoto hermano?

Anne estaba temiendo la pregunta.

—Lo lamento, pero lord Dravenwood está ocupado en este momento.

Burke cambió una expresiva mirada con su esposa.

—No esperaba menos del bueno de Max. Entonces, ¿en qué ocupa su tiempo últimamente? ¿En contar su oro? ¿En dirigir batallas de soldaditos de plomo como solía hacer conmigo cuando éramos niños? —Miró a Anne moviendo las cejas—. ¿En azotar a los campesinos?

A ella le costó aún más que antes disimular su sonrisa.

—Le aseguro que en Cadgwyck Manor no escasean los quehaceres para mantener ocupado a su hermano. Ahora, si me permiten que les muestre sus habitaciones.

Se volvió, pero se dio de bruces con la puerta.

Maldita sea, pensó. Hodges debía de haberla cerrado al salir ella.

Echó mano del llavero que llevaba en la cintura, pero se dio cuenta de que debía de haberlo dejado en la mesa de la cocina.

Lanzó una mirada de disculpa a sus invitados y gritó alegremente:

—¡Hodges! Parece que he cerrado la puerta sin querer. ¿Le importaría abrirla? —En vista de que su amable petición no recibía respuesta, se inclinó hacia la puerta y siseó—: ¡Hodges! ¡Abre la puerta enseguida!

Se oyó decir en voz baja «muy bien, señora» y la puerta se abrió para dejarles pasar.

Hodges se quedó allí, sonriéndoles de oreja a oreja como un querubín demente, con el pelo revuelto y una mirada desquiciada. Rezando por que sus invitados no repararan en su extraño comportamiento, o fueran tan amables de no comentar nada al respecto, Anne les condujo a través del vestíbulo de entrada.

Cuando subieron las escaleras y pasaron junto al retrato de Angelica, miró de reojo al señor Burke, curiosa por ver si reaccionaba igual que su hermano y que todos los hombres que habían puesto hasta entonces sus ojos en él.

Curiosamente, fue la señora Burke quien primero reparó en él.

—¡Dios mío! ¡Qué criatura tan encantadora!

Su esposo lanzó al retrato una mirada breve y desinteresada, pasó un brazo por el talle de su mujer y le susurró algo al oído. Ella se rió en voz alta y le dio una palmada juguetona en el brazo. Al parecer el hermano del conde sólo tenía ojos para su esposa, noción ésta que dejó el corazón de Anne afectado por una extraña melancolía.

—Milord, el señor Burke está aquí.

Anne se quedó en la puerta del despacho, preparada para agachar la cabeza en caso de que su jefe le arrojara un libro de cuentas, un tintero o un globo terráqueo.

Había hecho exactamente lo que le había ordenado: se había ocupado de que al hermano del conde y a su familia se les sirviera una cena mediocre sin pan, había acompañado a la señora Burke y a su hija a sus habitaciones y a continuación había informado al señor Burke de que su hermano lo recibiría en su despacho.

—Muy bien. Hágalo pasar —respondió Dravenwood sin levantar la vista, en tono agrio, pero civilizado.

Seguía sentado detrás del escritorio, rodeado por una muralla de libros de cuentas. Empezaba a sospechar que se servía del escritorio como barrera para mantener a todo el mundo a distancia.

Hizo entrar al señor Burke y se volvió para marcharse.

—Quédese.

Sorprendida por su orden, Anne se dio la vuelta y se encontró a Dravenwood mirándola con enojo por debajo de las alas de cuervo de sus cejas. La observaba como si fuera una sierva que quizá necesitara una buena sesión de latigazos en cuanto se quedaran a solas, y ella no se atrevió a contradecirle.

Fascinada a su pesar por su deseo de que se quedara, se situó dócilmente en un rincón del despacho. El señor Burke le lanzó una mirada curiosa antes de dejarse caer en el gastado sillón de piel situado oblicuamente respecto al escritorio, con una desenvoltura natural que seguramente nunca había estado al alcance de su envarado hermano. Sentados el uno frente al otro con el escritorio en medio, sus parecidos y sus diferencias aparecían con nitidez cristalina.

Dravenwood observó a Burke con la mirada más desapasionada que Anne había visto nunca en él.

—Bien, ¿a qué debo el dudoso honor de esta visita?

El señor Burke tuvo el mérito de no perder el tiempo en cortesías que no serían ni apreciadas, ni correspondidas.

—Hemos venido a informarte de que nos marchamos de Inglaterra. Decidimos hace tiempo que Dryden Hall no era lugar para nosotros, pero estábamos esperando a que Charlotte fuera lo bastante mayor para viajar. Seguramente no te sorprenderá saber que la vida de un caballero de provincias y su esposa no nos conviene ni a mi esposa ni a mí.

Aunque se esforzó por ocultarlo, el conde pareció más sorprendido de lo que suponía su hermano.

—Pero ¿adónde pensáis ir?

—Primero a Marruecos a visitar a Farouk y a Poppy. Poppy está esperando su primer hijo y quiere que Clarinda se quede con ella hasta que nazca el bebé. Después iremos a Egipto. Ahora que por fin he conseguido convencer a nuestro padre de que no soy un perfecto holgazán, ha expresado interés en financiar una expedición arqueológica a las afueras de Giza.

—¿Y qué hará Clarinda mientras tú estás por ahí excavando en busca de tesoros escondidos? ¿De veras crees que es el entorno más adecuado para una mujer y una niña?

—Clarinda no permitiría que fuera de otro modo. Me temo que desarrolló el gusto por la aventura y por lo exótico cuando estuvo *invitada* en el harém de Farouk. Y, además, creo que no piensa volver a perderme de vista nunca más.

La sonrisa oblicua de Burke dejaba claro que esa perspectiva no le resultaba en absoluto desagradable.

Dravenwood se recostó en su silla y observó a su hermano con los párpados entrecerrados.

—¿Por qué has venido en realidad, Ash? ¿Para restregarme en la cara la felicidad de tu matrimonio? Sé que me lo merezco, eso y mucho más, pero si lo que quieres es castigarme por lo que os hice, te aseguro que no hace falta. Soy perfectamente capaz de castigarme yo solo.

Anne arrugó el ceño, preguntándose qué ofensa había cometido Dravenwood contra su hermano y la esposa de éste.

El buen humor desapareció del rostro de Burke sin dejar rastro, dejándolo extrañamente sombrío.

—No hemos venido a pavonearnos, Max. Hemos venido a decirte adiós. No sabemos cuánto tiempo estaremos lejos de estas costas. Y Clarinda tiene la idea sentimental de que tal vez quieras conocer a tu sobrina antes de nuestra partida. Es posible que se convierta en una mujer adulta antes de que tengas otra oportunidad de verla.

Al ver que su hermano seguía mirándolo desapasionadamente, Burke se enderezó, sentándose al borde del sillón.

—Tengo que confesar que yo también quería despedirme de ti. Soy consciente de que las cosas entre nosotros han sido un poco... eh... tensas estos últimos años, pero todavía recuerdo los tiempos en que éramos tú y yo batallando contra el resto del mundo. Puede que nuestras espadas no fueran más que dos ramas, pero siempre supe que podía confiar en ti para que me cubrieras las espaldas. Sigues siendo mi hermano, a pesar de lo que haya ocurrido desde entonces. Siempre serás mi hermano.

Extendió la mano por encima del escritorio invitando a Dravenwood a aceptarla, y Anne contuvo la respiración sin darse cuenta.

Dejando la mano de su hermano en el aire, Dravenwood preguntó:

—¿Cuándo os marcharéis de Cadgwyck?

—Mañana por la mañana, temprano. Nuestro barco sale de Falmouth el jueves.

—Muy bien, entonces. Os deseo buen viaje.

Dicho esto, Dravenwood siguió anotando cifras en su libro de cuentas, rechazando sin ningún aspaviento la oferta de reconciliación de su hermano.

Burke retiró la mano y se levantó bruscamente. Enfadado, se parecía aún más a Dravenwood. Se quedó allí, mirando con rabia la coronilla de su hermano.

—Confiaba en que el tiempo te hubiera ablandado el corazón, pero veo que sigues siendo el bruto intratable que has sido siempre.

Sin decir más, Burke dio media vuelta, salió del despacho hecho una furia y se dio el gusto de cerrar de un portazo. Dravenwood levantó la cabeza y miró la puerta un momento con semblante curiosamente inexpresivo. Después se levantó del escritorio, se acercó a la chimenea y se quedó mirando las llamas saltarinas del fuego, de espaldas a Anne.

Ella salió de su rincón, poseída por el impulso casi irresistible de aliviar la tensión de su postura con una palabra o una sonrisa reconfortantes. A fin de cuentas, si le había pedido que se quedara y presenciara una conversación tan dolorosamente íntima, tenía que ser por algún motivo.

—¿Milord? —dijo en voz baja—. Puede que hable a destiempo, pero me apena verlo en tan malas relaciones con su hermano. —Se aclaró la voz y escogió sus palabras con cuidado—. Verá, yo también tuve un hermano, hace tiempo. Solía sacarme de quicio con sus bromas y sus órdenes. Pero en el fondo siempre supe que, si alguien se atrevía a hacerme algún daño, él le daría su merecido. Nunca le di las gracias por ello, ni le dije lo mucho que significaba para mí. Di por sentado que siempre estaría ahí si yo alargaba el brazo. —Tragó saliva, sintiendo en el corazón un peso que conocía muy bien—. Hasta el día en que dejó de estar.

Dravenwood continuó contemplando las llamas sin dar señales de considerar sus palabras o incluso de haberlas oído.

—Daría cualquier cosa por recuperar a mi hermano, por oír su risa o poder coger su mano. —Anne se acercó, dirigiéndose a su espalda inflexible—. Lo que intento decir es que no debería usted permitir que el orgullo le haga esperar a que sea demasiado tarde para reconciliarse con el señor Burke. Nunca se sabe lo que nos depara el destino.

Dravenwood siguió callado unos instantes. Luego, por fin, dijo:

—Tiene razón, señora Spencer.

Una oleada de calor inundó el corazón de Anne. Estaba a punto de preguntarle si quería que fuera a buscar a su hermano cuando él prosiguió:

—Habla usted a destiempo. En el futuro le agradecería que procurara recordar cuál es su lugar. Eso es todo —añadió, dejando claro que no la necesitaba más, ni a ella ni a nadie.

A la mañana siguiente, Anne estaba en el pórtico, viendo cómo el señor Burke y su familia se preparaban para montar en su carruaje, cuando su jefe salió de la casa y pasó por su lado sin detenerse, el bello rostro crispado por la determinación. Sus ojeras delataban una noche de insomnio igual a la que había padecido ella.

—¿Adónde va? —gritó, demasiado sobresaltada para añadir «milord» o recordar que sus asuntos no eran de su incumbencia. Él mismo lo había dejado muy claro la noche anterior, en su despacho.

—A despedirme como es debido de mi hermano y su familia —gruñó Dravenwood mientras bajaba la escalinata a paso vivo—. Sería un pésimo anfitrión si no lo hiciera. —Le lanzó una mirada virulenta por encima del hombro—. Y como tuvo usted la amabilidad de recordarme, nunca se sabe lo que nos depara el destino.

Anne se recogió las faldas y bajó corriendo la escalinata tras él, temiendo que su propósito no fuera la reconciliación sino el asesinato. Mientras el conde se acercaba a grandes zancadas al carruaje, su hermano, que estaba ayudando a la señora Burke a subir al vehículo, se quedó de piedra. Los Burke cruzaron una mirada cautelosa, pero antes de que pudieran reaccionar su hijita se soltó de la mano de ambos y se deslizó hasta el suelo.

—¡Charlotte! —gritó la señora Burke.

Era demasiado tarde. La pequeña ya se había echado a correr por la avenida sobre sus piernecillas gordezuelas, chillando a pleno pulmón:

—¡Tío Max! ¡Tío Max!

Dravenwood se paró en seco con cara de quien está a punto de ser aplastado por los cascos de una manada de caballos salvajes. La niña se detuvo y comenzó a brincar tendiéndole los brazos. Saltaba a la vista que estaba acostumbrada a que la recibieran con los brazos abiertos allá donde iba. Como sin duda lo había estado Angelica Cadgwyck.

Anne nunca había visto a un hombre tan fuerte parecer tan desvalido. Contuvo la respiración y por un momento temió que ni siquiera fuera a darse por enterado de la presencia de la chiquilla. Pero Dravenwood se agachó lentamente, plegando su alta osamenta, y la levantó en sus brazos.

Cuando se incorporó por completo, Charlotte le echó los brazos al cuello y se aferró a él un minuto entero como una cría de mono araña. Después se echó hacia atrás y le lanzó una mirada de reproche con unos ojos verdes idénticos a los de su madre.

—No te pongas tan triste, tío Max. Volveremos pronto.

Le dio un sonoro beso en la mejilla y apoyó la cabeza en su hombro. Su cabello rubio, casi plateado, pareció aún más claro en contraste con la negrura del de Dravenwood.

Para entonces, sus padres ya la habían alcanzado.

Burke tendió los brazos para coger a la pequeña, pero Dravenwood no dio muestras de querer soltarla.

—No entiendo —dijo, y la perplejidad que reflejaba su mirada hizo que a Anne se le encogiera el corazón—. ¿Cómo sabe la niña quién soy?

—Bueno, se lo he contado todo sobre ti —confesó su cuñada esbozando una sonrisa—. Que solías ayudarme con mis sumas cuando era una niña pequeña para que me institutriz no me diera en los nudillos con la regla. Que vendaste a mi osito de peluche cuando perdió un ojo porque lo dejé toda la noche a la intemperie cuando estaba lloviendo. Que me rescataste de ese perro salvaje cuando tenía doce años y me llevaste hasta casa en brazos...

Burke cruzó los brazos, visiblemente malhumorado.

—Y yo le he contado que tus soldaditos de plomo siempre ganaban a los míos cuando hacíamos batallas de pequeños y que solías hundir mis barquitos de guerra en la bañera mientras esa horrenda niñera alemana me hacía lavarme detrás de las orejas.

El conde miró la cabeza rubia que reposaba cómodamente sobre su hombro. Después fijó los ojos en la cara de su cuñada.

—Sigues tan desvergonzada como siempre, ¿verdad, Clarinda? —dijo en voz baja—. Sabías que, si la veía, sería incapaz de resistirme a su encanto.

—Vamos, Charlotte —dijo Burke con suavidad al tenderle los brazos a su hija—. Es hora de irnos.

Dravenwood estrechó un momento más a la niña, ocultando la cara entre su suave pelo, y después se la entregó de mala gana a su hermano.

Antes de que Burke pudiera darse la vuelta, le tendió torpemente una mano. Burke la miró con desconfianza. Después clavó los ojos en el semblante de su hermano. Aunque el ceño de Dravenwood seguía siendo tan feroz como siempre, a Anne le pareció ver un destello de incertidumbre en sus ojos.

Temía que Burke fuera a rechazar el ofrecimiento de su hermano, al igual que Dravenwood había rechazado el suyo. Pero Burke se cambió a Charlotte al otro brazo y le dio un fuerte y sincero apretón. Luego dio media vuelta y llevó a su hija al carruaje, dejando a su esposa y a su hermano frente a frente en medio de la avenida. Por alguna razón que no alcanzó a entender, Anne comenzó a sentirse aún más intrusa que antes. Pero era demasiado tarde para retirarse al pórtico sin que repararan en ella.

Dravenwood miró a su cuñada con expresión de nuevo inescrutable.

—¿Vas a darme otro merecido bofetón antes de irte como hiciste la última vez que nos vimos? A veces tengo la sensación de que aún noto su picor.

La mujer acercó su mano enguantada a la mejilla de Dravenwood, se puso de puntillas y le dio un tierno beso en ese mismo lugar.

—Todo eso ya es agua pasada, Max —murmuró—. Sólo te deseo la misma felicidad que he encontrado yo. Nunca olvidaré todo lo que has hecho por mí. Ni por qué lo hiciste.

Se disponía a alejarse cuando vio a Anne parada a un lado con expresión azorada. Lanzó a su cuñado una mirada de reojo, se acercó a ella y le susurró al oído:

—Cuide de él, ¿quiere, señora Spencer? Siempre ha sido demasiado orgulloso para reconocerlo, pero lo necesita muchísimo.

Atónita ante la franqueza de aquella mujer y consciente de que su jefe la observaba, Anne sólo pudo asentir con la cabeza.

Mientras Dravenwood miraba cómo Clarinda Burke se alejaba para reunirse con su marido y su hija, Anne sintió que su corazón se contraía. Casi habría jurado que no era la primera vez que veía aquella expresión en sus ojos.

Dispuestos a partir en busca de aventuras desconocidas, la atractiva y joven familia montó en el carruaje, dejando a su anfitrión clavado en medio de la avenida. Cuando el coche comenzó a avanzar a trompicones por el camino cubierto de surcos, su sobrina sacó la cabeza por la ventanilla y agitó frenéticamente su manita enguantada de blanco.

—¡Adiós, tío Max! ¡Adiós!

Dravenwood levantó la mano. No la bajó hasta que el carruaje se perdió de vista, engullido por la ondulante hierba del páramo. Permaneció allí largo rato, mirando el lugar por el que había desaparecido, con el pelo oscuro danzando al viento.

Envalentonada por la promesa tácita que le había hecho a la señora Burke, Anne se acercó a él y tocó ligeramente la manga de su levita. El conde se volvió y la miró con los ojos entornados.

—¿Qué le ha dicho mi cuñada?

Anne bajó la mano. Pensó un instante en mentir, pero su mirada desafiante se lo impidió.

—Me ha pedido que cuide de usted.

—Cuán caritativo por su parte. Pero me temo que no necesito que cuiden de mí. Soy muy capaz de cuidarme solo.

Sin decir una palabra más, se dirigió hacia el pasadizo cubierto de hierbajos que separaba la parte principal de la casa del ala este, camino de los acantilados.

—Entonces, ¿por qué me pidió que me quedara en el despacho anoche mientras hablaba con su hermano? —gritó ella a su espalda.

Dravenwood dudó un instante. Luego siguió caminando como si no la hubiera oído.

Era su jefe. Anne estaba obligada a respetar sus deseos. Su deber era regresar dócilmente a la casa y buscar algo que barrer, limpiar o pulir para que él pudiera rumiar sus penas en privado y seguir llorando a la prometida que había perdido y castigándose por el terrible ultraje que creía haber cometido contra su hermano y su cuñada.

Pero levantó la barbilla al sentir que la ira comenzaba a agitarse dentro de ella. Por primera vez desde hacía mucho tiempo, no tenía intención de hacer lo que debía. Contrariamente a lo que había hecho creer a todo el mundo esos últimos años, no era mujer que se dejara despachar tan fácilmente.

Capítulo 20

Cuando salió por la parte de atrás de la casa, no fue el panorama espectacular de los acantilados lo que la hizo aminorar el paso y contener la respiración, sino la visión del hombre que se erguía al borde del abismo.

Con el pie apoyado en una roca de buen tamaño, Dravenwood contemplaba el mar como fascinado por lo que tenía ante sus ojos. Había en su postura algo de irresistiblemente viril y atemporal. Podría haber sido un rey pirata esperando para subir a un barco en el que surcar los mares y entregarse al saqueo y el pillaje. O uno de los caballeros de Arturo, soñando con la bella dama a la que había dejado en Camelot, donde languidecería aguardando su regreso.

—Debería haberme advertido —dijo sin volverse cuando ella se acercó.

Anne habría jurado que no había hecho ningún ruido que delatara su presencia, ni siquiera el de un guijarro que hubiera golpeado con el pie. Estaba descubriendo rápidamente que a Dravenwood era difícil pillarlo desprevenido. Se reunió con él al borde del precipicio.

—¿Sobre qué?

Él indicó con un ademán la vista sobrecogedora que se extendía ante ellos.

—De eso.

Besada por el sol otoñal, la costa había sufrido una mágica transformación. Jirones de nubes algodonosas surcaban un cielo azul. El musgo que cubría las anchas rocas de la cima de los acantilados no era ya de un desvaído tono gris, sino de un color a medio camino entre el verde esmeralda y el verde jade. Los rayos de sol se hacían añicos contra las crestas de las olas, afiladas como diamantes, iluminando el agua con un intenso tono verde azulado que habría bastado para hacer soñar a un hombre o a una mujer con las Barbados, las brisas tropicales y el contoneo de las palmeras. Allá abajo, al pie de los acantilados, la arena de la cala rielaba como polvo de oro.

—Lo deja a uno sin respiración, ¿verdad?

Anne no pudo disimular su orgullo mientras contemplaba el paisaje.

Dravenwood la miró de soslayo con expresión burlona.

—No hacía falta que me siguiera hasta aquí, ¿sabe? No tengo intención de arrojarme por el acantilado en un arrebato de locura como su impulsiva señorita Cadgwyck.

—Bien, es un alivio, desde luego. —Se sentó al otro lado de la roca e ignoró el impulso de acercarse una rodilla al pecho, como hacía cuando era niña—. Sospecho que sería usted un fantasma insoportable, siempre dando portazos, gruñendo y haciendo resonar sus cadenas. Me atrevería a decir que no volveríamos a descansar decentemente por las noches.

Mientras el viento tiraba del chal que cubría sus hombros, levantó la cabeza hacia el sol y deseó poder quitarse las horquillas y dejar que también su pelo ondeara libremente.

—Me ofende usted con esa valoración tan amarga de mi carácter. Sin duda le sorprenderá saber que durante mucho tiempo se me consideró el mejor partido de toda Inglaterra.

Anne se acordó de las palabras de la mujer del pueblo: «Era el perfecto caballero hasta que su prometida lo dejó plantado».

—¿Y por qué iba a sorprenderme? ¿Qué mujer podría resistirse a un caballero con un temperamento tan afable y un ingenio tan jovial?

Dravenwood resopló.

—Como probablemente habrá adivinado, me perseguían más por mi título y mi fortuna que por mis encantos.

Mirando a hurtadillas la áspera pureza de su perfil y la sombra que sus largas y negras pestañas proyectaban sobre sus párpados bellamente esculpidos, Anne dudó de que aquello fuera del todo cierto.

—Sé por experiencia que los hombres encantadores suelen tener una opinión de sí mismos aún más elevada de lo que esperan que sea la de los demás. Nunca les he tenido mucha estima.

—Entonces a mí sí debe tenérmela.

Que Dios se apiadara de ella si así era, pensó Anne. Apartó con esfuerzo la mirada de su perfil y volvió a fijarla en el mar. De pronto se sentía mareada, y no por efecto de la altura a la que se hallaban.

—Con su hermano y su cuñada no ha derrochado encanto, desde luego. Sobre todo teniendo en cuenta que han venido hasta aquí sólo para despedirse de usted.

La mirada distante de sus ojos grises y escarchados pareció hacerse más honda, como si contemplaran algo que se hallaba más allá del mar.

—Voy a tener que pedirle que sea indulgente con mis malos modos. Su visita ha sido una desagradable sorpresa. No había visto a Clarinda desde el día de nuestra boda.

Anne arrugó el entrecejo, desconcertada.

—Querrá decir desde el día de su boda.

Él la miró enarcando una ceja.

—¡Ah! —susurró Anne, y se alegró de estar ya sentada.

Así pues, Clarinda Burke era la mujer que lo había dejado plantado ante el altar, la mujer que le había roto el corazón y había dotado a sus labios de aquella mueca cínica. Recordó la expresión que había vislumbrado en sus ojos mientras veía alejarse a la esposa de su hermano, posiblemente por última vez. De pronto supo exactamente dónde había visto esa mirada antes: cada vez que Dravenwood contemplaba el retrato de Angelica.

—Huelga decir que para mi círculo social también fue un sobresalto que mi novia me abandonara ante el altar para poder casarse con mi hermano. Aquello fue la comidilla de todo Londres. Me sorprende que la noticia no llegara hasta Cadgwyck.

Anne, que no quería que supiera que, en efecto, la noticia había llegado por fin hasta allí, se obligó a decir en tono ligero:

—Ah, pero olvida usted que aquí en Cadgwyck tenemos nuestros propios escándalos de los que hablar. ¿Por qué lo abandonó su prometida? ¿Hizo usted algo para merecerse esa bofetada de la que hablaban?

Su risa sonó cargada de amargura.

—Tuve suerte de que no fuera más que una bofetada. Si ese día Clarinda hubiera tenido una pistola, quizá me habría disparado.

—¿Le fue infiel?

—¿Después de que accediera a casarse conmigo? No, nunca. —Dravenwood se giró para mirarla. Un fuego feroz había extinguido la escarcha de sus ojos—. Ni de palabra, de ni obra. Ni con el cuerpo, ni con el corazón.

Hipnotizada por la pasión de sus ojos, Anne sintió que su corazón trastabillaba. Siempre había soñado con que un hombre la mirara así.

Pero no mientras pensaba en otra mujer.

Él fijó de nuevo la mirada en el mar. Su mandíbula apretada formaba una línea rígida.

—Clarinda y mi hermano se enamoraron siendo muy jóvenes. Tuvieron una relación bastante... tempestuosa y Ash le rompió el corazón cuando se marchó en busca de fortuna dejándola atrás.

—¿Y usted estaba allí para recoger los pedazos?

—Lo intenté. Cuando se vio obligada a aceptar que Ash no iba a volver a buscarla, se derrumbó y cayó muy enferma. Yo... —Titubeó—. Ayudé a cuidarla varios meses. Hasta que estuvo lo bastante bien para valerse sola.

A pesar de la cantidad de información que contenía aquella sencilla explicación, Anne intuyó que estaba omitiendo grandes fragmentos de la historia, no para protegerse a sí mismo, sino para proteger a su cuñada. Ella también había perfeccionado esa destreza.

—Cuando estuvo recuperada, le pedí que se casara conmigo. Pero me rechazó. Como era el hermano de Ash, temía verme siempre como un recordatorio del amor que había perdido. Tardé nueve años en convencerla de que podíamos ser felices juntos.

—¿Nueve años? —repitió Anne, incrédula—. Bien, nadie podrá acusarlo de ser inconstante, ¿no es cierto?

—¡No sabe cuántas veces deseé que así fuera! Cuántas veces quise ser la clase de hombre capaz de acostarse cada noche con una mujer sin pararse siquiera a contar el precio que les costaría a ellas, ni tampoco a mí.

Su franca confesión hizo que Anne se sintiera extrañamente desfallecida.

—¿Qué la hizo cambiar de opinión cuando por fin aceptó casarse con usted?

Una sonrisa sardónica curvó sus labios.

—Dado que fui lo bastante idiota para salvar a Ash de un pelotón de fusilamiento y devolverlo a su vida, sólo puedo culparme a mí mismo de ese error. El día en que se suponía que teníamos que casarnos, Clarinda descubrió que, años atrás, yo había procurado separarlos porque no creía que Ash fuera lo bastante bueno para ella. Así que me abofeteó y se lanzó en sus brazos. Ella consiguió al hombre al que amaba desde siempre y yo obtuve justamente lo que me merecía: una vida entera de remordimientos y una mansión ruinosa habitada por una desdeñosa Dama Blanca.

Anne sopesó su confesión un momento.

—¿Cuántos años tenía cuando cometió ese terrible delito del corazón?

Dravenwood se encogió de hombros.

—Veintidós, supongo.

Ella dejó escapar una suave carcajada que le valió que Dravenwood la mirara con el ceño fruncido. Se puso en pie para mirarlo cara a cara.

—Dice que su hermano y Clarinda eran muy jóvenes cuando se enamoraron, pero usted mismo era poco más que un bebé: un muchacho poseído por el primer arrebato de pasión. Se revolvió porque su corazón estaba herido. Porque no podía aceptar que la mujer a la que amaba no fuera a corresponderle nunca. Y sin embargo intenta juzgar y condenar a ese joven necio e impulsivo con la sabiduría y la experiencia de un hombre hecho y derecho. Dígame, ¿sería tan implacable, tan inflexible con cualquier otra persona que hubiera cometido ese mismo error de juicio?

Dravenwood se acercó, mirándola con enojo.

—¿Está loca, mujer? No merezco ninguna piedad. ¡Les robé a mi hermano y a la mujer a la que amaba diez años que podrían haber pasado uno en brazos del otro!

—Puede que, sin quererlo, les hiciera un favor. Usted mismo ha dicho que su relación juvenil fue muy tempestuosa. Puede que su amor necesitara tiempo para madurar y ganar en solidez, antes de que pudieran entregarse de verdad a la felicidad de la que gozan hoy día.

—¡Lo que hice es imperdonable!

—Puede que estuviera mal, que incluso fuera perverso, pero ¿de veras es imperdonable? ¿Hay algún pecado que sea imperdonable si nos arrepentimos sinceramente, de corazón?

Anne no podía explicarle cuán ansiosamente necesitaba que estuviera de acuerdo con ella. Sobre todo estando allí, al borde de los acantilados, donde otra vida había llegado a su fin porque una muchacha había sido demasiado necia y orgullosa para perdonarse a sí misma. Una nota suplicante suavizó su voz:

—Lamentar lo que hizo es una cosa, y desperdiciar el resto de su vida porque siente lástima de sí mismo, otra muy distinta.

Dravenwood dio un rápido paso hacia ella y la agarró de los brazos. Anne sintió a través del chal su feroz fortaleza, el irresistible calor de sus manos cuando la atrajo hacia sí. La zarandeó un poco, bruscamente, frunciendo el ceño con aire amenazador.

—No he venido a este lugar buscando absolución. Y desde luego no necesito su absolución, señora Spencer.

—¿Qué necesita entonces, milord? —preguntó, sintiendo que su respiración se agitaba y que sus labios húmedos se entreabrían con desafiante temeridad.

La mirada ardiente que Dravenwood posó en sus labios le permitió vislumbrar peligrosamente lo que necesitaba. No era perdón, sino olvido, aunque fuera sólo por una noche o quizás incluso por unas pocas horas. Lo que ansiaba era la oportunidad de ser ese hombre inconstante que podía acostarse con una mujer únicamente porque la deseaba, no porque la hubiera amado casi toda su vida.

Anne casi pudo ver el esfuerzo que le costaba apartar la mirada de sus labios, aflojar las manos y separarla con firmeza de sí. En lugar del alivio que debería haber sentido, notó que el corazón se le encogía, lleno de desilusión.

—Necesito lo mismo que Angelica —repuso él con voz ronca, incapaz de hacer desaparecer por completo de su voz aquella nota de pasión—. Que me dejen en paz.

Sin más, dio media vuelta y se alejó de ella, caminando peligrosamente cerca del filo de los acantilados para rodear el promontorio.

Anne se ciñó el chal mientras lo miraba alejarse. El viento arrancó un suspiro de sus labios cuando susurró:

—Como desee milord.

Ese sinvergüenza se ha atrevido a ponerle las manos encima.

De pie junto a la esquina de la ventana del despacho de la primera planta, Hodges sintió que le palpitaban las sienes de furia mientras veía al nuevo amo de Cadgwyck dar la espada a Annie y alejarse. Ella se quedó allí, mirándolo, envuelta en la endeble protección de su chal.

Parecía tan pequeña allí parada, al borde de los altos acantilados, tan terriblemente vulnerable como si no hiciera falta más que una ráfaga de viento para arrojarla al abismo.

Hodges pegó los dedos al cristal de la ventana y una máscara de aflicción cubrió su rostro. No soportaba que Anne estuviera triste. Lo único que quería era extraer una sonrisa de aquellos labios, oír de nuevo su risa alegre resonar por los pasillos de la mansión.

El mayordomo entornó los ojos al seguir el avance de Dravenwood a lo largo de los acantilados. Era él quien le había robado la sonrisa. Él quien la había dejado allí sola para que la azotaran los vientos del destino.

Aquel hombre era un fraude, un impostor, un seductor sin escrúpulos, capaz de corromper todo lo que era puro y virtuoso. Hodges echó los hombros atrás y se irguió tan derecho y orgulloso que pocas personas que lo hubieran conocido durante esos últimos años lo habrían reconocido.

Sólo podía haber un verdadero señor de Cadgwyck. Una vez

desterrado el impostor, ese señor retornaría para ocupar el lugar que le correspondía por derecho.

Al oír que la puerta se abría chirriando a su espalda, se giró bruscamente y escondió las manos detrás de la espalda como un niño pillado in fraganti.

La cara pecosa de Dickon apareció en la rendija entre el marco y la puerta.

—Disculpe, señor, pero ¿ha visto la pala buena? Se me ha ocurrido bajar a las bodegas a seguir excavando mientras el conde está fuera, en los acantilados.

—No la he visto, muchacho —contestó Hodges, dejando caer los hombros hasta que recuperaron su encorvamiento natural—. Pero puedes preguntarle a Nana.

—Eso voy a hacer, ¡gracias!

Dickon se marchó, y su alegre silbido llegó a oídos de Hodges.

El mayordomo sacó las manos de detrás de la espalda. Permaneció allí largo rato, mirando el abrecartas con mango de bronce que sostenía su puño tembloroso. A fe suya que no recordaba de dónde había salido.

Capítulo 21

*P*or primera vez en el escaso tiempo que hacía que se conocían, la señora Spencer hizo justamente lo que Max le pidió que hiciera. Hacía sus labores y supervisaba a los sirvientes sin que en sus palabras o sus actos se atisbara siquiera un indicio de impropiedad.

A Max le sorprendió lo mucho que echaba de menos verse fustigado por su afilada lengua, o que le brindara una opinión que no había solicitado ni recibía con agrado. Todas sus demandas, por frívolas que fuesen, eran acogidas con cortés docilidad. Pasados unos días, comenzó a tener perversas fantasías en las que se imaginaba pidiéndole algo absolutamente escandaloso. Cada vez que ella le preguntaba: «¿Algo más, señor?», tenía que morderse la lengua para no contestar: «Suéltese el pelo» o «Levántese la falda para que le vea las ligas». Ya no estaba seguro de qué haría si ella respondía con el debido «Como desee el señor» mientras se levantaba el bajo de la falda para tentarlo con la visión fugaz de un tobillo fino o una pantorrilla bien torneada.

Hasta el triste recuerdo de Clarinda habría sido una distracción agradable de aquella obsesión creciente con el ama de llaves. Pero la esposa de su hermano parecía ocupar menos sus pensamientos cada día que pasaba. Era casi como si el beso de Clarinda y su bendición hubieran roto por fin el hechizo que lanzara sobre él cuando era poco más que un niño. Cuando sus caminatas por los acantilados dejaron de aliviar la extraña tensión que se acumulaba dentro de él como las nubes de una tormenta, tomó la costumbre de acercarse a la aldea cada tarde con la esperanza de recibir una carta que despejara sus dudas acerca del amado pintor de Angelica.

Hacía casi un mes que había puesto en el correo la misiva en la que pedía que se hicieran averiguaciones sobre él, pero aún no había recibido noticias.

Los aldeanos habían empezado a mirarlo con recelo, como si hubiera algo sospechoso en cualquier hombre capaz de compartir la casa con un fantasma.

Max suponía que su hosquedad y su bronca manera de dirigirse a ellos tampoco ayudaba. No pasó mucho tiempo antes de que comenzaran a cambiarse de acera cada vez que lo veían llegar.

Su paciencia o su falta de ella se vio recompensada por fin una soleada tarde de jueves. La rechoncha encargada del correo pareció alegrarse tanto como él cuando le hizo entrega de un grueso paquete atado con cordel que llevaba su nombre pulcramente escrito en la parte delantera.

Max rasgó el paquete y echó una ojeada a la primera página. No había leído más que unos renglones cuando una sonrisa amarga comenzó a extenderse por su cara. Era aquél un descubrimiento que ni siquiera su imperturbable ama de llaves podría ignorar.

Anne estaba en la cocina, charlando con Nana mientras removía una cazuela de cobre llena de estofado de cangrejo encima del fuego, cuando una de las campanillas de encima de la puerta comenzó a tintinear. Ignorando el traicionero brinco que dio su corazón, levantó la vista y descubrió que era el timbre del despacho del señor.

Sintió la tentación de hacer oídos sordos o de mandar a Hodges o a Dickon por puro despecho. Pero tras pasarse la mañana registrando cada palmo del desván por enésima vez, o eso le parecía, Dickon había salido a dar un merecido paseo por los páramos. Y la última vez que había visto a Hodges, el mayordomo estaba en el salón de baile, bailando alegremente un vals con una pareja invisible y un cubreteteras en la cabeza.

Anne cambió su delantal manchado de salsa por uno limpio y se inclinó para gritar al oído de Nana:

—Supongo que no puedo convencerte de que vayas a ver qué quiere su excelencia.

Nana le sonrió desde su mecedora, dejando ver sus encías desdentadas.

—Si fuera unos años más joven, estaría encantada de darle a ese hombre todo lo que quisiera.

Anne se retiró con fingido horror.

—¡Pero Nana! ¡No sabía que fueras tan desvergonzada!

Nana soltó una risa semejante a un cacareo.

—Sólo hace falta el hombre correcto para convertir a cualquier mujer en una desvergonzada.

Anne se puso seria al acordarse del peligroso deseo que había atisbado en los ojos de Dravenwood antes de que la apartara de sí en los acantilados.

—¿Y qué me dices del hombre equivocado, Nana? ¿Qué puede hacer?

La anciana la agarró de la manga con una de sus huesudas garras, instándola a inclinarse para poder susurrarle al oído:

—Darle a ella lo que quiere.

—¿Ha llamado, milord?

Se detuvo, envarada, en la puerta del estudio y procuró no pensar en las palabras de Nana, ni en lo atractivo que estaba lord Dravenwood trabajando sentado detrás del escritorio, con un chaleco de seda color cobre, una camisa de un blanco deslumbrante y la levita colgada descuidadamente del respaldo de la silla.

Esta vez no la hizo esperar mientras se ocupaba de sus libros de cuentas, sino que se levantó de inmediato y rodeó el escritorio.

—Acabo de volver del pueblo. Ha llegado una cosa en el correo y he pensado que tal vez le interese.

—¿Le han llamado de vuelta a Londres? —preguntó esperanzada, pestañeando con toda la inocencia que fue capaz de mostrar.

Dravenwood clavó en ella una mirada de reproche antes de señalar con la cabeza el sillón de piel de delante del escritorio.

—No hace falta que se quede merodeando en la puerta como un cuervo de mal agüero. Siéntese.

—¿Es una petición o una orden?

—Es una invitación. Por favor.

El tono aterciopelado de su voz le permitió vislumbrar lo peligroso que podía ser para su resolución que no le diera órdenes con aquella altivez a la que la tenía acostumbrada.

Anne se acercó al escritorio y se sentó elegantemente, cruzando las manos sobre su regazo con aire puntilloso.

Dravenwood apoyó la cadera en una esquina de la mesa y un brillo de excitación apareció en sus ojos grises.

—Siempre he creído que cualquier misterio no es más que una ecuación matemática que puede resolverse si se encuentran las variables correctas y se las aplica en el orden adecuado. La única variable que teníamos en el caso del misterio de Angelica Cadgwyck era el nombre del pintor que la sedujo. Así que llegué a la conclusión de que, si quería averiguar qué pasó realmente la noche de su baile de cumpleaños, tenía que descubrir algo más acerca de ese hombre.

Con tremendo esfuerzo, Anne consiguió mantener un semblante inexpresivo. Sólo podía confiar en que Dravenwood no notara que había empalidecido.

—Mientras contemplaba el retrato de la señorita Cadgwyck, se me ocurrió que un hombre capaz de pintar con tan innegable destreza tenía que haber dejado alguna huella en los círculos de la alta sociedad. Así que recabé la ayuda de cierto investigador a cuyos servicios había recurrido la Compañía en el pasado: un escocés extremadamente tenaz llamado Andrew Murray. El señor Murray tiene un don para extraer el más insignificante grano de verdad que pueda haber en cualquier habladuría, por sórdida y retorcida que sea. —Se detuvo bruscamente y ladeó la cabeza para mirarla—. ¿No va a regañarme por hacer averiguaciones sobre asuntos que no son de mi incumbencia?

—No me atrevería a ser tan presuntuosa. Como ya me recordó convenientemente, ahora usted es el señor de Cadgwyck. Es su casa, su cuadro. —Vaciló un instante—. Su fantasma.

Él asintió con la cabeza satisfecho, cogió de la mesa un grueso fajo de papeles y lo abrió enérgicamente.

—Como seguramente ya sabrá por la firma del retrato, el nombre del pintor era Laurence Timberlake.

—Laurie —murmuró ella sin poder contenerse.

Dravenwood la miró frunciendo el ceño.

—¿Qué ha dicho?

—Nada. Tuve un amigo de infancia que se llamaba Laurence.

Él siguió hojeando los papeles.

—Murray ha localizado varios cuadros de Timberlake repartidos por todo Londres y por la campiña de los alrededores, y está de acuerdo en que poseía un talento notable. Le ha sorprendido tanto como a mí que no despertara el interés de algún mecenas rico y lograra mayor fama.

—Puede que morir de un disparo truncara su prometedora carrera —comentó ella con sorna.

—Por el contrario, conocer un fin trágico a edad tan temprana debería haber aumentado su fama y el valor de sus cuadros a ojos de los coleccionistas. No hay nada que la alta sociedad adore más que un idilio amoroso que acaba mal. Créame, se lo digo yo —añadió, lanzándole una mirada socarrona.

—¿Y a qué cree ese tal Murray que se debe el hecho de que el talento de Timberlake pasara desapercibido?

—Cuando estaba siguiendo la pista de los retratos, reparó en algo peculiar. Todos los cuadros eran de mujeres jóvenes, y muy pocos habían permanecido en el seno de las familias que los encargaron. La mayoría habían sido vendidos o habían acabado guardados en un desván.

—Pero ¿por qué? —Anne se alegró de no tener que ocultar su creciente perplejidad—. ¿Por qué querría nadie ocultar esos tesoros?

—Ese interrogante quedó sin respuesta hasta que Murray consiguió dar con la joven de uno de los retratos. Ahora es marquesa y madre de tres niños pequeños. Accedió a hablar con él a condición de que le prometiera la mayor discreción. Fue ella quien le reveló que los ingresos de Timberlake no procedían en su mayoría de la práctica de su arte, sino de algo mucho más siniestro: el chantaje.

Capítulo 22

*E*l chantaje? —repitió Anne, haciendo salir con esfuerzo las palabras entre sus labios repentinamente embotados.

Arrojando los papeles sobre el escritorio que había a su espalda, Dravenwood asintió con un gesto.

—Ese bellaco elegía a sus víctimas con sumo cuidado: normalmente, una joven bella con un futuro prometedor y a punto de debutar en sociedad.

Anne notó que estaba pensando en Angelica por la mirada distante que adoptaron sus ojos.

—Buscaba a propósito chicas que procedían de familias ricas y prominentes cuya fortuna y buen nombre dependieran de que ellas hicieran una boda de primer orden. Aceptaba el encargo de pintar su retrato y luego se abría paso con artimañas en el hogar de la familia para ganarse el afecto de la muchacha. Por lo que deduzco, no le resultaba muy difícil. Era joven, guapo, encantador, bienhablado...

—Todo lo que una muchacha ingenua podía desear —añadió Anne en voz baja—. Sobre todo después de que la inmortalizara sobre un lienzo, haciéndola creer que era todo cuanto quería que los demás vieran en ella.

—Exacto. Cuando concluía el retrato, Timberlake consumaba su seducción. Luego acudía al padre y amenazaba con hacer público su sórdido asuntillo a menos que le pagara una bonita suma para comprar su silencio.

Anne, cada vez más alterada, no pudo seguir sentada. Se levantó, se acercó a la ventana y retiró la cortina para mirar distraídamente el mar turbulento.

—¿Cómo puede demostrar que eso es cierto? Que usted sepa, la mujer con la que ha hablado Murray podría haber mentido por despecho, para destruir lo poco que queda de la reputación de Timberlake.

—Gracias a su ayuda, Murray ha podido encontrar a dos más de sus retratadas. Una de ellas fue arrojada a la calle por su familia después de que Timberlake la deshonrara y se gana la vida en las calles de Whitechapel. —Ambos sabían que sólo había un tipo de mujer que pudiera ganarse la vida en las calles de Whitechapel. La nota amarga de la voz de Dravenwood se intensificó—. Sólo tenía trece años cuando Timberlake pintó su retrato.

Anne se volvió para mirarlo.

—¿Trece? —preguntó con un ronco susurro que apenas reconoció.

—Fue ella quien le dijo a Murray que, cuando no conseguía seducir a sus víctimas, Timberlake recurría a veces a medidas más... —Su frente se ensombreció—. Agresivas.

Anne cruzó lentamente la habitación, atraída hacia él por la intensa emoción de su mirada y por la inconfundible nota de convicción de su voz.

—Me resulta violento hablar con una mujer de un individuo tan deplorable de mi propio sexo. Se supone que los hombres han de adorar a las mujeres, protegerlas incluso aunque ello les cueste la vida. La idea de que un hombre use la fuerza bruta para someter a una mujer, y más aún a una muchacha inocente, me pone enfermo. A mi modo de ver, fusilarlo habría sido poco. —Dravenwood cerró sus fuertes puños y entornó los ojos hasta que formaron grises rendijas—. Nada me gustaría más que poder darle una buena paliza con mis propias manos.

Anne tal vez podía ocultarle la emoción desbordante que sentía, pero no pudo hacer nada por disimular la cálida oleada de lágrimas que inundó sus ojos.

Dravenwood se irguió y la miró con una mezcla de alarma y consternación.

—Discúlpeme. No debería haberle hablado de estas cosas. Como había mostrado interés por Angelica, he pensado que querría saber que lo que le ocurrió aquella noche tal vez no fuera culpa suya.

Lo que Anne quería en ese instante era llevarse a los labios uno de los puños apretados de Dravenwood y aflojarlo con un beso, aunque sólo fuera porque era todo cuanto no había sido nunca Laurence Timberlake. Pero sólo pudo murmurar de todo corazón:

—Gracias.

Él volvió a coger el fajo de papeles del escritorio y se los tendió como si fueran un pañuelo con el que enjugarse las lágrimas.

—¿Le apetecería llevarse el informe a su habitación para echarle un vistazo?

—Sí, milord. Creo que sí. —Aceptó el documento, manipulándolo como si fuera un perdón concedido de manos del mismísimo rey. Aunque estaba ansiosa por escapar de su escrutinio, no pudo resistirse a pararse en la puerta para lanzarle una última mirada—. Para ser tan reacio a aceptar la absolución de sus propios pecados, parece usted deseoso de concedérsela a los demás.

—Puede que crea simplemente que los demás la merecen más que yo.

—¿Acaso no consiste en eso la absolución? ¿En recibirla a veces cuando no nos la merecemos?

Dejándolo con aquella idea, Anne cerró suavemente la puerta tras ella.

Parada en el descansillo, Anne contempló el retrato de Angelica con el informe de Murray todavía en la mano. Hacía mucho tiempo que no hablaban.

—Está decidido a demostrar que no merecías lo que te pasó —dijo en voz baja—. Pero tú y yo sabemos que no es así, ¿verdad?

Angelica la miraba desde su altura. Su enigmática media sonrisa ocultaba secretos que ni el más tenaz de los investigadores desenterraría nunca.

—Está un poco enamorado de ti, ¿sabes? Quizá más que un poco. Pero tú no sabrías valorar a un hombre como él. Preferirías malgastar tu cariño en algún charlatán de tres al cuarto capaz de arrebatar la inocencia a una muchacha con tal de llenarse los bolsillos de oro. Lo único que ha hecho el conde ha sido demostrar que eras aún más necia de lo que nadie sabrá nunca.

¿Era un mohín lo que creyó ver asomar a los carnosos labios de Angelica?

—No hace falta que te enfurruñes conmigo —le advirtió Anne—. Ahórrate tus mohines para algún pretendiente embelesado que sepa apreciarlos. A mí no me das pena. Ni un poquito.

Pero no estaba siendo del todo sincera. Al igual que las manecillas del reloj del vestíbulo, Angelica estaba congelada en el tiempo: era incapaz de regresar al pasado para deshacer lo que había hecho, y de seguir adelante para abrazar el futuro.

Lo mismo que ella.

A la mañana siguiente, cuando comenzó a bajar las escaleras, Max seguía pensando en su ama de llaves. Empezaba a preguntarse si aquella casa no lo estaría volviendo loco de remate. Nunca, ni siquiera de joven, había coqueteado con una criada, por bonita que fuera. Siempre había sentido que sería injusto y mezquino por su parte aprovecharse de mujeres que dependían de él y de su familia para ganarse el pan. Ahora, en cambio, no paraba de pensar en su ama de llaves y en lo que se ocultaba bajo su delantal almidonado y sus severas faldas.

Su reacción al mostrarle el informe del detective lo había desconcertado más aún. Su inesperada compasión por Angelica y por todas las jóvenes a las que había engañado Timberlake lo había pillado desprevenido. Al ver sus luminosos ojos castaños arrasados de lágrimas, casi se había apoderado de él el impulso de estrecharla en sus brazos y borrarlas a fuerza de besos.

Cuando llegó al recodo del descansillo entre la primera planta y la segunda, apoyó la mano en el bolo de la barandilla como hacía siempre para frenar su impulso. Pero el bolo cedió bajo su mano y Max se inclinó bruscamente sobre la barandilla.

Gracias a sus reflejos, afinados mientras navegaba por algunos de los mares más bravíos del mundo, acabó balanceándose al borde del siguiente escalón, en lugar de precipitarse por encima de la barandilla y acabar en el vestíbulo de abajo, ensangrentado y con todos los huesos rotos.

O incluso muerto.

El corazón le martilleaba contra las costillas, como instantes después de que el lecho de roca cediera bajo sus pies en el promontorio. Dio la vuelta al bolo de la barandilla para examinarlo. La madera estaba demasiado carcomida para determinar qué había causado la rotura.

Si alguien lo había separado premeditadamente del poste, no se trataba de una travesura inofensiva como la del tiro cerrado de la chimenea o las risitas fantasmales que oía de noche.

Arrugó el ceño mirando los bordes desiguales del poste. ¿Y si en Cadgwyck Manor había algo más siniestro que un fantasma? Había estado tan concentrado en resolver el misterio de los muertos que había pasado por alto los secretos de los vivos. Estaba hasta cierto punto seguro de que la señora Spencer ocultaba algo. No había olvidado la conversación desesperada que había escuchado entre ella y Hodges en el salón, ni la prematura muerte del anterior señor de Cadgwyck Manor.

No queriendo que otro cayera en la trampa que tal vez le habían tendido, se metió el bolo en el bolsillo de la chaqueta. Dado que allí no podía recurrir al señor Murray, quizá fuera hora de que hiciera averiguaciones por su cuenta.

No estaba cometiendo un allanamiento.

Era lo que se decía Max esa tarde mientras subía por la escalera trasera que llevaba a las habitaciones de los criados en el tercer piso. La mansión le pertenecía. Era libre de ir donde quisiera. Y, además, en caso de que alguien lo viera, tenía una excusa perfectamente válida para ir a buscar al ama de llaves a su guarida: la señora Spencer no estaba donde solía, y él quería aceptar su ofrecimiento de repasar juntos las cuentas de la casa. Por alguna razón, la idea de pasar la tarde encerrado en el despacho con ella delante de un buen fuego no le resultaba tan desagradable como antes.

Naturalmente, podría haber usado el timbre para llamarla, pero entonces no habría tenido excusa para... en fin, para colarse en su cuarto.

Al llegar a lo alto de la escalera se halló en un pasillo sin alfombra flanqueado por varias puertas. Todavía recordaba el espanto que había sentido de niño cuando su padre le había informado jocosamente de que las habitaciones de los criados debían estar siempre en el piso más alto para que fueran ellos quienes murieran abrasados en caso de que se declarara un incendio y los dueños de la casa pudieran, en cambio, escapar. El comentario tal vez le habría hecho más gracia si hubiera sido una broma.

Como todas las puertas estaban abiertas de par en par, Max ni siquiera tuvo que sentirse culpable por asomarse a todas ellas al pasar. No exigió ningún trabajo detectivesco por su parte deducir quién dormía en la primera habitación. Por toda la estancia, desperdigados en desordenados montones, había libros sustraídos de su biblioteca. Aunque era pleno día, no le habría sorprendido ver a Pippa tendida en la cama, con la nariz pegada a un libro y comiéndose a mordiscos una manzana.

Igual de fácil resultó identificar al ocupante de la habitación siguiente. Un avispero viejo colgaba del techo y la mesa junto a la cama sostenía una colección de rocas interesantes y algo que se parecía sospechosamente a un sapo momificado. Eran el tipo de tesoros que él habría coleccionado de niño si le hubieran permitido vagar por los bosques y prados, como hacía Ash, en lugar de asistir a clases.

La habitación contigua era un poco más grande y parecía bastante acogedora con su cama hecha con esmero y su sillón de cuero descolorido, colocado frente a la estufa de carbón. Max dedujo que pertenecía al mayordomo.

La última estancia del pasillo era una larga habitación abuhardillada con cinco camas donde sin duda dormían las Elizabeth. La señora Spencer le había asegurado que eran sus risas las que había oído la noche en que abandonó su cama para perseguir a un fantasma. Seguía sin creerla. Tal vez Angelica no le hubiera hecho más visitas, pero el eco de su risa seguía atormentando sus sueños.

Había llegado al final del pasillo. Desconcertado, giró sobre sí mismo, pero no vio ni rastro de la habitación de su ama de llaves. Estaba a punto de abandonar su búsqueda y retirarse antes de que alguien lo descubriera cuando reparó en una escalera muy empinada empotrada en el rincón.

Sus estrechos peldaños, más que invitadores, eran disuasorios, y sin embargo Max pareció incapaz de resistirse a ellos. Las sombras lo envolvieron mientras subía, y los peldaños crujieron bajo sus botas a cada paso. En lo alto de la escalera había una sencilla puerta de madera.

Tocó suavemente con los nudillos.

—¿Señora Spencer?

Al no obtener respuesta, probó el picaporte. La puerta tenía cerradura, pero se abrió fácilmente. Aun así, Max podría haber pensado que de nuevo se había equivocado de no ser porque reconoció el austero chal negro echado a los pies de la cama. Tras mirar furtivamente por encima del hombro, se coló en la habitación y cerró la puerta.

Aquello sí era un allanamiento.

Lo primero que notó fue el frío.

El tiempo había empeorado durante la noche, casi como si el invierno inminente quisiera obligarles a disfrutar de aquellos fugaces días soleados de otoño. El viento silbaba alrededor de los aleros de la habitación del desván que, situada en la cúspide de la casa, apenas estaba protegida de las corrientes.

Olvidando su propósito original, se adentró en la habitación, más desalentado con cada paso. Una sola ventana incrustada en una mansarda dejaba entrar la luz justa para revelar hasta qué punto era espartana la estancia. Daba ésta la impresión de haber sido despojada incluso de las comodidades humanas más elementales. Las habitaciones del piso de abajo estaban provistas de estufas de carbón. Aquélla, en cambio, tenía únicamente una chimenea desnuda, sin indicio alguno de ceniza reciente. Las camas de los otros sirvientes tenían colchones de plumas y estaban cubiertas con gruesas colchas de colores, mientras que la cama de la buhardilla era poco más que un estrecho catre provisto de un colchón fino y de una sola y raída manta de lana.

Aparte de la cama, el mobiliario consistía en un palanganero con una jarra de porcelana desportillada y una jofaina, una mesita y un desvencijado ropero a todas luces desechado por algún antiguo miembro de la familia Cadgwyck. Era fácil imaginarse el agua de la jofaina congelada una gélida mañana de invierno.

Un candelero de peltre con un cabo de vela de sebo, un yesquero y un libro descansaban sobre la mesa pegada a la cama. Max cogió el libro y sacudió la cabeza al leer el título en el lomo encuadernado en tela: *El progreso del peregrino*. ¿Por qué debía sorprenderle? Si a algo se parecía aquella habitación era a la celda de un penitente.

Dejó el libro sobre la mesa con desagrado y se acercó a la ventana, esperando a medias encontrarla cubierta con rejas de hierro. Daba a un desolado mar de páramos con infinitas olas de hierba y aliaga meciéndose al viento. La abrió de un empujón y al asomarse lo asaltó una mareante oleada de vértigo y creyó que las baldosas del patio de abajo se alzaban para salir a su encuentro.

Volvió a meter la cabeza en la habitación y cerró de golpe la ventana. Al darse la vuelta para recorrer con mirada de desaliento el sombrío cuartucho que constituía el hogar de su ama de llaves, no pudo evitar compararlo con la torre de Angelica, provista de todos los frívolos lujos que antaño se habían concedido a una niña mimada.

Llegó de pronto a sus oídos, como un estallido, la risa de una muchacha. Aquellas carcajadas no tenían nada de espectral. Su desaliento se convirtió en ira y bajó a toda prisa las escaleras, haciendo resonar los tacones de sus botas en la madera.

Dos de las doncellas acababan de subir por la escalera trasera y se dirigían a su habitación de la buhardilla, riendo y cuchicheando.

—¡Elizabeth! —gritó.

Se sobresaltaron ambas, visiblemente sorprendidas al descubrir que su señor había invadido sus humildes dominios. Max imaginó lo tempestuoso que debía de parecer su semblante en ese momento.

—¿Dónde está la señora Spencer? —preguntó con aspereza.

Las doncellas cruzaron una mirada tan furtiva que a Max le dio ganas de rechinar los dientes de pura frustración. ¿Por qué todo el mundo en aquella casa parecía siempre tan culpable?

—Es viernes, su señoría —contestó por fin una de ellas—. Los viernes va al mercado. No volverá hasta que sea hora de preparar la cena.

Max sopesó un momento las palabras de la muchacha.

—Bien. Entonces voy a necesitar la ayuda de las dos. Pero primero tienen que prometerme una cosa.

—¿Qué, milord? —preguntó la otra, aún más alarmada.

—Que saben guardar un secreto.

Sin más, Max rodeó a las dos muchachas con los brazos y comenzó a susurrarles instrucciones al oído.

Anne subió trabajosamente por la escalera de atrás, soñolienta de cansancio. Estaba deseando sentarse al borde de su cama y quitarse las botas de los pies doloridos. Se había levantado antes de que amaneciera y, con la larga caminata hasta el pueblo y de vuelta a la mansión, el dolor de pies se había extendido hasta las corvas.

Al volver de sus recados se había encontrado a Dickon a gatas, intentando frenéticamente sacar a Hodges del aparador del comedor antes de que lo descubriera lord Dravenwood. Hodges se había metido en el armario poco después de la comida y allí estaba escondido desde entonces, muerto de miedo porque creía que las autoridades iban a ir a buscarlo para llevarlo al asilo. Anne había tardado tanto en persuadirlo de que saliera que había tenido que preparar la cena a toda prisa. Estaba tan agotada que sin querer le había pisado la cola a *Sir Almohadillas*, había estado a punto de partirse la crisma al tropezar con la interminable bufanda de Nana y había regañado tan ásperamente a Pippa por dejar un trozo de piel en una patata pelada que la muchacha, normalmente impasible, había roto a llorar.

Después se había visto obligada a representar el papel de ama de llaves perfecta al ayudar a las doncellas a servir la cena a lord Dravenwood. Quizá fueran imaginaciones suyas, pero el conde le había parecido aún más pagado de sí mismo que de costumbre.

Más de una vez, al volverse, lo había sorprendido mirándola por debajo de aquellas pestañas ridículamente largas con un brillo inquisitivo en sus ojos de color gris humo.

Había gastado las pocas fuerzas que le quedaban en hacer las últimas tareas del día. Había ayudado a las doncellas a recoger la cocina y las había mandado a la cama mientras ella preparaba la masa para el pan de la mañana siguiente. Tras dejar las hogazas tapadas con un paño limpio para que subieran, había hecho una última ronda por el piso de abajo para asegurarse de que todas las lámparas y las velas estaban apagadas.

Al pasar por las habitaciones del servicio oyó salir violentos ronquidos del cuarto de Hodges. Un rato antes, cuando el mayordomo se había negado a salir del aparador, le habían dado ganas de estrangularlo con sus propias manos. Pero al asomarse a su habitación y verlo bien arropado en su nido de mantas, del que sólo asomaba un mechón de pelo blanco, la invadió una súbita oleada de impotente ternura.

Cuando llegó a la empinada escalera que llevaba a su habitación de la buhardilla, casi se le cerraron los párpados. En noches como aquélla, le parecía que subía y subía y que la escalera no se acababa nunca. El viento gemía lastimero alrededor del alero del tejado y el frío que impregnaba el aire parecía aumentar con cada peldaño que subía. Confiando en acortar el tiempo que tardaba en lavarse y meterse bajo la manta, se desabrochó los tres primeros botones del corpiño, se quitó la redecilla del pelo y comenzó a quitarse las horquillas y a guardárselas en el bolsillo del delantal.

Al empujar la puerta, un enorme bostezo se apoderó de ella. Se tapó la boca y cerró los ojos. Cuando los abrió, se halló de pronto en el umbral de un sueño.

Capítulo 23

*P*arpadeó maravillada y por un instante, en su aturdimiento, pensó que debía de haberse equivocado de habitación. Pero no había ninguna habitación como aquélla en Cadgwyck Manor.

Hacía mucho tiempo que no la había.

El fuego que crepitaba alegremente en la chimenea despedía oleadas de calor que la envolvieron, atrayéndola hacia el interior de la buhardilla. El bastidor de madera de la cama era el mismo que esa mañana, cuando se había levantado agarrotada en ella, pero su viejo jergón había sido reemplazado por un mullido colchón de plumas envuelto en un grueso cobertor de plumón. El candelero de peltre de la mesita había sido apartado para dejar sitio a un quinqué cuya pantalla de cristal esmerilado y tono rubí bañaba la estancia con un resplandor rosado. Un montón de hermosos libros encuadernados en piel, con las páginas fileteadas en oro, acompañaba ahora a su desgastado ejemplar de *El progreso del peregrino*.

Junto a la cama había extendida una lujosa alfombra turca como para proteger sus pies del frío cuando se levantara, y un par de cortinas de terciopelo verde colgaban sobre la ventana para poner coto a las peores corrientes de aire. Enfrente de la chimenea había una mesita redonda provista de una única silla: el lugar perfecto para disfrutar de una cena en privado tras un largo día de trabajo. Hasta había un mullido diván en el que podía apoyar sus pies doloridos.

Anne reconoció casi todos los muebles de la habitación. Procedían de otras estancias de la casa. La buhardilla parecía de pronto el cuarto de estar de una dama, más que el aposento de un ama de llaves.

Pero ella no era una dama.

Se acercó al palanganero, embelesada por los hilos de vaho que veía enroscarse en el aire. Como en un trance, levantó la jarra de cerámica y echó un chorro de agua caliente en la jofaina. Nada le habría gustado más que lavarse la cara con aquella agua, ceder a la tentación irresistible de dejarse mimar después de tantos años velando por sí misma y por cuantos la rodeaban.

Pero al levantar los ojos de la jofaina cayó en la cuenta de que había una cosa en la habitación que seguía igual: el espejo ovalado colgaba aún detrás del palanganero. El vapor que lo empañaba difuminó su reflejo, haciendo retroceder el reloj y borrando los años de soledad hasta que los únicos rasgos que reconoció fueron los ojos que le devolvían la mirada desde el espejo.

Y el anhelo impotente que había en ellos. Un anhelo intensificado por el perfume intenso y viril a jabón de laurel que aún impregnaba el aire.

Cuando llegó a la alcoba de su jefe, ni siquiera se molestó en llamar. Se limitó a empujar la puerta y a entrar hecha una furia. Por suerte las cortinas de la cama estaban recogidas con cordones dorados para dejar entrar el calor del fuego que chisporroteaba en la chimenea. No tuvo que apartarlas ni que arrancarlas del dosel para encontrar a lord Dravenwood.

Estaba recostado en las almohadas leyendo a la luz de las velas, con un par de incongruentes gafas de montura de alambre colocadas en la punta de la nariz. Levantó la vista con tibia curiosidad cuando ella cerró la puerta como para no despertar al resto de la casa.

Anne cruzó la habitación con paso decidido y se detuvo al pie de la cama de cuatro postes.

—¿Cómo se atreve usted a entrar en mi alcoba sin mi permiso? —preguntó con aspereza, el pecho agitado por la furia—. Supongo que no le bastaba con hurgar en las pertenencias de una pobre muchacha muerta. También tenía que ir a meter su aristocrática nariz en mis cosas. Dígame, ¿tan arrogante, tan presuntuoso es, tan convencido está de su superioridad innata que cree que quienes le sirven no tienen derecho ni a una pizca de intimidad? ¿A un humilde reducto que puedan considerar suyo?

Dravenwood abrió la boca, pero volvió a cerrarla al percatarse de que Anne sólo se había detenido para tomar aliento, furiosa todavía.

—Si eso es lo que cree, está terriblemente equivocado. Puede que sea el dueño de esta casa, milord, pero no es mi dueño.

Él levantó una ceja y la observó con calma por encima de sus anteojos.

—¿Ha terminado ya, señora Spencer?

Una oleada de horror y consternación, fría y ardiente al mismo tiempo, embargó a Anne al darse cuenta de lo que había hecho. Se había permitido caer de lleno en una rabieta, había perdido la templanza que llevaba tanto tiempo esforzándose por mantener.

Y ahora todos sus seres queridos pagarían su error.

—Supongo que sí —contestó envarada, su voz desprovista de toda emoción, salvo de arrepentimiento—. No hace falta que me despida, milord. Le presentaré mi renuncia a primera hora de la mañana.

Dravenwood se quitó las gafas y las dejó a un lado junto con el libro.

—Si quisiera librarme de usted, habría dejado que siguiera durmiendo en esa cripta inhóspita que se empeña en llamar «alcoba». Estoy seguro de que sólo habría sido cuestión de tiempo que sucumbiera a un catarro fatal o muriera de consunción. Así usted y la señorita Cadgwyck podrían haberse turnado para atormentarme.

La ira de Anne había remitido lo justo para que advirtiera que se hallaba en el dormitorio de un caballero en plena noche. Un caballero que no parecía llevar nada encima, salvo la sábana que lo cubría hasta la altura del abdomen musculoso y duro. La bata de seda que había extendida a los pies de la cama confirmó sus peores sospechas.

Teniendo ante sus ojos el pecho desnudo de Dravenwood, parecía no haber otro sitio donde mirar. Anne había oído que algunos caballeros se veían obligados a acolchar sus levitas y a ponerse una especie de corsé para lucir la silueta ancha de hombros y estrecha de cintura que estaba tan de moda en esos tiempos. Lord Dravenwood no era uno de ellos. Tenía el pecho muy musculoso y ligeramente cubierto por el mismo vello negro que salpicaba el dorso de sus manos. Anne sintió en las manos un hormigueo impío, un deseo de pasar las yemas de los dedos por aquel vello, de ver si era tan suave y sin embargo tan crespo como parecía.

Él se aclaró la voz. Anne levantó la mirada bruscamente hacia su cara y sintió que la vergüenza le hacía arder las mejillas al verse sorprendida mirándolo embobada.

Dravenwood podía ser un hombre reservado, pero el brillo divertido de sus ojos no dejaba lugar a dudas.

—Me temo que me pilla usted en desventaja, señora Spencer. De haber sabido que iba a recibir la visita de una mujer que no llevara muerta una década, me habría vestido, o desvestido, con más cuidado.

La miraba con franca admiración. Anne había olvidado por completo que se había quitado las horquillas del pelo y se había desabrochado los primeros botones del corpiño al subir las escaleras de su habitación.

Tenía el pelo medio suelto, medio recogido, y un grueso mechón rizado le colgaba por encima del hombro. Ya no llevaba el vestido abrochado hasta la barbilla, sino abierto, dejando al descubierto el raído encaje de su camisa y una cremosa porción de escote. Seguramente tenía aspecto de acabarse de levantar de la cama de un hombre.

O de estar a punto de meterse en ella.

Se cerró bruscamente el cuello del vestido con una mano, confiando en ocultar a la mirada penetrante de Dravenwood el guardapelo de plata alojado entre sus pechos.

—Debería haber llamado. Claro que —añadió con dulzura— es mucho más fácil irrumpir donde uno no ha sido invitado ni es bien recibido, como sin duda usted sabe muy bien.

—Sólo para que lo sepa, llamé cuando fui a su habitación.

—Cuando nadie contesta, es costumbre marcharse o volver en otro momento, no redecorar la estancia según sus propios gustos.

Un brillo peligroso asomó a los ojos de Dravenwood.

—La habría redecorado a su gusto, pero no me quedaba tela de saco ni ceniza.

Anne tragó saliva. Si no se hubiera dejado dominar por la ira, se habría dado cuenta de que ir allí era un terrible error.

—Algunos no nos dejamos seducir tan fácilmente por las comodidades mundanas.

—Es una desfachatez por su parte reprocharme que me revuelque en la autocompasión habiéndose enclaustrado usted en una celda como si fuera una criminal o una monja haciendo penitencia. Dígame, señora Spencer, ¿qué terribles pecados ha cometido que exijan semejante sacrificio? ¿Acaso confía en redimir sus faltas dejándose morir de frío?

Escocida por el restallido de verdad que había en sus palabras, ella replicó:

—Mis faltas le incumben tan poco como el lugar donde duermo por las noches. No tenía derecho a entrometerse. Estaba perfectamente conforme con las cosas tal y como estaban.

—¿Eso es lo que cree merecer de la vida? ¿Conformidad? ¿Qué me dice de la satisfacción, de la alegría? —Dravenwood ladeó la cabeza para observarla, y su voz adquirió una nota aterciopelada que hizo que un escalofrío traicionero recorriera el cuerpo de Anne—. ¿Y la pasión? ¿Y el placer?

—Ésos son lujos reservados a los de su clase, milord. De nosotros, los humildes sirvientes, se espera que encontremos satisfacción en el deber, la lealtad, el sacrificio y la obediencia.

—¿La obediencia? —Dejó escapar una carcajada escéptica—. Con razón parece usted tan insatisfecha.

Anne sintió que su ira se agitaba de nuevo.

—No es usted quién para sermonearme sobre los beneficios de la alegría y el placer. Apuesto a que no recuerda la última vez que experimentó esas emociones. Malgastó su juventud amando a una mujer que no podría corresponderle con el único fin de mantener el corazón a buen recaudo, amurallado tras los bloques de hielo que ha levantado para protegerlo. Angelica se ha limitado a ocupar el lugar de ese ídolo dorado dentro de su corazón. Prefiere usted languidecer por un fantasma a arriesgarse a amar a una mujer hecha de carne y hueso.

Una mujer como ella.

Estremecida por aquel traicionero susurro de su corazón, dio media vuelta y se encaminó a la puerta.

—No debería haber venido. Debí imaginar que sería imposible razonar con usted.

El ruido suave que hizo Dravenwood al apartar las sábanas y ponerse la bata de seda fue la única advertencia que recibió Anne. Había abierto la puerta apenas el ancho de una rendija cuando él cruzó la habitación con la misma agilidad de depredador que mostrara al atraparla entre sus brazos, la noche en que salió a perseguir a un fantasma. Apoyó violentamente las manos en la puerta a ambos lados de su cabeza, cerró de un empujón y no le dejó otra alternativa que quedarse allí de pie, temblando en el círculo que formaban sus brazos, que parecían estrecharla sin tocarla siquiera.

—Tiene todo el derecho a enfadarse conmigo por invadir su intimidad. —Su boca estaba tan cerca del oído de Anne que el calor de su aliento agitó el vello invisible de su lóbulo—. Pero se equivoca en una cosa.

—¿En cuál, milord? —susurró, tensa, y se alegró de que él no pudiera verle la cara en ese momento.

—Mientras yo sea el señor de Cadgwyck, usted me pertenece. —Su descarada afirmación hizo que un leve escalofrío recorriera a Anne—. Su bienestar es asunto y responsabilidad mía. Si quiere pasar las noches tumbada en su cama solitaria leyendo *El progreso del peregrino* a la luz de una vela hasta que le falle la vista, entonces por Dios que al menos lo hará cómoda y abrigada. ¿Nos entendemos ahora?

Haciendo acopio de todo su valor, Anne volvió la cara hacia él. Cautiva todavía por aquellos antebrazos musculosos y por la imponente muralla de su pecho, clavó la vista en su semblante enturbiado por la pasión.

—Sí, milord. Creo que nos entendemos perfectamente.

No se dio cuenta hasta qué punto, hasta que él tomó su cara entre las manos y acercó la boca a la suya. Sus labios se derritieron bajo los de Dravenwood y ablandaron la fuerza punitiva de su beso con la palpitante ternura de su rendición. La lengua de él aceptó la invitación de sus labios entreabiertos y lamió el interior de su boca con un ansia sinuosa que hizo exhalar a Anne un gemido desfallecido.

Deslizó hacia arriba las manos para agarrarse a los brazos de Dravenwood y las deslizó por las mangas de su bata de seda para explorar las firmes prominencias de su musculatura. Sabía que debía apartarlo, pero lo único que quería era atraerlo hacia sí. Dejarse envolver por el ardor que irradiaba de cada palmo de su cuerpo masculino e inflexible.

Mientras los labios de Dravenwood trazaban un sendero ardiente desde la comisura de su boca hasta la vena que latía desbocada a un lado de su garganta, ella susurró «Maximillian», maldiciéndolo y bendiciéndolo al mismo tiempo. Si él nunca hubiera llegado a Cadgwyck, ella nunca habría sabido lo sola que se sentía. Cuán desesperadamente ansiaba los besos de un hombre, sus caricias. Pero no las caricias de cualquiera, se dijo con un estremecimiento en el que se mezclaban la alegría y la desesperanza.

Las caricias de él.

—Anne... —Su nombre sonó como un gruñido trémulo sobre la piel satinada de su garganta—. Mi dulce y terca Anne...

Se apoderó de nuevo de su boca, y el áspero terciopelo de su lengua la instó a unirse a aquella danza pagana hasta que sus bocas fueron como una sola. La enlazó por la cintura con un brazo mientras pasaba la otra mano por su pelo, quitándole las horquillas que le quedaban hasta que la melena le cayó sobre los hombros en exuberante desorden.

—No sabes cuánto tiempo llevo queriendo hacer esto —masculló junto a sus labios antes de apoderarse nuevamente de su boca en un beso profundo y embriagador que pareció no tener final.

Anne podría haberse derretido de deseo hasta formar un charco a sus pies si él no la hubiera empujado contra la puerta con las caderas. Sintió apretarse la rígida silueta de su miembro erecto contra la blandura de su vientre a través de sus faldas y sus enaguas y comprendió con cuánto ardor la deseaba. Sintió que su vientre se encogía, atenazado por una fuerza primigenia.

Aquello tenía que parar. *Ella* tenía que parar.

Pero acercó una mano al pelo de Dravenwood y metió los dedos entre sus mechones espesos y morenos, como deseaba hacer hacía mucho tiempo. Él deslizó la mano hacia abajo, trazando la grácil curva de su garganta y el arco delicado de su clavícula antes de hundirla por fin en el corpiño desabrochado para apoderarse de uno de sus tersos pechos.

Anne gimió contra su boca. Había acusado a ese hombre de privarse del placer, pero indudablemente sabía cómo darlo. Era evidente por la habilidad con que acarició con la yema de los dedos el palpitante botoncillo de su pezón. Tiró suavemente de él, sabiendo qué presión aplicar para impedir que el placer se convirtiera en dolor.

Aquella irresistible oleada de gozo la sacudió, haciéndola volver en sí. Había cometido la estupidez de confiarse de nuevo a las manos de un hombre. No podía permitirse ese lujo otra vez. No, habiendo tanto en juego.

—Tengo que irme, milord —murmuró junto a sus labios—. Venir aquí ha sido un terrible error.

La mano de Dravenwood se detuvo sobre su pecho, cubierto aún con delicadeza por sus largos y viriles dedos.

—He cometido errores mucho peores en mi vida. Y con recompensas mucho menores.

Ella se inclinó hacia atrás para mirarlo a la cara.

—¿Qué le gustaría que hiciera? ¿Meterme en su cama cada noche cuando los demás estén dormidos? ¿Y levantarme a hurtadillas antes de que salga el sol?

Él levantó las manos para apartarle el pelo de la cara. Sus ojos grises como el mercurio parecían enturbiados por la pasión. Su voz sonó ronca de deseo.

—En este momento no se me ocurre nada que pueda agradarme más.

—Lo siento, milord. Yo no soy esa clase de mujer. No puedo serlo. —Cerró los ojos y apretó la mejilla contra su pecho para que no viera su rostro lleno de esperanza cuando murmuró—: Ni siquiera por usted.

La estrechó entre sus brazos, apretándola contra su corazón con fiera ternura. Durante un instante agridulce, aquello bastó para que ambos fingieran que podían conformarse con eso. Que un sencillo abrazo satisfaría el ansia que atenazaba sus almas.

Los dos sabían, sin embargo, que no sería suficiente.

—¿Está segura de que esto es lo que quiere? —preguntó él al tiempo que enterraba su boca en la suavidad del pelo de Anne.

Ella asintió con la cabeza. Tenía la garganta tan cerrada por el anhelo y la tristeza que no podía hablar. Por un instante, fugazmente, se sintió dividida entre el temor a que no la dejara marchar y el deseo de que la retuviera.

Pero entonces Dravenwood se apartó de la puerta y de ella, dejándola libre para que corriera a refugiarse en la comodidad de su acogedora y solitaria habitación.

De aquel día en adelante, cuando regresaba a su cuarto cada noche, Anne encontraba un alegre fuego chisporroteando en la chimenea y una jarra de agua caliente sobre el palanganero. Comenzaron a aparecer también otros tesoros: un par de gruesas medias de lana a estrenar; pequeñas pastillas de jabón francés en forma de conchas marinas; los tres volúmenes de *Sentido y sensibilidad*, una de las novelas que más le habían gustado en su juventud.

De haber sido otro Dravenwood, habría sospechado que intentaba seducirla. Pero durante las semanas anteriores había llegado a conocerlo lo bastante bien para saber que le hacía aquellos regalos libremente, sin pedir ningún precio a cambio. Él jamás sabría el alto valor que tenían para su corazón anhelante.

La única satisfacción que tenía Anne era sorprender a Beth o a Betsy bajando furtivamente por la escalera de la buhardilla cuando subía, y mascullar en voz baja:

—*Et tu, Bruto*.

Por desgracia, ninguna de ellas sabía latín, pero no hacía falta un traductor para que interpretara su mirada de reproche.

—Nunca vamos a librarnos de Su Excrecencia, ¿verdad? —preguntó sombríamente Pippa una tarde a última hora, cuando estaban todos reunidos en la cocina para preparar la cena.

Con todas las lámparas y las velas encendidas, la cocina parecía aún más acogedora que de costumbre. Las nubes no habían dejado de llegar del mar durante todo el día, trayendo consigo un crepúsculo prematuro y rachas de brisa cuyo perfume auguraba lluvia.

Pippa empuñaba la mano del almirez, con el que estaba moliendo un poco de perejil fresco, como si fuera una maza.

—Piensa morirse de viejo aquí, en su cama. Una cama cuyas sábanas me he visto obligada a cambiar yo.

—Bueno, no sé —repuso Dickon, y una sonrisa jovial animó su cara pecosa. Estaba sentado al borde de la chimenea, con una olla de hierro entre las rodillas. Parecía de tan buen humor que ni siquiera se había quejado cuando le habían encomendado la tarea de restregar la olla con puñados de arena—. Estoy empezando a pensar que no es tan malo, después de todo. Ayer mismo me pidió que lo llevara a la cala y le enseñara las cuevas. Y está hablando de reparar los establos y de traer uno de esos faetones tan elegantes y algunos caballos. Caballos de verdad, no ponis salvajes de los páramos.

Anne mantuvo la mirada cuidadosamente fija en el plato que estaba preparando.

—Yo no me encariñaría demasiado con él si fuera tú, Dickon. Incluso sin que pongamos de nuestra parte, sin dudara dentro de poco se cansará de la vida provinciana y deseará volver al ajetreo de Londres.

Pippa la miró con resentimiento.

—Angelica no ha sido de mucha ayuda últimamente, desde luego. Empiezo a pensar que lo quiere para ella.

—Angelica ha tenido diez largos años para aprender a ser paciente —contestó Anne tajantemente—. Sabe esperar su momento, eso es todo.

Lo que no podía decirle a Pippa era que no creía que fueran a necesitar la ayuda de Angelica para espantar a Dravenwood. Era perfectamente capaz de hacerlo ella sola. Al negarle lo que más deseaba, le había hecho casi imposible permanecer en Cadgwyck.

No pudo refrenar un brote de orgullo al contemplar su creación. Había abandonado la idea de echar a Dravenwood de Cadgwyck matándolo de hambre y desde hacía unos días le daba de comer los mismos platos que preparaba para los demás. La cena de esa noche consistía en una perdiz que había atrapado Dickon, con la piel suculentamente tostada y crujiente, patatas asadas nadando en un mar de mantequilla y una ensalada de verduras que ella misma cultivaba en el huerto de la mansión.

—¿Has acabado de llenar el salero? —le preguntó a Hodges.

—¡Casi! —contestó el mayordomo con voz cantarina, inclinado sobre un extremo de la larga mesa, echando un chorro de sal en un cuenco de cristal desportillado.

Al ver su sonrisa pueril, a Anne se le encogió el corazón.

Saltaba a la vista que su dolencia se estaba agravando. Rápidamente. Anne había descubierto que encomendarle alguna tarea sencilla servía para un doble propósito: hacer que se sintiera útil y al mismo tiempo impedir que hiciera alguna trastada.

Bess y Lisbeth entraron atropelladamente en la cocina.

—El señor está en la mesa —informó Lisbeth a Anne mientras Bess sacaba una bandeja de plata del aparador y la colocaba delante de ella.

Anne puso el plato en la bandeja y colocó los cubiertos recién bruñidos, acompañados por una servilleta blanca como la nieve. El último toque fue una hogaza de pan recién salido del horno.

—¡Un momento! —exclamó cuando Lisbeth abrió la puerta para que Bess llevara la pesada bandeja.

Corrió a quitar el salero de debajo de la nariz de Hodges y lo puso en la bandeja.

Cuando las doncellas desaparecieron por la puerta con su carga, se dejó caer en uno de los bancos que flanqueaban la mesa y se preguntó qué opinaría Dravenwood de su cena.

Por motivos que no se atrevía a examinar, era un placer imaginárselo comiendo los platos que le había preparado: hundiendo los recios y blancos dientes en la piel jugosa y crujiente de la perdiz y acariciando con la lengua las blandas y mantecosas patatas.

Seguía enfrascada en aquella imagen cuando Hodges comentó:

—Siempre he oído decir que sólo hay un modo de librar una casa de alimañas.

Distraída por sus caprichosos pensamientos, Anne murmuró:

—¿Sí? ¿Y cuál es, querido?

—En mi casa ninguna rata va a morir de vieja en su cama.

Pippa se detuvo con el almirez en alto. Dickon se levantó despacio, dejando de sonreír. Anne se volvió para mirar hacia el otro lado de la mesa. Hodges estaba sacudiéndose las manos, muy satisfecho de sí mismo.

Sólo entonces vio Anne el frasco de cristal que el mayordomo tenía delante: una botella de medicina de color marrón, con una etiqueta en la que aparecían grabadas una calavera negra y dos tibias escarlatas cruzadas.

—Santo cielo —musitó con la sangre helada por el horror—. No es sal.

Capítulo 24

*D*ickon corrió hacia la puerta como una centella, pero aun así Anne llegó antes que él. Levantándose las pesadas faldas para no tropezar con ellas, se lanzó a todo correr por los interminables pasillos del sótano y subió como una exhalación las escaleras que llevaban a la planta principal de la mansión. Se imaginaba ya a Dravenwood caído sobre su plato, su poderoso corazón latiendo cada vez con mayor esfuerzo, sus penetrantes ojos grises desenfocándose poco a poco. Cuando por fin llegó al comedor, el corazón parecía a punto de estallarle en el pecho.

Lisbeth y Bess acababan de salir por la puerta del comedor con las manos vacías, riendo y hablando entre sí. Haciendo caso omiso de sus gritos de sorpresa, Anne las apartó de un empujón e irrumpió en el comedor.

Dravenwood estaba contemplando su cena con evidente delectación. Tenía los dedos suspendidos en el aire, a punto de añadir un generoso pellizco de sal a la comida. Mientras los cristales de sal caían de sus dedos espolvoreando la cena, Anne se abalanzó hacia él y con una sola pasada del brazo lo tiró todo al suelo.

Se oyó un estrépito de porcelana y cerámica rota y la comida salpicó por todas partes, incluidas sus botas de piel recién bruñidas.

El silencio se aposentó sobre la habitación. Lisbeth y Bess se quedaron paralizadas en la puerta, mirando a Anne como si se hubiera vuelto loca de remate.

Dravenwood levantó lentamente la mirada del estropicio del suelo y la fijó en ella.

—¿Hay algo que yo deba saber, señora Spencer? —inquirió con una suavidad que desmentía el brillo receloso de sus ojos.

Luchando por controlar su respiración, Anne se puso un mechón de pelo suelto detrás de la oreja y se secó las palmas sudorosas en el delantal.

—Nada importante, milord. Dickon acaba de darse cuenta de que cabía la posibilidad de que la perdiz estuviera pasada.

—Ya.

Anne ignoraba que una sola palabra pudiera expresar un escepticismo tan aplastante. Componiendo una sonrisa temblorosa, hizo señas frenéticamente a las criadas para que entraran.

—No se preocupe por el destrozo. Lisbeth y Bess lo limpiarán todo mientras yo le preparo un buen sándwich de cordero.

Aunque Dravenwood no dijo ni una palabra, Anne sintió el peso de su mirada siguiéndola por la habitación, tan ineludible como la tormenta que se avecinaba.

No fue su ama de llaves quien visitó a Max esa noche en su alcoba, sino su fantasma.

Casi había desesperado de volver a verla. Había estado a punto de aceptar, aunque a regañadientes, que Angelica Cadgwyck no era más real que las ninfas traviesas o que las pechugonas sirenas que habían poblado sus fantasías infantiles.

Y así había sido antes de que ella rozara suavemente su frente con los labios y se deslizara luego más abajo para besar con embriagadora ternura la comisura de su boca. Max volvió la cabeza para apoderarse por completo de su beso. No tenía intención de dejarla escapar de nuevo.

Rodeándola con los brazos, la tumbó sobre la cama. Rodó hasta colocarse sobre ella y se deleitó la vista con su dulce presencia un instante antes de que sus labios se posaran sobre los de ella. Sabía a bayas calientes y maduras, un ardiente día de verano. A lluvia fresca regando las arenas cuarteadas del desierto marroquí.

Entonces enredó los dedos en la sedosa madeja de sus rizos, hundió la lengua en la exuberante dulzura de su boca. Sus caderas habían comenzado a moverse ya contra las suyas siguiendo un ritmo ancestral. El calor que despedía su cuerpo desnudo derritió la vaporosa madeja de seda que cubría el cuerpo de Angelica hasta que no quedó nada que separara sus cuerpos. Ni el miedo, ni el tiempo.

Ni siquiera la muerte. La penetró de una sola y suave acometida, y su alma cantó en sintonía con su cuerpo.

Angelica estaba allí. Era real.

Y era suya.

Hasta que el estampido de un disparo se la arrebató.

Max se incorporó bruscamente en la cama y soltó un juramento furioso al encontrarse solo. Había vuelto a soñar. Un sueño tan real que sentía el cuerpo tenso y palpitante de anhelo por una mujer muerta una década antes.

Apartó las cortinas de la cama y pasó las piernas por encima del borde del colchón. Desde que conocía la traición de Timberlake, lo atormentaba también otra imagen de Angelica: la de Timberlake tumbándola por la fuerza en el asiento de la ventana de la torre y clavando cruelmente los dedos en su tierna piel, su boca burlona descendiendo sobre la de ella para sofocar sus gritos de socorro...

Había buscado respuestas, pero no eran ésas las que quería oír. Hubiera preferido seguir creyendo que Angelica había sucumbido a la seducción del pintor, que se había arrojado por el borde de aquel acantilado creyendo todavía que Timberlake era un héroe romántico que había muerto adorándola.

Apoyó la cabeza dolorida entre las manos. Suponía que debía alegrarse de haber dormido lo suficiente para soñar. Desde que Anne había irrumpido furiosa en su habitación, solía pasarse las noches dando vueltas en la cama casi hasta el amanecer. Su cuerpo, enojado, seguía reprochándole que la hubiera dejado marchar. No parecía importarle que fuera su ama de llaves, sólo le importaba que estaba viva y que tenía un cuerpo cálido, mucho más sustancial que un jirón de niebla.

Ya sabía de antes que Anne Spencer era capaz de fruncir el ceño y poner mala cara, pero hasta esa noche no se había dado cuenta de que pudiera albergar una furia tan magnífica. La ira había encendido en sus ojos castaños un destello de lo más favorecedor y cubierto sus mejillas de alabastro de un lustroso rubor. Con la suave turgencia de sus pechos luchando por rebasar los confines del corpiño y aquel rizo suelto cayéndole provocativamente sobre el hombro, se parecía muy poco a la puntillosa y recatada ama de llaves de espalda almidonada y vinagre en las venas. Max tal vez habría podido pasar por alto su drástica transformación si no hubiera cometido la estupidez de levantarse y acorralarla contra la puerta.

Seguía inquietándolo, sin embargo, su extraño comportamiento en el comedor. Angelica podía no ser real, pero la expresión de culpa y pánico que había advertido en los ojos de Anne sí lo era, no había duda.

Tal vez hubiera llegado el momento de reconocer que aquél no era su sitio. No había nada que lo retuviera allí, nada que le impidiera hacer las maletas y marcharse antes de que se hiciera de día. ¿Acaso no era preferible dejar que los aldeanos se mofaran de él pensando que era un cobarde al que un fantasma había echado de su casa que malgastar un solo minuto más dejándose atormentar no por una, sino por dos mujeres, ninguna de las cuales podía ser suya? De algún modo Angelica y Anne habían quedado inextricablemente unidas en su imaginación.

Y en su corazón.

Podía enviar a buscar el resto de sus cosas por la mañana, regresar a Londres y retomar su puesto en la Compañía. Podía permitir que sus padres le eligieran una novia conveniente y sentar cabeza, engendrar un heredero y otro de repuesto, como era de rigor. De ese modo podría dormir a pierna suelta por las noches, sin que nunca más volvieran a atormentarlo risas misteriosas o sueños que le hacían anhelar una pasión que nunca conocería.

¿Qué sentiría Anne cuando encontrara su cama vacía y viera que faltaban sus cosas?, se preguntó. ¿Se alegraría? ¿Reuniría a los demás sirvientes para celebrar que habían vencido a otro señor inoportuno? ¿Le echaría de menos, aunque fuera sólo un poco? ¿Yacería en su estrecha cama mientras el frío viento invernal gimiera en torno a los aleros de su buhardilla y recordaría al hombre que sólo había querido darle calor?

Un ruido sordo sacudió su cabeza. Max la levantó lentamente. No había sido el eco fantasmal de un pistoletazo lo que lo había despojado de su amante de ensueño, sino el estampido de un trueno anunciando la llegada de la tormenta que había amenazado la mansión todo aquel día. Gruesas gotas de lluvia comenzaron a estrellarse contra las ventanas. El destello de un relámpago iluminó la habitación.

Max se quedó de pronto sin respiración. Angelica no lo había abandonado, después de todo.

Aunque las ventanas permanecían cerradas, una sinuosa cinta de niebla avanzaba serpeando por la habitación. La observó fascinado, con la boca abierta, mientras iba de acá para allá, hasta que se alzó para materializarse junto a la cama.

Mientras aguardaba a que las ligeras formas femeninas cobraran nitidez, respiró hondo, trémulamente, esperando sentir el aroma seductor del jazmín. Pero una nube asfixiante llenó sus pulmones con el hedor acre de la pólvora y el azufre.

Un golpe de tos le hizo doblarse por la cintura. Parpadeando para disipar las lágrimas que le escocían los ojos, se dio cuenta de que lo que entraba furtivamente bajo la puerta de su alcoba no era niebla, sino mortíferos jirones de humo.

Capítulo 25

Se levantó de un salto y corrió a sacar una camisa y unos pantalones del armario. No había tiempo para buscar el origen del fuego e intentar extinguirlo. La mansión, tan antigua y llena de madera podrida, podía arder como la yesca en cuestión de minutos. Sacó un pañuelo bordado con sus iniciales del tocador. Lo hundió en el lavamanos para empaparlo todo lo que pudiera y se lo llevó a la boca y la nariz antes de abrir la puerta de un tirón.

El pasillo estaba lleno de ondulantes nubes de humo. Un resplandor parpadeante emanaba de la zona del vestíbulo. Haciendo caso omiso de su impulso de bajar los dos tramos de escaleras y escapar por la puerta, echó a correr en dirección contraria, hacia la escalera trasera que conducía a los aposentos del servicio. El humo hacía aún más impenetrable la oscuridad, pero el destello intermitente de los relámpagos a través de las ventanas guió sus pasos. Tal vez hubiera caído un rayo sobre la casa, provocando el incendio.

Subió a todo correr las escaleras mientras la petulante voz de su padre resonaba en sus oídos: «Los criados han de alojarse siempre en el piso más alto. De ese modo, si se incendia la casa, no estorban cuando uno intenta recoger sus objetos de valor y escapar».

Lo único que veía en su imaginación era a Anne acurrucada bajo su mullido cobertor de plumón, disfrutando de un dulce sueño sin saber que su buhardilla estaba a punto de verse envuelta por feroces llamaradas de las que no había escapatoria.

Cuando llegó al tercer piso, el humo se había aclarado un poco.

Se metió el pañuelo mojado en el bolsillo de los pantalones. El tamborileo constante de la lluvia sobre las tejas de pizarra podía ahogar fácilmente el ruido de las llamas de abajo.

Se fue derecho al cuarto de Dickon. Agarró al chico de los hombros y lo sacó de la cama manteniéndolo en vilo.

—¡Escúchame, muchacho! Hay fuego abajo. Necesito que levantes a las chicas y las saques de la casa. Me reuniré contigo en la verja de atrás para ayudarte con Nana. Y con *Pipí*. Y con *Sir Almohadillas* —añadió, pensando en lo mucho que se disgustaría Anne si dejara perecer a sus queridas mascotas.

Dickon asintió como un pelele, con los ojos como platos.

—Sí, se-se-señor. Digo, alteza... Digo...

—¡Corre! —gritó Max dejándolo en el suelo y empujándolo hacia la puerta.

Dickon corrió al cuarto de Pippa mientras Max se dirigía a la escalera empinada del extremo del pasillo. Al pasar junto a las otras habitaciones, notó que las Elizabeth ya habían empezado a removerse, pero que la cama arrugada de Hodges estaba vacía.

Subió los escalones de la buhardilla de dos en dos. Empujó enérgicamente la puerta, esperando que se abriera a la primera, como la vez anterior.

Pero estaba cerrada con llave.

Maldiciendo en voz alta, levantó un pie descalzo y de una patada la arrancó de la bisagra de abajo. Mientras la puerta quedaba colgando, Anne se incorporó bruscamente en la cama.

Max cruzó la habitación en dos zancadas y la cogió en brazos, con cobertor y todo.

Todavía medio dormida, ella lo miró parpadeando. Tenía las trenzas revueltas y parecía aún más joven que Pippa.

—Disculpe, milord, no le he oído llamar.

Él le dio un breve pero enérgico apretón, reconfortado al sentir su peso entre los brazos.

—La mansión está ardiendo. Tengo que llevarte abajo.

—¿Ardiendo? —El pánico iluminó sus ojos cuando se despertó por completo—. ¿Y Dickon? ¿Y Pippa y Hodges? ¡Bájeme enseguida! ¡Tengo que avisar a los demás!

Comenzó a forcejear, luchando por ponerse en pie.

—Están todos a salvo —le aseguró él, y sintió una punzada de mala conciencia al recordar la cama vacía de Hodges—. Agárrate a mí, maldita sea, y a ti tampoco te pasará nada. Por favor... —Al ver que seguía forcejeando, añadió con fiereza—. ¡Anne!

Se quedó quieta y lo miró parpadeando con evidente sorpresa. Max esperaba que le llevara la contraria, como era propio de ella, pero tras una breve vacilación le rodeó el cuello con los brazos y se aferró a él como a un salvavidas. Su confianza en él hizo que a Max se le encogiera extrañamente el corazón.

Estaban en mitad de la escalera cuando ella gritó de pronto:

—¡Espera! ¡Mi guardapelo! —Le lanzó una mirada suplicante cuando él la miró con incredulidad—. Por favor, por favor Maximillian...

—¿Dónde está? —gruñó, enfurecido al descubrir que no tenía defensas contra aquella mirada, ni contra el sonido de su nombre en labios de aquella mujer.

—Detrás de la puerta.

Max arrancó el guardapelo de su percha en la parte de atrás de la puerta descolgada, le pasó la cadena por la cabeza y bajó rápidamente la escalera con ella en brazos. No se había equivocado al confiar en Dickon: las habitaciones de los sirvientes estaban desiertas, y las puertas abiertas de par en par dejaban ver mantas y sábanas abandonadas aquí y allá en su huida precipitada.

Bajaron por la escalera de atrás hasta la segunda planta, donde el humo era mucho más denso y negro que un rato antes, al subir él. Un acceso de tos sacudió el cuerpo delgado de Anne.

Apoyando un brazo contra la pared para sostener su peso, Max se sacó el pañuelo del bolsillo y se lo acercó a la boca.

—Tápate la boca y la nariz con esto.

—¿Y tú?

—A mí no me pasará nada —afirmó él adustamente, confiando en no equivocarse.

Como no le gustaba la idea de bajar a ciegas por la estrecha escalera trasera para encontrarse con un posible infierno, comenzó a cruzar la planta en dirección a la escalera principal. Si podía ver con claridad el vestíbulo de entrada, al menos sabría a qué atenerse.

Se oyó restallar un trueno y un instante después relumbró un rayo mientras corría a lo largo de la casa. El humo parecía perseguirlos, avanzando sinuoso por los pasillos y bajando las escaleras hasta la galería de la primera planta como la cola de un dragón buscando un tobillo que agarrar. El tiempo pareció dilatarse hasta que le pareció que habían transcurrido horas en lugar de minutos desde que había subido las escaleras para rescatar a Anne.

El panorama desde la galería lo hizo pararse en seco. No había duda de que el resplandor infernal y el ávido chisporroteo de las llamas procedían del salón. El humo salía a raudales por la puerta rematada en un arco e inundaba el vestíbulo, pero seguía habiendo un camino despejado desde el pie de la escalera principal a la puerta delantera. Cuando Anne bajó el pañuelo e intentó mirar por encima de la barandilla, Max la agarró por la parte de atrás de la cabeza, le apretó suavemente la cabeza contra su pecho y partió a todo correr.

La galería del primer piso pareció alargarse con cada paso que daba, pero finalmente llegaron al descansillo. Desde su marco dorado, Angelica los vio pasar a toda velocidad y bajar por la escalera, mirándolos con más sorna que nunca. Max sintió una aguda punzada de pena al pensar que iba a dejarla sucumbir a las llamas. Pero lo que de verdad le importaba era la mujer que se aferraba a su cuello.

Casi habían cruzado el vestíbulo cuando les llegó un tremendo estrépito de cristales desde el salón, seguido por un grito de alegría.

—¿Qué demonios...? —masculló Max.

Abrió la puerta principal a tiempo de ver que un montón de cortinas en llamas cruzaba volando la ventana del salón y aterrizaba en el patio cubierto de maleza. Se quedaron allí, siseando y echando vapor mientras el aguacero sofocaba rápidamente las llamas más grandes.

Max y Anne cruzaron una mirada estupefacta. Dado que había cesado la humareda sin que saltaran nuevas llamaradas por la ventana, Max volvió lentamente sobre sus pasos hasta llegar a la puerta del salón.

Dickon y Pippa estaban asomados a la ventana con la mitad del cuerpo fuera, admirando el resultado de su obra, mientras las doncellas se abrazaban unas a otras en el rincón de detrás del sofá, adornados los semblantes con sendas sonrisas de alivio.

Max carraspeó.

Dickon y Pippa se giraron para mirarlo, y la carbonilla que ennegrecía sus caras hizo que sus sonrisas de triunfo parecieran aún más deslumbrantes. Las brasas sueltas habían abierto agujeros en sus camisolas de dormir. Parecían un par de descarados deshollinadores.

Max miró a Dickon con enojo.

—¿Se puede saber qué has hecho, chico? Creía haberte dicho que sacaras a las mujeres de la casa.

La sonrisa de Dickon no perdió ni un ápice de petulancia.

—Estábamos pasando por delante del salón a todo correr cuando he visto que las cortinas estaban en llamas. Se nos ha ocurrido que, si podíamos sacarlas por la ventana, la lluvia apagaría el fuego. Así que Pippa ha lanzado un cubo de carbón por el cristal y yo he usado un atizador para arrancarlas y meterlas por el agujero.

Max observó el estropicio por entre la neblina de humo que aún pendía sobre la habitación. El marco de la ventana ya había empezado a combarse por efecto del calor. Las llamas habían subido por la pared hasta más allá de la barra de las cortinas, levantando ampollas en la pintura y ennegreciendo la moldura de escayola y buena parte del techo. Unos minutos más y el fuego se habría apoderado por completo de la estancia, llevándose consigo el resto de la mansión.

Anne comenzó a retorcerse con decisión entre sus brazos. Esta vez no hubo forma de detenerla y, tras bajarse, cruzó corriendo la habitación para reunirse con Dickon y Pippa, dejando a Max con el cobertor vacío entre los brazos.

—¡Tontos! ¡Sois unos tontos, un par de bobos con muchas agallas! ¡Debería agarraros de las orejas y mandaros a la cama sin cenar!

Dickon y Pippa cambiaron una mirada antes de decir al unísono:

—Pero si ya hemos cenado.

—¡Entonces debería mandaros a la cama sin desayunar!

Max observó fascinado mientras Anne rompía a llorar, los rodeaba a ambos con los brazos y llenaba de besos, por turnos, el pelo salpicado de ceniza de ambos jóvenes. Nunca había visto a un ama de llaves tan apegada a sus subalternos.

Cuando por fin levantó la cara, la tenía manchada de lágrimas y de ceniza. Miró el techo chamuscado y sacudió la cabeza, incrédula.

—No lo entiendo. ¿Cómo puede haber pasado algo así?

Dickon se agachó y, sirviéndose del atizador, removió los deshechos todavía humeantes que había bajo la ventana. El atizador golpeó algo pesado con un ruido sordo. Un candelero de plata ennegrecida rodó lentamente por el suelo, hacia los pies de Max.

La expresión atónita de Anne se intensificó, mezclada con creciente horror.

—Pero yo apagué todas las velas antes de subir a acostarme. ¡Juro que las apagué! Comprobar los quinqués y las velas es lo último que hago cada noche antes de retirarme.

—Yo la dejé encendida para ella.

Se volvieron todos cuando Hodges entró por la puerta del comedor en penumbra. Con sus ojos desenfocados y su largo camisón blanco él también parecía un fantasma. Tenía el pelo níveo encrespado alrededor de la cabeza, como un halo desflecado.

—Le dije que no saliera a pasear por los acantilados en una noche así, pero no quiso escucharme. Siempre ha sido tan cabezota... Pensé que, si dejaba una vela encendida en la ventana, podría encontrar el camino de vuelta. Llevo tanto tiempo esperando su regreso. Tanto tiempo...

Su voz se apagó en un suspiro, y comenzó a canturrear.

A Max se le erizó el vello de la nuca al reconocer las notas desafinadas de la melodía de la caja de música de la torre.

—Ay, querido —susurró Anne, contrayendo el gesto en una máscara de piedad y dolor.

Se acercó al viejo y lo abrazó con ternura.

Hodges escondió la cara en el hueco de su cuello y sus hombros encorvados comenzaron a temblar, sacudidos por sollozos.

—Ya, ya —murmuró ella mientras le palmeaba suavemente la espalda—. Ha sido un descuido. Sé que no pretendías hacer daño a nadie.

Impresionado por la enormidad de lo que podía haber pasado si aquel rayo no lo hubiera despertado mientras soñaba con Angelica, Max sintió que su compasión refluía y que su ira aumentaba. Arrojando el cobertor a un lado, dijo:

—Quiero a ese hombre fuera de aquí.

Hodges levantó la cabeza. Anne y él lo miraron como si acabara de proponer que sacrificaran a un gatito en la pradera de césped.

—No puede hablar en serio —dijo ella—. Sólo ha sido un error. Estoy segura de que no tenía intención de...

—¡Ha estado a punto de matarte! —El grito de Max resonó en el salón, más alto que cualquier trueno—. De matarnos a todos —se corrigió al sentir que los demás lo miraban con curiosidad—. Casi consigue que muramos todos achicharrados en nuestras camas. Es un peligro para sí mismo y para quienes lo rodean. Lo quiero fuera de esta casa a primera hora de la mañana.

Hodges se acurrucó entre los brazos de Anne, y el temblor de su barbilla hizo que Max se sintiera como un bruto de la peor especie. Pero esta vez no iba a ceder. No, habiendo tanto en juego, se dijo mirando la cara pálida y cenicienta de Anne.

Ella se desasió suavemente de los brazos de Hodges y, colocándose delante del mayordomo, se irguió como si fuera armada con algo más que un camisón tiznado y un par de trenzas medio deshechas. Levantó el mentón y le dirigió una mirada de franco desafío.

—Si él se va, yo me voy.

Max sabía perfectamente lo que se esperaba de él en un momento así. Lo llevaba inscrito en el carácter desde el día de su nacimiento. Era el señor de la casa. Podía tolerar un asomo de burlona insubordinación, pero un motín en toda regla, y especialmente delante de los demás criados, era motivo suficiente para un despido inmediato. Su ama de llaves no le había dejado más remedio que echarla junto con el mayordomo y sin siquiera una carta de recomendación que le brindara la oportunidad de encontrar otro empleo.

Abrió la boca, volvió a cerrarla y se quedó mirándola un rato con enfado antes de decir:

—A mi despacho. Ahora mismo.

Capítulo 26

*L*ord Dravenwood giró sobre sus talones y salió de la habitación. A la luz de los relámpagos que entraban danzando por la ventana rota, las bellas facciones de su rostro cincelado tenían un aire claramente demoníaco. Anne sintió que su valor comenzaba a menguar.

Dio a Hodges un suave empujón hacia Pippa y lanzó a la muchacha una mirada suplicante.

—Cuida de él.

Pippa asintió con una inclinación de cabeza, a todas luces más preocupada por la suerte de Anne que por el mayordomo.

Mientras subía las escaleras con paso comedido detrás de Dravenwood, se sintió, más y más con cada peldaño que subía, como si estuviera siguiendo hacia el patíbulo a un verdugo cubierto con una capucha negra. Su angustia aumentó al comprobar que él ni siquiera lanzaba una mirada anhelante a Angelica al pasar junto al retrato.

Cuando llegaron a la puerta del despacho, Dravenwood se apartó para dejarla pasar, todo un caballero a pesar de sus pies descalzos, su pelo revuelto y su expresión asesina. Llevaba desabrochada la camisa de color marfil a la altura del cuello, y Anne sintió que le ardían las mejillas cuando, al pasar rozándolo, advirtió que también tenía desabrochados los dos primeros botones del pantalón.

Él la siguió dentro de la habitación. Anne temía que diera un portazo, pero cerró la puerta con delicadeza tan premeditada que un suave escalofrío de aprensión recorrió su espina dorsal.

Se quedó quieta y azorada en medio de la habitación mientras él encendía la lámpara colocada en una esquina de su escritorio. Las cortinas corridas les brindaban un cálido refugio contra el dentado centelleo de los relámpagos y la lluvia que arreciaba fuera.

Anne confiaba a medias en que se retirara a su santuario favorito, detrás del escritorio, poniendo así un escudo impenetrable entre los dos. Pero Dravenwood se apoyó en la parte frontal del escritorio y cruzó los brazos y los tobillos. La fría y flemática señora Spencer parecía haber abandonado a Anne, dejándola sola frente a aquel hombre poderoso, cubierta únicamente con su camisón y con el pelo escapando de sus trenzas en desordenados mechones castaños.

Se obligó a sostener la mirada fija de su señor.

—Tal vez sería conveniente que habláramos de esto por la mañana, cuando el mal genio y... las pasiones se hayan enfriado.

—Ah, pero yo creo que los dos sabemos que hay pocas posibilidades de que eso ocurra, ¿verdad, señora Spencer? —preguntó él con sorna.

Así que volvía a ser la señora Spencer... Cuando Dravenwood le había suplicado que permaneciera en sus brazos, su nombre de pila había sonado como una promesa en sus labios.

—Estoy segura de que Hodges no pretendía hacer ningún daño —comenzó a decir escogiendo sus palabras con cuidado—. Ha sido un accidente.

—Ha sido el acto irresponsable de un demente. Si no le preocupa su propio bienestar, o el mío, tal vez debería pararse a pensar en qué habría ocurrido si el fuego les hubiera impedido escapar de las habitaciones del servicio. O si Pippa y Dickon hubieran fracasado en su necio intento de extinguirlo y se hubieran prendido fuego de paso.

Anne se sintió palidecer. Nunca había visto una expresión tan implacable en el rostro de Dravenwood.

—Hablaré muy seriamente con Hodges a primera hora de la mañana —afirmó—. Todos pondremos más empeño en el futuro a la hora de vigilarlo...

—Y dígame ¿quién lo estaba vigilando esta noche cuando se estaba preparando mi cena?

Un puñal de hielo atravesó el corazón de Anne al revivir el momento espantoso en que había visto el cráneo y las tibias cruzadas del frasco y había temido que fuera demasiado tarde para salvar a Dravenwood.

—¿Cómo ha sabido que era veneno? —murmuró.

Una sonrisilla victoriosa curvó la comisura de su boca.

—No lo sabía. Hasta ahora.

Furiosa por su estratagema, Anne clavó la mirada en él.

—Fue un error genuino por parte de Hodges. Pensó que le habíamos encargado que librara de ratas la mansión.

—¿Cómo sé yo que fue cosa de Hodges? Si no hubiera volcado usted mi cena tan oportunamente, podría sospechar que estaba dispuesta a permitir que ese pobre loco hiciera el trabajo sucio por usted. Que yo sepa, podría haber sufrido simplemente un ataque de mala conciencia en el último momento. O puede que no quiera arriesgarse a que la horca estire su lindo cuello.

Aquel cumplido inesperado pilló tan desprevenida a Anne que tardó un minuto en comprender lo que había dicho.

—¿Me está acusando de intentar asesinarlo?

—No intente convencerme de que no se le ha pasado por la cabeza.

Exasperada a más no poder, ella replicó:

—No me cabe duda de que se le pasa por la cabeza a cualquiera que le conozca.

Un músculo vibró en la mandíbula de Dravenwood, pero Anne no supo si se debía a la furia o al regocijo.

—Me estoy cansando de sus secretos y sus mentiras, señora Spencer. Mientras me pienso si llamar o no al alguacil, tal vez quiera usted decirme si fue usted o fue Hodges quien empujó a su amo anterior por la ventana. ¿O fue Angelica en uno de sus arrebatos de mal humor?

Anne se quedó boquiabierta mientras él añadía:

—Nunca he dado mucho crédito a las habladurías, como es lógico habiendo sido tantas veces objeto de ellas. Pero tras sufrir tantos tropiezos potencialmente mortíferos desde mi llegada a Cadgwyck, empiezo a pensar que los aldeanos tal vez sean menos supersticiosos de lo que yo creía.

Ella apartó su mirada compungida de la mirada acusadora de Dravenwood y se dejó caer en la silla de delante del escritorio. Estaba dispuesta a ofrecerle alguna mentira fácil de digerir, pero, para su sorpresa, cuando abrió la boca salió la verdad. Se había convertido en una mentirosa tan consumada que su voz sonó oxidada y poco convincente hasta para sus propios oídos.

—Me temo que lord Drysdale se consideraba un auténtico donjuán. Al parecer, su amorosa mamá lo había convencido a edad muy temprana de que ninguna mujer en su sano juicio podía resistirse a los encantos de un sapo gordo y patizambo. Desde el instante en que llegó a la mansión, se mostró un poco... ¿Cómo decirlo? Demasiado cordial con las manos. Siempre estaba dando palmaditas a Lizzie en el trasero cuando se inclinaba para poner un leño en el fuego o mirando por debajo de las faldas de Bess cuando se subía a un taburete para limpiar el polvo de un estante.

Le lanzó una mirada por debajo de las pestañas. Dravenwood la observaba intensamente, pero su rostro no dejaba traslucir nada.

—Una noche en que tomó unas cuantas copas de más tras la cena, subió las escaleras hasta las habitaciones del servicio cuando estábamos todos en la cama y decidió colarse en mi cuarto. Me desperté con el hedor de su aliento en la cara y me levanté de un salto, gritando a pleno pulmón. Mi poco entusiasta reacción a su acercamiento sobresaltó a lord Drysdale hasta el punto de hacerle perder el poco seso que tenía, y retrocedió tambaleándose y balando como una oveja encerrada. Por desgracia, al menos para lord Drysdale, era una cálida noche de primavera y la ventana de mi alcoba estaba abierta de par en par. Convinimos todos en que era preferible decirle al alguacil que Drysdale se había levantado de madrugada para utilizar el retrete y se había equivocado de camino.

Frotándose los brazos helados a través de las finas mangas del camisón, Anne fijó la mirada en su regazo y esperó la respuesta de lord Dravenwood. Y esperó. Y esperó. Empezaba a preguntarse si se había quedado dormido de pie cuando oyó un extraño sonido.

Estaba segura de que Dravenwood se mostraría horrorizado, escandalizado, indignado, quizás incluso que se compadecería de lord Drysdale, pero lo último que esperaba escuchar de sus labios era una rotunda carcajada.

Anne levantó la mirada. Se estaba riendo abiertamente y su risa hacía que se le arrugaran las comisuras de los ojos igual que a su hermano y que su rostro pareciera de pronto despojado por completo de preocupaciones. El corazón de Anne dio un pequeño salto mortal. Si aquel hombre creía de veras que las mujeres sólo lo perseguían por su fortuna y su título, estaba aún más loco que Hodges.

Como su risa no mostraba signos de remitir, Anne se levantó con un bufido de indignación.

—Me alegro de que encuentre tan divertida mi sórdida historia.

—No me estoy riendo de usted. Me río porque el pobre idiota tuvo la audacia de intentar meterse en su cama.

Anne se sintió aún más insultada al oír aquello.

—No es necesario que se burle de mí, milord. Sé muy bien que no soy precisamente una belleza legendaria como Angelica Cadgwyck o su preciosa cuñada.

—No me estaba burlando de usted. —Su sonrisa se borró y el brillo de sus ojos se convirtió en un destello pensativo que casi la hizo lamentar su estallido de indignación—. Me estaba burlando de él por ser tan necio como para intentar tomar por asalto el bastión irreductible de la virtud de la señora Spencer. —Dravenwood se apartó de la esquina del escritorio y se acercó a ella—. Sé por experiencia que es una hazaña imposible.

Anne sabía que era responsabilidad suya poner una distancia más decorosa entre ellos, pero sus pies parecían clavados al suelo. Cuando Dravenwood alargó la mano para quitarle suavemente una mancha de tizne de la mejilla con la ancha yema de su pulgar, contuvo la respiración, temblorosa.

Él posó la palma sobre su mejilla al tiempo que su pulgar se deslizaba hacia regiones más peligrosas, rozando sus labios entreabiertos, probando su suavidad. Anne sofocó un gemido de sorpresa al sentir la firmeza de su carne, incapaz de ocultar el efecto devastador que surtían sobre ella sus caricias. Era un hombre de lo más difícil, y sin embargo la acariciaba con irresistible facilidad, como si hubiera nacido para aquella tarea.

Sus negras pestañas descendieron hasta cerrar sus ojos cuando se inclinó hacia delante y acercó la mejilla a su pelo.

—¿Señora Spencer?

Su tersa voz de barítono sonó aún más grave y severa que de costumbre por efecto del humo.

—Anne —lo corrigió ella con un suspiro trémulo.

—Si vas a arrojarme por la ventana, más vale que lo hagas ahora.

Ella cerró las manos sobre sus antebrazos como si fuera a empujarlo. Pero sus manos estaban tan poco dispuestas a cooperar como sus pies. Lo único que hicieron fue aferrarse a él.

—Yo no empujé a lord Drysdale. Se cayó él solo.

Dravenwood frotó la nariz contra su sien e inhaló profundamente su olor, como si no oliera a ceniza, sino a algún potente afrodisíaco que llevara buscando toda la vida.

—Me temo que no me quedan fuerzas para saltar yo solo. Vas a tener que ayudarme.

Anne estaba cansada de ser la fuerte. En ese momento lo único que quería era rendirse a una fortaleza y una voluntad más grandes que la suya. Quería ser débil, caprichosa y lo bastante necia como para cometer un error deplorable que la persiguiera el resto de su vida.

Y quería hacer todas esas cosas en brazos de aquel hombre.

—He olvidado abrir la ventana, milord.

—Max —susurró él junto a su boca justo antes de que sus labios se tocaran.

El suave roce de su boca casi fue la perdición de Anne. Si no hubiera podido clavar los dedos en los gruesos músculos de sus antebrazos, tal vez hubiera caído de rodillas a sus pies. Beber suavemente de sus labios sólo pareció aumentar la sed de Dravenwood. Ahondó hábilmente su beso, abriendo los dóciles pétalos de sus labios con tierna e insistente maestría. Ella gimió cuando la lengua cálida y aterciopelada de él recorrió su boca para apoderarse del néctar que encontró allí.

De golpe, sin previo aviso, se abrió la puerta del despacho. Se separaron de un salto. Anne sólo pudo confiar en no parecer tan acalorada y culpable como se sentía.

Pippa estaba en la puerta, presa de una agitación tan grande que, si Anne y el conde hubieran estado revolcándose desnudos sobre la mesa, seguramente ni siquiera se habría percatado de ello.

—¿Qué ocurre? —preguntó Anne, cuyo azoramiento había dado paso a la alarma.

Pippa temblaba de arriba abajo y sus ojos oscuros estaban anegados en lágrimas.

—Es Hodges. Se ha ido.

Capítulo 27

*D*ravenwood soltó una maldición.

—¿Que se ha ido? —repitió Anne frenética—. ¿Cómo que se ha ido? Te dije que cuidaras de él.

Pippa respiró hondo, temblorosa.

—Se ha escabullido mientras yo ayudaba a Betsy a enrollar la alfombra del salón. Sólo le he quitado los ojos de encima un momento. ¡Lo juro! No sabía que se marcharía en cuanto me diera la vuelta.

Anne luchó por digerir la noticia mientras su mente funcionaba a marchas forzadas.

—¿Cómo sabes que no está escondido en algún lugar de la casa? ¿Has mirado en el armario del comedor?

—Ha dejado la puerta delantera abierta de par en par.

Anne dio un respingo cuando el violento retumbar de un trueno sacudió la casa como para recordarles que fuera seguía arreciando la tormenta.

—Dios mío, los acantilados —musitó.

No se dio cuenta de que se estaba tambaleando hasta que Dravenwood la agarró del codo para sujetarla.

Pippa sacudió la cabeza.

—No ha ido hacia los acantilados. Dickon está casi seguro de que lo ha visto corriendo hacia los páramos cuando ha estallado un relámpago. Se está preparando para ir a buscarlo.

—Y un cuerno —gruñó Dravenwood, dirigiéndose hacia la puerta con paso decidido.

Pippa lo miró con enojo a través de las lágrimas. Había empezado a llorar desconsoladamente, sollozos entrecortados sacudían su pecho y tenía la linda cara cubierta de manchas rojas.

—¡Todo esto es culpa suya! ¡Ha sido usted quien ha dicho que quería que se fuera! ¿Cómo ha podido ser tan cruel y despiadado? ¿Creía que era sordo además de viejo?

—Luego tendrás tiempo de sobra de reprocharme mi crueldad, hija —dijo Dravenwood adustamente y, agarrando a Pippa por los hombros, la apartó con suavidad de su camino—. Ahora tenemos cosas más importantes de las que ocuparnos.

Cuando llegaron los tres al vestíbulo, Dickon estaba completamente vestido y sentado en el banco del perchero. Se estaba atando un par de botas raídas, una de ellas con un agujero en la puntera, y su rostro delgado aparecía crispado por la determinación.

La tormenta estaba empezando a desatarse en toda su furia.

Caía una lluvia torrencial y el viento arrojaba furiosas andanadas de granizo contra la ventana curva de encima de la puerta.

A Anne se le encogió el corazón de horror y de impotencia al imaginarse a Hodges allí fuera, vagando perdido y solo por los páramos.

—Trae mi gabán y mis botas —ordenó Dravenwood a Betsy cuando vio a las pálidas muchachas y a Nana apelotonadas en la entrada del salón. Al ver que ella vacilaba, lanzando una mirada inquisitiva a Anne, gritó—: ¡Vamos!

Betsy pasó junto a ellos y subió las escaleras para cumplir su orden.

Dickon se levantó, los miró de frente y cuadró sus flacos hombros, permitiéndoles vislumbrar por un instante al hombre en que se convertiría algún día.

—No culpen a Pippa de que se haya marchado. Yo también tenía que vigilarlo. Por eso voy a ir a buscarlo.

—No seas absurdo. —Anne corrió a su lado—. No podría soportar perderos a los dos. Es responsabilidad mía. Iré yo.

—He sido yo quien ha dejado que se vaya —sollozó Pippa—. Debería ir yo.

La voz de Dravenwood resonó más fuerte que un trueno:

—Por si acaso lo han olvidado, yo soy el señor de esta casa. Si alguien tiene que salir con esta noche de perros a buscar a Hodges, soy yo.

—Pero yo conozco los páramos como la palma de mi mano —protestó Dickon—. Puede que hasta pueda coger un pony salvaje y...

—Lo único que vas a coger con este tiempo es un resfriado de muerte —replicó Dravenwood.

Betsy bajó a todo correr las escaleras con las botas del conde en una mano y su gabán colgado del brazo.

—Dickon tiene razón —dijo Anne con el corazón lleno de pánico—. Usted no conoce los páramos. Pueden ser mortales durante una tormenta.

Dravenwood se sentó en el segundo escalón para atarse las botas.

—He sobrevivido a un brote de cólera en Birmania, a una tormenta de arena en el desierto de Túnez, a que mi novia me dejara plantado por mi hermano ante el altar, y a que casi me envenenen y me quemen vivo en mi cama usted y su pandilla de secuaces. No tengo intención de permitir que unos cuantos rayos y truenos o sus dichosos páramos acaben conmigo.

—Pero yo... —dijo Dickon.

—Tú no vas a poner un pie fuera de esta casa, jovencito. —Max se levantó para ponerse el gabán—. Vas a quedarte aquí y a cuidar de las mujeres. Es una orden. —Se volvió hacia Anne—. Si intenta escabullirse cuando yo me vaya, use sus llaves para encerrarlo en la despensa. O en la mazmorra.

Dickon se dejó caer en el banco y clavó en Dravenwood una mirada tan severa como la del conde. Pippa se acercó al chico y le puso una mano sobre el hombro en un raro gesto de solidaridad.

Cuando Max llegó a la puerta, Anne estaba esperándolo allí.

Como no se atrevía a tocarlo delante de los demás, sólo pudo alargar la mano para enderezar la capa de su gabán.

—Tenga cuidado, milord. Por favor.

Dravenwood la miró, y Anne comprendió por el brillo amenazador de sus ojos que estaba a punto de cometer una locura, como estrecharla en sus brazos delante de los demás y darle un largo y apasionado beso.

—Se lo traeré de vuelta. Lo juro.

Dejándola con aquella promesa, abrió la puerta y salió a la tormenta.

Apoyada en el alféizar de la ventana de la buhardilla, Anne se esforzaba por ver entre la negra cortina de lluvia que fustigaba los cristales. Se había retirado a su cuarto cuando no había podido soportar más la quietud del reloj de péndulo del vestíbulo, ni la expectación con que la miraban todos cada vez que advertían un fugaz receso en la tormenta u oían un ruido fuera. Ruidos que inevitablemente resultaban ser el golpeteo de una contraventana suelta o la rama rota de un árbol estrellándose contra el costado de la casa.

Allí arriba, el furor de la tormenta era aún más virulento. La buhardilla se estremecía y gruñía, vapuleada por los puños implacables del viento. Cada vez que una teja se rendía y caía resbalando por el tejado, Anne lo oía con toda claridad.

Desde su ventana, sin embargo, era desde donde mejor se veían los páramos. Mientras miraba, un relámpago aserrado atravesó el cielo, alumbrando el paisaje durante una preciosa fracción de segundo. Anne pegó la nariz al cristal y sintió que el nerviosismo aceleraba su pulso. Casi habría jurado ver a dos figuras en la lejanía luchando contra la tormenta. Pero desaparecieron al siguiente fogonazo de un rayo, dejando en su lugar el cadáver retorcido de un árbol y una piedra enhiesta.

Anne se recostó contra el marco de la ventana y contempló la vela que brillaba en el alféizar. Empezaban a pesarle los párpados, pero cada vez que cerraba los ojos veía a Dravenwood o a Hodges tendidos boca abajo en un arroyo desbordado o un barranco inundado. Había ordenado a las doncellas que pusieran una lámpara encendida en cada ventana de la mansión para que sirvieran como balizas, pese a saber que cualquiera que fuera lo bastante necio o temerario para salir a los páramos en una noche como aquélla seguramente no veía más allá de la longitud de un brazo por delante de sus narices.

Había ocupado un rato las manos temblorosas cambiando su camisón tiznado por un sencillo vestido gris y recogiéndose el pelo, casi como si aquellos rituales cotidianos pudieran ayudarla a templar la naturaleza caprichosa de la tormenta. Se llevó una mano a la garganta, buscando instintivamente el consuelo de su colgante. Casi deseó haberlo puesto en la mano de lord Dravenwood antes de que se perdiera de vista en la tormenta. Podría haberlo llevado como un caballero llevaba el emblema de su dama y haberlo utilizado como talismán para regresar sano y salvo con Hodges a Cadgwyck.

Y a ella.

Se despertó con un sobresalto cargado de mala conciencia y un doloroso calambre en el cuello. Debía de haberse quedado dormida sin querer. A su lado, la vela del alféizar de la ventana se había consumido por completo. Su llama estaba a punto de ahogarse en un charco de cera líquida.

Estaba tan aturdida que tardó un momento en darse cuenta de que era el silencio lo que la había despertado: el silencio.

Frotándose la curva entre el cuello y el hombro, levantó la mirada hacia la ventana. La lluvia se había despedido de la noche llevándose consigo al viento aullador, pero no los altos cúmulos de nubes. Abrió la boca sofocando en silencio un gemido. La destrucción que había dejado a su paso la tormenta era aún más aterradora que la propia tormenta. A la sombría luz del amanecer vio que uno de los postes de la verja, ya antes deteriorado, se había desplomado por completo cortando el camino, que la lluvia, además, había borrado casi por entero. De él sólo quedaban algunos surcos embarrados y rebosantes de agua turbia. Allá donde mirara había tejas dispersas, y el postigo de una ventana, arrancado limpiamente de la casa, yacía astillado en el suelo. Se habían desgarrado incluso los velos de hiedra de las ventanas de la torre.

Costaba imaginar que algo o alguien pudiera haber sobrevivido a aquel vendaval.

Negándose a sucumbir a tan sombríos pensamientos, Anne se bajó del alféizar y recogió su manto para salir en busca de Hodges y del conde. Si era necesario, se encomendaría a la piedad de los aldeanos y les suplicaría que organizaran una batida de búsqueda. Entonces vio un destello de movimiento por el rabillo del ojo.

Se volvió lentamente hacia la ventana, temiendo respirar, hacerse ilusiones.

Al principio pensó que era sólo una figura la que avanzaba trabajosamente hacia la casa. Pero entonces se dio cuenta de que no era un hombre, sino dos. El más alto sujetaba al otro por debajo de los hombros, llevándolo casi a cuestas. La cabeza morena y despeinada del de mayor estatura colgaba entre sus anchos hombros. El visible esfuerzo que le costaba poner un pie delante del otro dejaba claro que cada paso que daba podía ser el último.

El corazón se le subió de un brinco a la garganta. Entonando en silencio una ferviente oración de gratitud, apagó la vela de un soplido y se encaminó a la escalera.

La distancia entre el desván y el vestíbulo nunca había sido tan grande. Cuando llegó a la puerta principal, Dickon ya la estaba abriendo. Bajaron todos la escalinata del pórtico, cruzaron el patio y salieron al prado delantero. Incluso Nana se unió a ellos, muy sonriente, apoyándose en Bess para caminar.

El espeso barro tiró de los botines de Anne cuando se levantó las faldas y pasó corriendo junto a Dickon. Llegó antes que nadie junto a los dos hombres que avanzaban trabajosamente por lo que quedaba de la avenida de entrada.

Dravenwood levantó la cabeza y le dedicó una sonrisa cansada, pero triunfante. Tenía la cara manchada de barro y un cardenal en la sien que iba amoratándose a ojos vista.

—No he podido cazar un pony, pero sí un mayordomo.

—¿Dónde demonios estaba? —preguntó Anne, no sabiendo si reír o llorar.

—Me he pasado casi toda la noche buscándolo, hasta que por fin lo he encontrado casi cuando estaba amaneciendo, acurrucado en el hueco de un árbol a menos de un tiro de piedra de aquí, tan campante.

Hodges caminaba medio dormido, rezongando en voz baja. Al ver que Dravenwood se tambaleaba bajo su peso, Anne corrió a aliviarlo de su carga. Abrazó a Hodges mientras los demás sirvientes se reunían a su alrededor, riendo, charlando y dando palmadas en la espalda y los hombros al atónito mayordomo.

Olvidado por todos, Dravenwood se quedó allí, tambaleándose todavía. Anne no se había dado cuenta de hasta qué punto se había apoyado en la recia figura de Hodges para sostenerse en pie. Dejó a Hodges en brazos de Lizzie y Lisbeth y le hizo una seña frenética a Dickon con la mano. Para su sorpresa, el conde ni siquiera protestó cuando el joven lo rodeó con uno de sus larguiruchos brazos y sujetó su peso como él había sujetado el de Hodges.

El mayordomo podía estar tan campante, pero no podía decirse lo mismo del conde, que estaba empapado hasta los huesos. El agua que todavía chorreaba de su cabeza le había rizado el cabello en negros tirabuzones. La lujosa gamuza de sus pantalones estaba rota y dejaba ver una fea herida a la altura de su espinilla. Aunque Dravenwood se esforzaba por no tiritar al frío del amanecer, el tono azulado de sus labios hacía juego con las sombras que rodeaban sus ojos.

Anne no deseaba otra cosa que rodearlo con los brazos y meterlo ella misma en una cama caliente y seca, pero se obligó a decir en tono enérgico:

—Betsy, Beth, ayudad a lord Dravenwood a subir a su habitación inmediatamente. Preparadle un baño bien caliente y ropa seca antes de retiraros.

—No —dijo Dickon resueltamente, irguiéndose hasta parecer más alto que de costumbre—. Ahora mismo, su señoría necesita un criado. Yo me ocuparé de él.

Anne asintió con la cabeza. Nunca había estado tan orgullosa del chico.

Cuando Dickon pasó a su lado sosteniendo a Dravenwood, no pudo resistirse y cogió la mano del conde. Su piel, normalmente cálida, estaba fría y pegajosa al tacto.

—Gracias por todo... milord.

Él asintió con una inclinación de cabeza mientras el fantasma de una sonrisa jugueteaba en sus labios.

—Me alegra haberle sido de ayuda... señora Spencer.

Mientras los demás regresaban a la casa, Anne se quedó allí mirándolo alejarse. Cada vez que respiraba parecía estar más en deuda con él. Y cada vez le resultaba más difícil convencerse de que la emoción que sentía henchirse en su pecho cuando lo miraba era simple gratitud.

Estaban todos tan agotados por la excitación del incendio y la tormenta y por haber pasado en vela las largas horas de la noche, que Anne dio permiso a los sirvientes para dormir hasta tarde la mañana siguiente. Tan pronto como Hodges y el conde estuvieron bien arropados en sus camas, subió a acostarse a su buhardilla.

Pasado el mediodía estaban ya todos en pie, salvo lord Dravenwood, y se reunieron en torno a la mesa de la cocina para disfrutar de un chocolate caliente y hablar de la tormenta. Avergonzado por su peripecia de la noche anterior, Hodges pareció alegrarse de quedarse sentado junto a Nana frente al fuego y sostener una madeja de lana entre las manos mientras la anciana añadía treinta centímetros más a su labor de punto.

Estaba cayendo la noche cuando Anne ordenó a Bess que llevara una bandeja de emparedados a la alcoba de lord Dravenwood. Cuando la muchacha regresó para informar de que no había obtenido respuesta al llamar a la puerta del conde, Anne sintió que la embargaba una oleada de ternura.

—Déjalo, entonces —le dijo a la chica—. No le va a hacer ningún mal pasarse la noche durmiendo.

Dickon, que parecía haberse tomado muy a pecho sus nuevas responsabilidades como ayuda de cámara del conde, subió la escalera con paso decidido a primera hora de la mañana siguiente para ver si su señor necesitaba ayuda para bañarse y vestirse.

Regresó a la cocina un rato después, algo enfurruñado.

—He llamado y llamado y ha pasado muchísimo rato sin contestar, pero por fin ha gruñido y me ha gritado que me vaya.

Anne arrugó el ceño, cada vez más preocupada. Le daban tentaciones de ir a verlo ella misma, pero desde la noche en que, tras irrumpir en su alcoba, había acabado en sus brazos, hacía todo lo posible por evitar quedarse a solas con él en cualquier habitación que contuviera una cama.

—Puede que sólo necesite un poco más de tiempo para recuperarse. Estoy segura de que llamará cuando esté listo para volver a la vida.

Esa tarde noche, tras un largo día invertido en ayudar a las doncellas a fregar las paredes del salón manchadas de ceniza y supervisar la labor de Dickon y Pippa, que estaban limpiando el patio, mandó a Betsy con otra bandeja, coronada ésta con la única cosa a la que sabía que Dravenwood no podía resistirse: una humeante hogaza de pan recién sacada del horno.

Un rato después, cuando se volvió, vio a Betsy de pie en la puerta de la cocina, con la bandeja intacta en las manos. La expresión de la cara ancha y bondadosa de la joven hizo que el corazón de Anne se encogiera de miedo.

—Es el señor, señora —dijo Betsy con renuencia—. Como no contestaba cuando he llamado, me he asomado para ver si quería la cena, como me dijo usted, pero no he podido despertarlo.

—¿Cómo que no has podido despertarlo? ¿Ha seguido durmiendo?

—Al principio he pensado que sólo estaba dormido, pero estaba gimiendo una barbaridad. Y cuando le he tocado el brazo, lo tenía ardiendo.

Anne cruzó la puerta antes de que Betsy acabara de hablar. Ni siquiera se dio cuenta de que había volcado la bandeja al pasar hasta que oyó un estrépito a su espalda.

Al descorrer de un tirón las cortinas de la cama de lord Dravenwood, lo encontró presa de un resfriado en toda regla. Acercó el dorso de la mano a su frente. A pesar del castañeteo audible de sus dientes, sus temores se vieron confirmados: ardía de fiebre.

Respiraba trabajosamente, con un penoso estertor. Seguramente había inhalado más humo del que creía al rescatarla de la buhardilla, y había rematado aquella ofensa a sus pulmones pasando la noche expuesto al frío y a la lluvia.

Betsy se quedó en la puerta, retorciéndose ansiosamente el delantal entre las manos. Parecía casi tan indefensa como se sentía Anne.

—¿Qué hago, señora? ¿Quiere que vaya corriendo al pueblo y traiga a alguien?

—¿Y a quién traerías? —preguntó Anne amargamente—. No hay médico en el pueblo, y aunque lo hubiera no podrías convencerlo de que viniera aquí. —Miró por la ventana hacia las sombras cada vez más espesas, intentando refrenar una oleada de desesperación—. Y menos aún de noche.

Betsy, que seguía mirando el cuerpo tembloroso del conde, preguntó:

—¿Quiere que traiga más mantas, entonces?

—No. —Sacudiéndose aquel miedo paralizante, Anne arrancó enérgicamente las cortinas de la cama y apartó el edredón de plumas, dejando sólo la fina sábana que le tapaba hasta la cintura—. No necesita calentarse. Necesita enfriarse. —Se acercó a las puertas del balcón y las abrió de par en par para dejar entrar el aire frío de la noche. Después regresó junto a la cama—. Ve a la cocina y dile a Nana que me prepare un cazo de infusión de milenrama. Luego busca a Bess y a Lisbeth y traedme toda el agua fría que podáis cargar.

—¿Quiere que busque a Dickon para que se ocupe del señor?

Anne negó con la cabeza, y su corazón se contrajo lleno de irresistible ternura al contemplar el cuerpo del conde, sacudido por violentos temblores.

—No, ahora no. Esta vez voy a ser yo quien cuide de él.

Capítulo 28

*A*nne no tuvo que velarlo sola. A medida que la noche se convirtió en día y el día en noche, y un día sucedió a otro, los demás sirvientes se turnaron con alguna excusa para hacerle compañía junto a la cama de lord Dravenwood.

Dickon estuvo allí para sujetarle los hombros mientras ella intentaba darle unas cucharadas de caldo caliente, derramando más caldo sobre su pecho del que consiguió hacerle tragar. Bess y Lisbeth sumaron sus fuerzas a las de ella cuando empeoró su delirio y Anne tuvo que echarse sobre su pecho para impedir que se hiciera daño al retorcerse, gritando en un idioma que ninguno de ellos reconoció, hasta quedarse sin fuerzas y sin voz. Lizzie estaba allí cuando Anne derramó lágrimas de alegría al encontrarlo vivo tras despertar de un breve sueño en el sillón junto a la cama y descubrirlo tan quieto y cerúleo que pensó que había muerto mientras ella dormía. Beth y Betsy se ocuparon de colocar cuidadosamente las sábanas para salvaguardar el pudor de Anne cuando lo bañó, pasando tiernamente el paño jabonoso por las musculosas anfractuosidades de su pecho.

El tercer día de su vigilia, Anne levantó la vista del pasaje de *El progreso del peregrino* que estaba leyendo por enésima vez y vio que Nana entraba renqueando en la habitación.

Aliviada íntimamente por verse rescatada de su propio Cenagal de Abatimiento, Anne se levantó de un salto de su sillón, desalojando a un enfurruñado *Sir Almohadillas* de su regazo. Corrió a ayudar a la anciana y le dijo hablándole al oído:

—¡Nana! ¿Cómo has subido las escaleras?

—De la misma manera que llevo subiéndolas los últimos cincuenta años, niña. Poniendo un pie delante del otro.

Nana se acercó a la cama arrastrando los pies y sacudió la cabeza al mirar el cuerpo inerme de lord Dravenwood.

—No hay nada peor para una mujer que ver postrado en la cama a un hombre tan fuerte.

—Detesto sentirme tan impotente —confesó Anne con un nudo en la garganta.

Nana le lanzó una mirada de reproche.

—No le des por perdido aún, niña. Ni te des por perdida a ti. Si hay algo en lo que siempre has destacado, es en salirte con la tuya. Apuesto a que todavía podrías manejar el destino con un solo dedo si te empeñaras.

—En este momento siento más bien que el destino me ha echado las manos al cuello. —Reparó en la prenda colorida que colgaba del brazo de la anciana—. Vaya, Nana, ¿por fin has acabado tu...?

No supo cómo llamar a la voluminosa prenda de punto.

—Estos viejos nudillos míos se están poniendo demasiado rígidos para manejar las agujas, y la mitad del tiempo no veo qué color he cogido. Más vale que alguien la use mientras todavía estoy aquí para verlo.

La anciana desdobló cuidadosamente su regalo y lo extendió sobre el pecho de lord Dravenwood.

—¡Nana, es preciosa! —exclamó Anne.

Los tonos multicolores alegraron la habitación, e incluso parecieron devolver el color a las pálidas mejillas de su señor.

—Hay un poco de amor tejido en cada hebra de lana. —Ofreciéndole una sonrisa desdentada, acarició tiernamente la labor con sus dedos retorcidos—. No lo olvides, niña. El amor sigue siendo la medicina más poderosa de todas.

—Si se muere, el alguacil pensará que lo hemos asesinado —afirmó Pippa sombríamente desde su mecedora al otro lado de la cama, mirando a Anne por encima de su manoseado ejemplar de *Los misterios de Udolfo*.

Anne se inclinó hacia delante en su sillón para apartar el pelo sudoroso de la frente del conde. Dravenwood llevaba casi todo el día delirando intermitentemente.

—Puede que así sea.

—No debes culparte. Fue decisión suya salir a buscar a Hodges. Nosotros no lo obligamos a hacer de caballero andante.

Anne recordó que Dravenwood le había dicho que había salvado a su hermano de un pelotón de fusilamiento y cuidado a Clarinda cuando ella cayó enferma. Pensó en su empeño en demostrar que Angelica no había tomado parte en su propia ruina, y en cómo había subido las escaleras de la buhardilla para rescatarla del fuego sin pensar en su propia seguridad.

—No creo que le quedara otro remedio. Puede que deteste reconocerlo, pero sospecho que nació para desempeñar ese papel. —Dejó escapar una risa desganada—. Hasta rescató a Dickon de esa ridícula peluca. —Su sonrisa se borró y sus dedos se detuvieron sobre la piel seca y caliente de la mejilla de él—. Es sólo que aún no ha descubierto que no puede salvar a todo el mundo. Quizá ni siquiera a sí mismo.

Esa noche, ya tarde, Anne se halló al fin a solas con su señor. Tras ver cómo Pippa se adormilaba leyendo no una sino hasta tres veces, por fin había convencido a la joven de que se fuera a la cama tras prometerle que se pondría un camisón y se tumbaría en el diván a dormir un rato cuando ella se marchara.

Había entrado en el vestidor de Dravenwood para ponerse el camisón y quitarse las horquillas del pelo, pero en lugar de tumbarse en el diván, ocupó la mecedora que Pippa había dejado vacante y la arrimó a la cama.

En algún momento durante esos últimos días, había dejado de preocuparse por lo indecoroso de pasar la noche en la alcoba de un caballero, y más aún en camisón.

Miró el reloj francés de la repisa de la chimenea. Era poco más de medianoche. Aunque sabía que su voz había quedado silenciada para siempre, a veces todavía se sorprendía aguzando el oído para escuchar el hueco campanilleo del reloj de péndulo del vestíbulo.

El sueño tenía poco atractivo para ella. Cada vez que se adormilaba, sentía que se deslizaba bajo la superficie de las olas y notaba cómo unas cuerdas de seda se tensaban alrededor de sus tobillos, haciéndole imposible patalear y abrirse paso hacia la libertad. Luego comenzaba a hundirse, más y más abajo, hacia la oscuridad del completo olvido antes de despertarse con un sobresalto.

Ella no podía dormir y Dravenwood no parecía capaz de despertar. Por fin había remitido la fiebre, pero aparte del suave vaivén de su pecho, seguía tan quieto y pálido como una efigie labrada en mármol sobre una tumba. Anne casi prefería el delirio a aquella inmovilidad. Al menos cuando estaba retorciéndose y gritando, no tenía que aplicar el oído a sus labios para asegurarse de que respiraba.

Si no sobrevivía, tendría que coger pluma y papel y escribir a sus padres para notificarles su muerte.

¿Lo llorarían por cómo había sido o se lamentaría su padre únicamente por haber perdido a su preciado heredero? ¿Cuánto tiempo tardaría la noticia en cruzar el ancho mar y llegar a oídos de su hermano? ¿Se acordaría Ashton Burke del hombre hosco en que se había convertido su hermano, o rememoraría con afecto su infancia, cuando eran dos niños que jugaban a los soldaditos de plomo y libraban batallas navales en el baño? ¿Derramaría Clarinda una lágrima por el hombre que la había amado durante tanto tiempo y tan fielmente? ¿Lamentaría haber despreciado un corazón leal que otra mujer habría cuidado como un tesoro? ¿Se acordaría la pequeña Charlotte de su tío Max, el hombre que la había levantado en sus grandes y fuertes brazos y la había estrechado con tanta ternura, pensando sin duda que podía haber sido su hija si las circunstancias hubieran sido otras?

Anne se arrebujó en su chal de lana. Ni las cataplasmas ni las tisanas medicinales de Nana parecían funcionar. No habían podido hacerle tragar más que una gota de caldo desde el amanecer. Lo único que podía hacer era lavarlo, afeitarlo, mantener sus sábanas limpias, cepillarle con cuidado los dientes con sus propios polvos dentífricos y aceptar que seguramente no iba a volver a despertar. Jamás volvería a ver fruncirse su frente en uno de aquellos ceños furiosos, ni a oírle dar una orden que no tenía intención de obedecer.

La cara de Dravenwood se emborronó ante sus ojos cuando le apretó la mano.

—¡Maldito seas, Dravenwood! ¡Sobreviviste al cólera en Birmania, a una tormenta de arena en el desierto de Túnez, y a un corazón roto! ¿Cómo te atreves a dejar que un poco de lluvia acabe contigo? Si piensas morirte para pasar toda la eternidad paseando de la mano por la mansión con tu preciosa Angelica, estás desperdiciando tu último aliento. ¡No serás suyo! ¡Yo me encargo de eso!

La ironía de la situación no le pasó desapercibida. Si moría, sería ella quien viviría atormentada hasta el día de su muerte. Ella quien se despertaría en plena noche ansiando una caricia que ya jamás conocería, anhelando un beso que no volvería a saborear.

Agarrando todavía su mano entre las suyas, lo miró con rabia por entre las lágrimas.

—Pippa tenía razón, ¿sabes? Seguramente estás haciendo esto por despecho. Si te mueres, jurarán que te he matado. ¿Es eso lo que quieres, tonto cabezota y arrogante? ¿Es que quieres que me cuelguen porque tuviste la temeridad de salir en plena tormenta aunque intenté advertirte de que podía ser tu fin?

Se le quebró la voz en un áspero sollozo. Se inclinó y apoyó la frente sobre sus manos entrelazadas, regando la piel de Dravenwood con sus lágrimas.

Estaba tan acongojada que tardó unos segundos en notar que una mano rozaba suavemente su cabello suelto. Temblando de incredulidad, levantó despacio la cabeza.

Dravenwood la estaba mirando fijamente, los ojos iluminados por una ternura que la dejó sin respiración.

—Ahí estás, ángel mío —dijo con la voz enronquecida por la falta de uso. Una media sonrisa curvó su boca—. Siempre he sabido que volverías conmigo.

Capítulo 29

*A*nne miró los ojos de Dravenwood, hipnotizada por su claridad cristalina. Era como si estuviera viéndola, viéndola de verdad, por vez primera. Su mirada fue como el más raro y costoso de los regalos, pues le devolvió algo que ella creía haber perdido para siempre.

A sí misma.

Dravenwood metió la mano entre su pelo, jugueteó con sus mechones aterciopelados y a continuación, rodeando su nuca con la mano, acercó suavemente la boca de Anne a la suya. Se le había pasado la fiebre, pero seguía hallándose bajo el influjo de la enfermedad. Posiblemente no podía pensar con claridad, en caso de que pudiera pensar. Anne sabía que debía apartarse, que debía tumbarlo en la cama e instarle a descansar, pero no tenía ni la voluntad ni el deseo necesarios para resistirse a él. Al amoldar sus labios a los suyos, aspiró su aliento como si sólo en él pudiera hallar una posibilidad de sobrevivir después de pasar una eternidad sumergida en el agua. Su aliento no olía ya a enfermedad, sino a menta y a esperanza.

Sintió que el chal resbalaba por sus hombros y caía al suelo, pero no le importó. Estaba demasiado absorta en la irresistible caricia de su lengua cuando le abrió la juntura de los labios e invadió tiernamente su boca.

Cuando su lengua respondió, a su vez, con una incursión audaz, él la rodeó con los brazos y dejó escapar un profundo gemido gutural. No era un gemido de dolor, sino de placer, de un placer más agudo y más peligroso que el dolor.

Tal vez nunca fueran a encontrarse en un salón de baile para compartir un vals, pero Dravenwood la tumbó en su cama con un giro vertiginoso, hasta que Anne se halló bajo él. Mientras su boca seguía obrando oscuros y deliciosos prodigios, deslizó una mano por el costado de ella, la posó un instante sobre su pecho turgente y a continuación trazó la grácil curva de su cintura, la elevación de su cadera, y la deslizó bajo su muslo para levantarle una pierna de modo que pudiera encajarse en el hueco de sus caderas.

Anne contuvo la respiración con un gemido, sus caderas se arquearon sobre la cama como por propia voluntad y rodearon la evidencia de su deseo. No había cura para aquel delirio. La fiebre era contagiosa y les había infectado a ambos. Entonces sintió que sus llamas se extendían cada vez más alto cuando él deslizó la mano por la piel sedosa de su muslo levantándole el camisón.

El hombre frío y distante que le había creído antaño se había desvanecido y en su lugar había aparecido un ardiente desconocido. No había tiempo para pensar, tiempo para la cautela, tiempo para el remordimiento. Sólo estaba el calor de su lengua acariciando los aterciopelados recovecos de la boca de Anne con un ritmo inconfundible e irresistiblemente carnal, el ardor de su mano cuando la deslizó a un lado y la apretó contra el tierno montículo de entre sus muslos, urgiéndola a conducirlo a un lugar extraordinario donde el placer no sólo era posible, sino además inevitable.

Un suspiro trémulo afloró a los labios de Anne cuando los dedos de él siguieron el camino que había labrado su mano. Pegó la cara a su hombro para esconder sus mejillas sofocadas en cuanto sus dedos largos y elegantes se metieron entre los suaves rizos de su pubis y se apoderaron de la carne sedosa que encontraron debajo, acariciándola, resbalando por ella, tocándola hasta que sus suspiros se convirtieron en leves y jadeantes gemidos. Cuando la yema áspera de su pulgar rozó el palpitante botoncillo situado en el vértice de aquellos rizos, su vientre respondió con un estremecimiento de gozo y un arrebato de puro placer líquido que la impulsó a cerrar los muslos.

Pero la mano de Dravenwood, que seguía allí, los separó de nuevo y la instó a entregar todo cuanto era, todo cuanto sería alguna vez, a su ansia desesperada. Pero ni siquiera entonces se contentó con apoderarse del premio que había ganado. Siguió jugueteando con ella, y cada hábil pasada de sus dedos amenazó con envolver a Anne en un fuego capaz de consumirla por completo.

—Has venido a mí, ángel mío —susurró con voz ronca mientras el calor abrasador de sus labios se deslizaba por el fuste de su garganta hasta posarse sobre la vena que palpitaba frenéticamente bajo la piel—. Ahora, córrete para mí.

Él era su señor. Anne no tenía más remedio que obedecer su orden.

Las oleadas de placer rompieron sobre ella en un torrente cegador. Pero en lugar de hundirla como había temido, la elevaron bruscamente, sacándola de la oscuridad hacia la luz.

Seguía estremeciéndose, sacudida por deliciosos temblores de placer, cuando Dravenwood volvió a cubrirla. Se aferró a sus hombros, dividida entre el impulso de atraerlo hacia sí y el de apartarlo. De pronto parecía muy grande, muy abrumador, muy... viril.

Su boca se cerró sobre la de ella una vez más y saboreó la dulzura de miel de sus labios con una tierna ferocidad que alivió la angustia de Anne y le dio valor para abrirle los muslos en cuanto él intentó separárselos con la rodilla. Sintió el peso de su erección al apoyarse ésta contra esa parte de su cuerpo que seguía aún palpitando por sus caricias. Dravenwood frotó su miembro contra las cremosas perlas de néctar que había extraído de sus húmedas entrañas y la penetró con una sola, larga y suave acometida, enfundando en su vientre su verga rígida.

Dividida entre la agonía y el éxtasis, Anne clavó las uñas en su espalda y hundió los dientes en su hombro para sofocar un sollozo impotente. Había cometido la necedad de creer que conocía la pasión, pero aquello no había sido más que una pálida sombra comparado con esto, el frívolo y endeble espectro de placeres venideros. Un gemido gutural escapó de la garganta de él mientras se movía sobre ella, aumentando el ritmo y la intensidad de sus embestidas hasta que las súplicas inarticuladas de Anne se convirtieron en trémulos gemidos que ya no pudo contener.

Aun así, Dravenwood no aflojó el ritmo, dejando claro que no se daría por satisfecho hasta que los deliciosos temblores del éxtasis comenzaran a atenazar de nuevo su vientre. Tan pronto fue así, se puso rígido y se hundió dentro de ella, y un gruñido aún más ronco escapó de su garganta cuando la misma implacable marea de placer que había desencadenado en ella se apoderó de él, arrastrándolo consigo.

Al abrir los ojos, Anne vio entrar la luz nebulosa del amanecer por las ventanas de la alcoba. Suspiró, lastrados los miembros por una languidez deliciosa que la hacía sentirse como si durante la noche se hubiera derretido de algún modo y hubiera vuelto a reconstituirse, convertida en algo más refinado. A diferencia de Pippa, que gemía, gruñía y escondía la cabeza bajo la almohada cuando tenía que levantarse antes de las diez de la mañana, ella siempre se despertaba de buen humor. Se levantaba de la cama de un salto y se vestía rápidamente, ansiosa por encarar los retos del nuevo día. Esa mañana, sin embargo, habría sido feliz quedándose en la cama hasta mediodía, con todos los músculos un poco agarrotados, pero cosquilleantes todavía de placer.

Se desperezó con la lánguida elasticidad de *Sir Almohadillas* al girarse para buscar el origen de aquel placer.

Dravenwood estaba tendido de espaldas, con un brazo musculoso sobre la cabeza. Anne se apoyó en el codo para observar a sus anchas su pecho fornido y su bello perfil esculpido. Parecía tan maravillosamente en paz...

Sus ojos se agrandaron de pronto, llenos de alarma. Santo Dios, ¿y si su corazón estaba tan débil que no había soportado el esfuerzo? ¿Y si sin querer le había matado?

Acercó una mano a su pecho. Lo sintió subir y bajar con cada respiración pausada, contó cada latido rítmico de su corazón bajo la palma de su mano.

Se dejó caer en la almohada y lágrimas de agradecimiento afloraron a sus ojos.

«El amor sigue siendo la medicina más poderosa de todas.»

Mientras la voz de Nana resonaba en su cabeza, en sus labios se dibujó una sonrisa. Había logrado de algún modo lo que no habían conseguido las cataplasmas y las tisanas medicinales: había salvado a Dravenwood.

Seguía sintiéndose muy satisfecha de sí misma cuando él alargó el brazo sin abrir los ojos y la atrajo hacia sí. Se acomodó a su lado, la espalda pegada a su amplio pecho. Al sentir que su verga erecta presionaba contra la suavidad de su grupa, no pudo resistirse a la tentación de mover un poco las caderas provocativamente. Su respuesta inmediata la hizo sonreír. Sí, indudablemente mostraba signos de vida.

La apretó más contra sí, y su abrazo posesivo la hizo sentirse a salvo, cálida y amada por primera vez desde hacía mucho, mucho tiempo.

—Maximillian —susurró, probando el sabor de su nombre en los labios.

Él dejó escapar un gruñido ronco.

—Ummm... Mi ángel... Mi dulce... Angélica...

Capítulo 30

*A*nne se quedó paralizada, mirando sin verlas las puertas del balcón. Una de las manos de Dravenwood se cerró sobre su pecho suave y lo apretó con delicadeza. Anne vaciló un momento. Luego estiró el brazo y le apartó la mano. Cuando se desasió de su abrazo, Dravenwood protestó con un gruñido, se volvió hacia el otro lado y comenzó a roncar suavemente.

Anne se levantó con sigilo y recogió su camisón del suelo, decidida a escapar antes de que él descubriera que se había acostado con la mujer equivocada.

Un rato después, cuando cruzó la galería con paso enérgico, bañada, vestida y almidonada de pies a cabeza, Angelica estaba esperándola en el descansillo. Anne estaba decidida a ignorarla, pero cuando comenzó a bajar las escaleras camino del vestíbulo, sintió clavada en su espalda la mirada burlona de aquella beldad legendaria.

Se giró bruscamente y señaló el retrato con dedo acusador.

—Si no paras de mirarme con esa sonrisita, foca engreída, voy a pintarte un buen bigote, unas cejas bien pobladas y una o dos verrugas en esa nariz asquerosamente perfecta que tienes. Luego veremos si sigues pareciéndole tan arrebatadora a tu querido lord Dravenwood.

Angelica siguió mirándola divertida desde lo alto de su nariz asquerosamente perfecta, impertérrita ante su amenaza.

Desde el vestíbulo de abajo llegó el sonido de alguien que carraspeaba. Anne se volvió y vio a Pippa parada al pie de la escalera.

La muchacha la observaba con cautela, como solían observar todos a Hodges cuando lo sorprendían combatiendo con las gallinas o retozando por los jardines al atardecer, intentando atrapar un gnomo.

—¿Se puede saber con quién estás hablando?

—Con nadie —contestó Anne, y lanzó a Angelica una última mirada resentida antes de bajar el resto de los peldaños con paso enérgico—. Con nadie en absoluto.

Al despertar, Max se descubrió solo por primera vez desde hacía días. Luchó por incorporarse. Se mareó y sus músculos agarrotados protestaron palpitando, obligándolo a dejarse caer sobre los almohadones con un gruñido. Se quedó mirando el dosel de la cama mientras esperaba que su cabeza aturdida se despejara.

A pesar de que seguía sintiéndose débil, lo embargó una innegable sensación de bienestar. Desde que podía recordar, se había sentido como si padeciera un hambre feroz que lo impulsaba a gruñir y a lanzar dentelladas a todos cuantos lo rodeaban. Ahora, en cambio, se sentía deliciosamente saciado, como un gigantesco felino de la selva que acabara de devorar a una gacela bien jugosa.

Cerró los ojos, levantó los puños cerrados por encima de la cabeza y se desperezó. Sus músculos entumecidos se tensaron y vibraron, llenos de euforia. Nunca se había sentido tan feliz de estar vivo, lo cual era una ironía teniendo en cuenta que su última visita había sido un fantasma. Abrió los ojos al recordar cuál era la fuente de aquella satisfacción.

Angelica...

Angelica había acudido a él en un sueño, igual que en ocasiones anteriores, sólo que esta vez, cuando le había tendido los brazos, se había derretido entre ellos en lugar de desaparecer en la noche.

Se sentó, cada vez más confuso. La luz pálida de la tarde entraba a raudales por las ventanas y arrancaba destellos a la mecedora vacía colocada al borde mismo de la cama.

Casi habría jurado que la mujer a la que había abrazado esa noche no era un jirón de niebla, sino de carne y hueso, cálida y apasionada, su boca una llama viva bajo la suya. Sin duda una alucinación no podía ser tan vívida.

Se pasó una mano por el pelo revuelto mientras sondeaba los borrosos márgenes de su memoria. Si se concentraba con fuerza, casi podía oír una voz que le suplicaba suavemente que abriera los labios cuarteados para que el fresco metal de una cuchara se deslizara entre ellos. Podía sentir el roce de una navaja de afeitar empuñada por unos dedos firmes contra las cerdas de su barba, o el frescor de una mano sobre su frente, comprobando con ternura la temperatura de su carne enfebrecida.

Podía ver a una mujer inclinada sobre él, la piel tan fina y clara como el alabastro, los ojos castaños ensombrecidos por el cansancio. Su cabello había escapado de su moño medio deshecho y colgaba en lacios mechones alrededor de su cara preocupada. Una cara que de pronto se definió con brutal nitidez.

Era la cara de su ama de llaves, la señora Spencer.

No la de Angelica, sino la de Anne.

Una oleada de horror se apoderó de él. Santo cielo, ¿qué había hecho? ¿Había arrastrado a la señora Spencer a su cama y la había forzado en su delirio?

Esa posibilidad no cuadraba con los deliciosos vislumbres que afloraban a su memoria: la suavidad de sus labios floreciendo bajo los suyos para recibir sus besos; el calor confiado de su mano al meterse entre su pelo para acariciarle la nuca; el modo irresistible en que levantaba las caderas de la cama en una invitación a la que ningún hombre podría haberse resistido; el gritito gutural que había intentando sofocar apretándose contra su cuello cuando las yemas de sus dedos la habían empujado por el precipicio del placer, hacia el éxtasis.

A medida que afluían los recuerdos, uno a uno, Max sintió que se excitaba de nuevo. Masculló un juramento.

Sólo había una manera de comprobar que aquellos recuerdos eran sólo fruto de la fiebre que se había apoderado de su cerebro. Buscaría a su ama de llaves y sin duda la encontraría cumpliendo serenamente con sus labores, lo cual demostraría que entre ellos no había sucedido nada indecoroso.

No tenía intención de hablarle de sus lujuriosas fantasías. Si lo hacía, ella seguramente retrocedería horrorizada, le daría un bofetón o se reía en su cara.

Salió de la cama y se rodeó la cintura con la colcha por si acaso entraba alguien en la alcoba antes de que llegara al vestidor. Cuando el bajo de la colcha se enganchó en el poste de la cama, se giró para tirar de él.

Y entonces vio las manchas rojizas que había en las sábanas de seda.

Las miró atentamente, y su incredulidad fue cristalizando lentamente hasta convertirse en certeza. Estaba en lo cierto desde el principio. La mujer que había pasado la noche en sus brazos y en su cama no había sido un jirón de niebla. Era de carne, hueso... y sangre.

Esa tarde, cuando bajó las escaleras, no lo recibió el aroma delicioso del pan recién horneado.

Lisbeth, sin embargo, estaba cruzando el vestíbulo con un plumero en la mano.

—¡Milord! —exclamó, y una sonrisa dentuda iluminó su cara pecosa—. ¡Cuánto me alegro de verlo otra vez en pie! La señora Spencer nos ha dicho que por fin se le había pasado la fiebre.

—Ah, sí, ¿eh?

Supuso que la muy pícara no se había molestado en decirles que había cambiado una fiebre por otra.

—Nos ha dicho que había pasado usted una noche muy dura y que lo dejáramos dormir todo lo que quisiera. —Lisbeth arrugó el ceño al reparar en el lío de sábanas que llevaba en brazos—. No hacía falta que deshiciera la cama, señor. Sólo tenía que llamar. Una de nosotras habría subido corriendo a llevar las sábanas a la lavandería.

—No quiero que las laven. Quiero que las quemen. Tenemos que asegurarnos de que no enferme nadie más en la casa.

—No creo que lo que tuviera fuera contagioso, señor, porque ninguno de nosotros ha estornudado siquiera.

—Con estas cosas, toda precaución es poca. —Se cernió sobre ella—. Un descuido puede costar vidas. Mire lo que le pasó al pobre señor Spencer.

Visiblemente alarmada por su astuta sonrisa, la muchacha bajó un escalón antes de alargar de mala gana los brazos para coger las sábanas.

—Muy bien, milord. Me encargaré de que las quemen.

Max quitó las sábanas de su alcance.

—Prefiero encargarme yo mismo. A no ser, claro, que Hodges esté disponible. Tengo entendido que se le dan de perlas esas cosas.

Sin decir una palabra más, se dirigió a la cocina, dejando a Lisbeth boquiabierta tras él, sin duda preguntándose si la fiebre no le habría cocido el cerebro.

La determinación de Max de enfrentarse enseguida a su ama de llaves se vio abocada al fracaso. Todo aquél a quien le preguntaba dónde estaba la señora Spencer, le indicaba un lugar distinto.

Pippa y Dickon estaban convencidos de que la habían visto ir hacia el gallinero a recoger huevos frescos, mientras que Nana juraba que Anne estaba en el salón ayudando a Bess a quitar la carbonilla que quedaba en el techo. Bess afirmó haberla visto desde la ventana del salón un rato antes, «andando *hasia* el huerto con un *sesto* colgando del *braso*». Cuando Max llegó al huerto, con los músculos protestando por el esfuerzo tras tantos días postrado en cama, encontró a Beth y a Betsy a punto de encaramarse a un manzano con las faldas atadas alrededor de las rodillas, pero no a la señora Spencer. Lizzie le informó de que la última vez que había visto a Anne estaba en el salón ayudando a Hodges a abrillantar la plata. Hodges aseguraba que estaba en Londres tomando el té con el rey.

Max habría sospechado que todos ellos intentaban confundirlo a propósito si su perplejidad no hubiera sido tan convincente.

Cuando comenzó atardecer y su ama de llaves siguió dándole esquinazo, la irritación de Max empezó a tornarse en furia. Estaba tan enfadado consigo mismo como con ella. Después de que Clarinda lo abandonara, había jurado no volver a permitirse sentir de aquel modo. No renunciar jamás a la razón por la locura que sólo podía causar el amor o el deseo.

Harto de tanto buscar, se retiró por fin a su despacho, dejando instrucciones expresas de que la señora Spencer subiera a hablar con él en cuanto la vieran. Aquel demonio de mujer no podía esquivarlo eternamente.

Poco después de que oscureciera su persistencia se vio recompensada cuando tocaron enérgicamente a la puerta.

—Pase —ordenó, sorprendido por el violento latido de su corazón.

Tal vez se hubiera excedido con tanto esfuerzo físico. Tal vez estuviera a punto de recaer. O de morirse.

Se abrió la puerta y entró la señora Spencer. Max no estaba seguro de qué esperaba de ella: ¿una mirada de reproche o lloros y recriminaciones, quizá? Parecía, sin embargo, tan serena e impasible como la noche de su llegada a Cadgwyck Manor.

Salvo por el delantal blanco como la nieve y el encaje que asomaba provocativamente a la altura de su garganta, iba vestida de negro de pies a cabeza. Llevaba el pelo bien peinado hacia atrás y confinado en su redecilla de siempre. Fruncía los labios como si jamás los hubiera suavizado el beso de un hombre. Su semblante no podría haber sido más inexpresivo.

Max arrugó el entrecejo. Por alguna razón, su frío aplomo se le antojaba más exasperante que una rabiosa pataleta. Podría haber tenido al menos la decencia de parecer más... en fin... más afectada.

Quería verla con las mejillas encendidas y el pelo suelto sobre los hombros. Quería que sus labios se entreabrieran y temblaran bajo los suyos. Quería ver alguna prueba del placer que había hallado en sus brazos y del que le había dado. Verla tan impasible, y tan intocable, sólo consiguió suscitar en él el deseo de hacer algo para rectificar la situación.

Anne lo miró enarcando una ceja.

—¿Me ha mandado llamar, milord?

—Siéntese.

Señaló con la cabeza la silla de delante del escritorio.

Cuando ella obedeció, observó atentamente su cara en busca de algún indicio de tensión. ¿Eran imaginaciones suyas o había hecho una pequeña mueca de dolor al posar su lindo trasero en la silla?

—Me alegra verlo con tan buen aspecto —comentó Anne tras ordenar a su gusto cada pliegue de su falda—. ¿Quiere que revisemos las cuentas de la casa o que hablemos de las reparaciones del salón?

Max se quedó boquiabierto. Lisbeth estaba en un error: su fiebre debía de ser contagiosa, a fin de cuentas. Saltaba a la vista que aquella mujer estaba delirando.

—Bueno, no sé —contestó con sorna—. Había pensado que podíamos revisar lo que pasó entre nosotros anoche en mi habitación.

Se quedó gratamente sin habla un momento.

—Yo confiaba más bien en que no se acordara de eso.

Max no se molestó en disimular su incredulidad.

—¿De veras creía que podía olvidar algo así?

—He de confesar que se me ha pasado por la cabeza, sí. —Se inclinó hacia delante y lo observó intensamente—. ¿De qué se acuerda exactamente?

Max se recostó en su silla, apoyó el tobillo en la rodilla contraria y la miró fijamente a los ojos.

—De todo.

De cada beso. De cada caricia. De cómo le había clavado las uñas en la espalda al penetrarla y hacerla suya.

Ella tragó saliva y su esbelta garganta se movió arriba y abajo. Por fin había conseguido turbarla.

—Espero que no crea que voy a culparlo por lo que sucedió entre nosotros. Llevaba varios días medio fuera de sí por la fiebre.

—¿Sólo medio? —preguntó él con sorna.

Anne lo miró pestañeando.

—¿Qué está dando a entender, milord? ¿Que un hombre tendría que haber perdido por completo la cabeza para acostarse conmigo?

—¡No, señora Spencer, sabe perfectamente que no es eso lo que estoy dando a entender! —Se levantó bruscamente y se acercó a la ventana. Miró hacia las sombras cada vez más espesas del anochecer mientras luchaba por dominar su ira—. Tendrá que perdonarme. Todo esto es nuevo para mí. No tengo costumbre de deshonrar al servicio.

—Es una suerte. Nana se va a quitar un peso de encima.

Max se giró para lanzarle una mirada de reproche.

—Sí, asegúrele a las Elizabeth que pueden inclinarse a barrer la ceniza de las chimeneas cuando yo esté cerca. Intentaré resistirme a la tentación de subirles la falda y propasarme con ellas.

Un rubor favorecedor se extendió por las mejillas de Anne.

—Temo que esté usted haciendo una montaña de un grano de arena. Usted es un hombre. Yo soy una mujer. Seguramente estos últimos años hemos estado más solos de la cuenta. —Se encogió de hombros y se miró el regazo—. ¿Tan raro es que hayamos recurrido el uno al otro durante un momento difícil? No tiene que preocuparse, milord. Por lo que a mí concierne, lo de anoche no pasó.

Aunque la mayoría de los hombres se habrían sentido aliviados, Max descubrió con sorpresa que no estaba dispuesto a permitir aquello. Se apoyó contra el alféizar de la ventana y cruzó los brazos.

—Puede que tenga razón, señora Spencer. A fin de cuentas, usted es viuda. Estoy seguro de que estaba acostumbrada a recibir las atenciones de su marido con idéntico... entusiasmo.

Ella levantó bruscamente la cabeza para mirarlo.

—Sí, incluso podría considerarse afortunado al señor Spencer de no ser porque murió de forma tan repentina y prematura arrollado por... ¿Cómo era? —Max se tocó los labios con el dedo índice—. ¿Por un tiro de caballos?

—Por una carreta —contestó ella entre dientes, lanzándole una mirada pétrea—. Murió aplastado por una carreta.

—Todos los hombres de Londres saben que acostarse con una viuda no supone ningún reto. No hay que perder tiempo ni esfuerzos en fastidiosas ceremonias de cortejo: los cumplidos, las flores, la ronda interminable de bailes, óperas y paseos en coche por Hyde

Park. —Suspiró como si saboreara un recuerdo especialmente sa-laz—. Las viudas están siempre tan ansiosas por complacer... Y siempre se muestran tan patéticamente agradecidas por las atencio-nes de un hombre, aunque sea sólo una migaja... Recuerdo haber oído hablar de la viuda de un tal lord Langley que era capaz de hacer un truco increíble con la lengua y...

Anne se levantó de un salto. Su rubor se había convertido en un sofoco de ira.

—¡Sepa usted que yo ni estoy ansiosa por complacer ni le estoy patéticamente agradecida!

—Ni es usted viuda, señora Spencer —remachó él—. ¿O debe-ría llamarla «señorita Spencer»?

Anne palideció.

—¿Cómo lo ha sabido?

—Digamos que dejó ciertas... pistas.

—Ay, Dios... Las sábanas —musitó, y su mirada cambió al comprender lo sucedido—. Tenía tanta prisa por escapar que me olvidé de las sábanas. Si las ve alguna de las chicas... ¡O Dickon!

Hizo amago de acercarse a la puerta.

—No es necesario —dijo él con calma—. Ya las he destruido.

Anne se dejó caer de espaldas contra la puerta y lo miró con reticente admiración.

—Un caballero hasta el final, ¿verdad?

—Nadie lo diría, por mi comportamiento de anoche. —Ladeó la cabeza para observarla—. Bien, ¿por qué me mintió? ¿Por qué ha fingido ser viuda todos estos años?

—No espero que un hombre de su rango y sus privilegios lo comprenda. Para una mujer ya es bastante difícil encontrar coloca-ción en una casa respetable, pero se hace casi imposible cuando todo el mundo a su alrededor equipara el hecho de estar soltera a ser débil e inexperta.

Max le lanzó una mirada burlona.

—Ah, sí, y usted es una mujer de vasta experiencia.

—Aprendí muy rápidamente que la mayoría de las señoras no están dispuestas a contratar a jóvenes solteras para que dirijan sus casas. Les da demasiado miedo que sus maridos puedan...

Se interrumpió y bajó los ojos.

—¿Hacer lo que yo hice anoche? —Dio unos pasos hacia ella, incapaz de refrenarse—. ¿No se le ha ocurrido que, de haber sabido que nunca había... estado casada, podría haberle mostrado al menos más consideración?

—¿Casada? —Su risita desganada pareció mofarse de los dos—. Ni siquiera sabía que estaba viva. Me llamó «Angelica».

Max dio un respingo. Por lo visto, a fin de cuentas, no recordaba todo lo sucedido esa noche.

—No sea tan duro consigo mismo, milord. Por lo menos no me llamó «Clarinda».

A Max le sorprendió lo poco que le escoció su pulla. Haber amado a Clarinda y haberla perdido no era ya una herida abierta en su corazón, sino un pesar agridulce que empezaba a disiparse.

Retirándose detrás del escritorio, se dejó caer en su silla. Había negociado con éxito tratados entre países que llevaban siglos guerreando, y sin embargo aquella terca mujer seguía confundiéndolo.

—Una cosa es robar un beso y otra muy distinta robarle su inocencia. Si no desea seguir a mi servicio después de mi deplorable comportamiento para con usted, no se lo reprocharé. Si decide marcharse, me aseguraré de que reciba la debida compensación.

Observó su cara, conteniendo el aliento sin darse cuenta.

—¿Y cuál es la tarifa en vigor para esa clase de cosas?

Max sintió que se sonrojaba.

—¡No me refería a eso! Quería decir que merecería usted una indemnización adecuada por cesar en su empleo. Con mi nombre y mis contactos, podría asegurarle colocación en algunas de las casas más codiciadas de toda Inglaterra. Se vería libre de este maldito lugar para siempre.

Ella levantó la barbilla. Max casi habría jurado que la veía temblar levemente.

—Cadgwyck es mi hogar.

Max asintió, sintiendo una extraña afinidad con ella. Aquella vieja y destartalada casona también se había convertido en su hogar, de algún modo.

—Entonces supongo que no queda otro remedio, ¿no es cierto?

—¿Otro remedio?

—Si no me permite compensarla por mis faltas enviándola a otro lugar, tendrá que quedarse y castigarme por ellas.

—¿Castigarlo yo a usted? ¿Cómo?

—Accediendo a ser mi esposa.

Capítulo 31

*S*u esposa? —exclamó Anne. Si no hubiera tenido la puerta para sostenerse, se habría deslizado hasta el suelo y allí se habría sentado, rodeada por sus faldas—. Tendrá que perdonarme, milord. Tenía la impresión equivocada de que se había repuesto de la fiebre. Voy a llamar a Dickon enseguida para que lo ayude a volver a la cama.

Dravenwood le lanzó una mirada malhumorada.

—No me importa que se haga de rogar un poco para aplacar su orgullo, pero debería saber que no tengo intención de malgastar nueve años de mi vida cortejándola.

—¡No puede casarse conmigo! ¿Por qué sugiere siquiera una idea tan ridícula?

—Es lo que hace un caballero cuando compromete a una dama —explicó él con paciencia—. Y tal y como acaba de señalar, yo soy un caballero hasta el final.

—¡Pero yo no soy una dama! Soy... en fin... ¡soy una inferior!

Dravenwood se puso en pie. A Anne nunca le había parecido tan amenazador.

—Usted no es inferior a ningún hombre. Ni a ninguna mujer, ya que estamos.

—Pero... pero no puede usted agarrar a su ama de llaves y convertirla en condesa. ¡Será el hazmerreír de toda la aristocracia!

—No sería la primera vez, ¿no cree? ¿De veras cree que sus miradas de desdén y sus pullas crueles pueden herirme a estas alturas?

—No es sólo la alta sociedad la que se mofará de usted. También tiene que pensar en su familia.

En lugar de parecer alarmado, a Max pareció entusiasmarle la idea.

—Cuando le pedí a Clarinda que se casara conmigo, a mi padre le dio una inmensa rabieta y mi madre estuvo dos semanas en cama. Y todo porque el padre de Clarinda era un «plebeyo» que había hecho una fortuna considerable en el comercio. ¿Se imagina lo que dirán cuando les escriba para decirles que voy a casarme con mi ama de llaves? ¡Puede que hasta me deshereden y hagan volver a Ash a rastras de sus aventuras para que ocupe mi puesto! —Su sonrisa se convirtió en una risa sedienta de sangre que le hizo parecer más un pirata que un conde—. Quizá deberíamos viajar a Londres para darles la noticia en persona. Casi valdría la pena sólo por ver qué cara ponen.

A pesar de sus nobles intenciones, a Anne había comenzado a palpitarle con violencia el corazón, lleno de temeraria esperanza. Las palabras de Dravenwood, sin embargo, aplastaron esa esperanza. No podía viajar a Londres. No podía convertirse en condesa. No podía ser su esposa.

—Lo siento, milord —dijo con suavidad—. Le agradezco su férreo respeto por el decoro, pero me temo que he de rehusar su oferta.

Él la miró frunciendo el ceño mientras sopesaba sus palabras.

—Entonces no es una oferta. Es una orden.

Anne lo miró boquiabierta de incredulidad.

—¡Nunca había escuchado nada tan arrogante, tan tiránico, tan presuntuoso, tan...! —Tartamudeó un momento, incoherente, antes de espetarle—: ¡No puede ordenarme que me case con usted!

—¿Por qué no? Sigue siendo mi empleada, ¿verdad? Puedo ordenarle que sirva faisán fresco para cenar o que me traiga una taza de té. ¿Por qué no puedo ordenarle que se case conmigo?

—Porque no tengo intención de seguir trabajando para un loco. ¡Me despido!

—Estupendo. Ahora que ya no es mi ama de llaves, somos libres de casarnos.

Anne levantó las manos y sofocó un gritito de exasperación.

Él rodeó la mesa con una expresión seductora mucho más peligrosa que sus órdenes tiránicas para la determinación de Anne.

—Nosotros dos no somos tan distintos, ¿verdad? Los dos estamos atados por el deber y por las expectativas de los demás. No hace falta que pase el resto de su vida atendiendo las necesidades de otras personas hasta que esté tan tiesa y tan reseca como aparenta estar.

Anne abrió la boca, furiosa, pero antes de que pudiera hablar él añadió:

—En cuanto a mí, no tendré más remedio que casarme algún día para engendrar un heredero que continúe el linaje familiar. Y ya he decidido que jamás cometeré la tontería de casarme por amor.

Confiando en disimular el golpe que sus palabras habían asestado de nuevo a su corazón, Anne respondió enérgicamente:

—Me alegro muchísimo de que haya decidido ahorrarme todas esas fastidiosas ceremonias de cortejo.

—Lo único que digo es que, en mi mundo, los hombres y las mujeres se casan por conveniencia constantemente. No hay razón para que usted y yo no hagamos lo mismo.

—No funcionará. No encajamos.

—¿Está segura de eso? Por lo que recuerdo de anoche, parece que encajamos muy bien. —La nota sedosa de su voz se hizo más honda, y un leve estremecimiento de nerviosismo recorrió el vientre de Anne—. Si nos casamos, podremos hacer eso cuando se nos antoje, ¿sabe? Es legal y la Iglesia no sólo lo permite, sino que hasta lo alienta.

Anne había oído una vez que, cuando una persona se está ahogando, todo su pasado puede desfilar ante sus ojos. En ese momento, sin embargo, mientras se sentía oscilar bajo las olas de la persistencia de Dravenwood, fue su futuro lo que pasó como un fogonazo ante sus ojos: despertar al calor de sus brazos una fría mañana de invierno, con la mejilla posada sobre el áspero vello de su pecho; verlo aupar a su hija al aire como había aupado a la pequeña Charlotte y girar con ella hasta que se deshiciera de risa; ver cómo la escarcha plateada de sus sienes se fundía lentamente entre sus negros mechones; pasar los años alisando su ceño fruncido y haciéndole sonreír hasta que sus nietos danzaran en torno a ellos y en los salones de Cadgwyck resonara de nuevo la música del amor, la risa y la esperanza...

Pero aquél era un futuro que jamás podría ser. Anne había renunciado a su futuro en el mismo instante en que había renunciado a su pasado.

—Así dicho suena bien —respondió—. Pero voy a necesitar algún tiempo para considerar su... proposición.

—Creo que puedo permitirme concedérselo.

Anne se irguió, se alisó el delantal y volvió a colocarse la máscara inexpresiva de la señora Spencer.

—¿Eso es todo, milord?

Él frunció el ceño.

—No, señora... señorita Spencer. Creo que no.

Se quedó paralizada cuando se acercó a ella tranquilamente, con un destello feroz en la mirada.

Se le cayó la máscara cuando él tomó su cara entre las manos y acercó su boca a la suya. Ninguna mujer podría haberse resistido a aquel beso. Aplastó su boca, y la maestría con que deslizó la lengua templó la áspera exigencia de sus labios. Metió los dedos entre el pelo de Anne, soltando de la redecilla los mechones sedosos hasta que cayeron alrededor de su cara en agreste desorden. Cuando se apartó de ella, Anne se sentía floja, jadeante, palpitante de deseo. Tenía las mejillas sonrojadas por el calor y los labios entreabiertos y temblorosos, como si aguardara expectante otro beso.

Él la observó con evidente satisfacción.

—Eso sí es todo. De momento.

Sus ojos oscurecidos por la pasión y su sonrisa seductora parecían prometer que aquel beso no era más que un bocado de las delicias que vendrían después si tenía la sensatez de aceptar su oferta.

Angelica Cadgwick se erguía junto a la cama de Maximillian Burke. No era la primera vez que se colaba en su alcoba para verlo dormir. Pero sería la última.

El claro de luna entraba por las puertas abiertas del balcón, bañando los bellos rasgos de Maximillian con su resplandor plateado. Tenía los labios ligeramente abiertos y las líneas severas de su rostro aparecían relajadas y en reposo como las de un niño. La sábana se le había bajado hasta las caderas y dejaba ver la impresionante extensión de su pecho y los planos cincelados de su abdomen. A Angelica siempre le había resultado fascinante que, pese a su respeto por el decoro, no durmiera con gorro y camisón como otros hombres, sino que se contentara con envolverse en algo tan insustancial como un rayo de luna.

Maximillian era un misterio mayor para ella de lo que jamás lo sería ella para él. Todavía seguía buscando pistas acerca de la clase de hombre en la que se habría convertido de no haber tenido aquella inclinación por los amores imposibles.

Si se hubieran encontrado en un baile, en otra vida, ¿le habría pedido bailar? ¿Habría garabateado su nombre en su libreta de baile y la habría sacado bailando el vals por la puerta de la terraza más cercana para robarle un beso a la luz de la luna? ¿La habría cortejado con palabras bonitas, ramos de rosas, visitas a la ópera y paseos en coche por Hyde Park?

Se había prometido que esta vez no lo tocaría. Pero aquel mechón rebelde de su pelo, que se empeñaba en caerle sobre la frente, era una tentación demasiado fuerte. Alargó la mano para apartarlo con suavidad, y con las yemas de los dedos rozó su piel caliente y satinada.

Él se removió. ¿Qué haría si intentaba agarrarla? ¿Sería capaz de resistirse si intentaba tumbarla en la cama, estrecharla entre sus brazos? Pasado un momento, él hundió más profundamente la cabeza en la almohada y murmuró un nombre en sueños: un nombre corriente que en sus labios sonó como un suspiro. Un nombre que hizo que un lanzazo de melancólico anhelo atravesara su corazón.

No «Angelica», sino «Anne».

Al parecer, Maximillian estaba destinado a amar a la mujer correcta en el momento equivocado.

Apartó la mano y la levantó a la luz de la luna. Sentía ya que empezaba a desvanecerse. Durante todos aquellos años no había sido más que una sombra que pasaba a toda prisa por los pasillos de la vida. Después había llegado Max, y había hecho todo lo que estaba en su mano, que era mucho, por darle sustancia otra vez.

No podía permitir que eso volviera a suceder. Los filos cortantes de la vida no podían herir a un fantasma. Un fantasma no podía desangrarse por culpa de un corazón roto, ni soñar sueños que jamás se harían realidad.

Un fantasma no podía enamorarse.

Besó con ternura la frente de Maximillian, se apartó de él y cruzó la alcoba. Lanzó a la cama una última mirada de anhelo por encima del hombro antes de volver a fundirse en la pared y en el pasado.

Max despertó envuelto en un sofocante olor a jazmín. Se sentó bruscamente, las aletas nasales hinchadas. El corazón le latía con violencia en el pecho, pero no recordaba qué había estado soñando. Por alguna razón, aquello le inquietó profundamente. No quería volver a ser como había sido antes de llegar a aquel lugar: un hombre que nunca soñaba.

Fuera lo que fuese lo que había estado soñando, le había dejado una sensación de pérdida casi inconsolable. Era distinto a lo que había sentido al dejarlo plantado Clarinda: más profundo y más hiriente para el corazón. Era como si algo se hubiera torcido horriblemente y no pudiera volver a enderezarse. Había tenido aquella misma sensación mientras pasaba las páginas en blanco del final del diario de Angelica Cadgwyck.

Miró la cama vacía, a su lado, y le sorprendió cuánto deseaba haber encontrado allí a Anne, envuelta en las sábanas arrugadas. Quería estrecharla en sus brazos como había hecho la noche anterior y enterrar sus dudas y sus temores en la lujuriosa dulzura de su cuerpo cálido y dócil.

El aroma etéreo del jazmín no se había disipado junto con su sueño, sino que se había vuelto aún más dulce y arrollador. Al volverse despacio, descubrió las puertas del balcón abiertas de par en par, como en su primera noche en Cadgwyck, y fue tan incapaz como entonces de resistirse a su invitación.

Apartó las mantas al tiempo que echaba mano de su bata, impulsado por una extraña sensación de fatalidad. Era casi como si todas las decisiones que había tomado desde su llegada a Cadgwyck lo hubieran conducido de algún modo a aquel instante.

Poniéndose la bata, cruzó la alcoba y salió al balcón. Los jirones de encaje de las nubes surcaban el luminoso ópalo de la luna. Cerró las manos sobre el frío hierro de la barandilla y buscó instintivamente con la mirada la torre del extremo de la mansión.

A primera vista, parecía estar sumida en sombras. Los ojos inexpresivos de sus ventanas seguían guardando celosamente sus secretos. Pero cuando entornó los ojos para escudriñar la oscuridad, vio otra cosa: un ligero destello que podía ser un espejismo causado por la luna... o el parpadeo de la llama de una vela, la clase de señal que, como una baliza, podía encender un hombre para conducir a la muchacha a la que pretendía seducir a una cita secreta.

A pesar de que se le erizó el vello de la nuca, ni siquiera se sobresaltó cuando las primeras tintineantes notas de la caja de música llegaron a sus oídos a través del patio.

Quizá siempre había sabido que llegaría la noche en que Angelica Cadgwyck estaría lista para bailar de nuevo con él.

Capítulo 32

*R*ecordaba aún el peso de la caja de música al sostenerla en las manos, el modo en que sus notas melancólicas habían resonado en su corazón como el eco de un vals bailado en brazos de una amante espectral. Tal vez fueran imaginaciones suyas, pero esa noche las notas sonaban aún más desafinadas que de costumbre, dándole a la melodía un timbre siniestro.

Sabía ya qué sucedería a continuación, pero esta vez no iba a dejarse seducir por el borboteo irresistible de una risa femenina. No se dejaría atraer hacia la oscuridad por una promesa que jamás se cumpliría. Estaba harto de perseguir fantasmas. Quería dejar su corazón en manos de una mujer cálida y viva: una mujer lo bastante fuerte y sensata para mantener todos sus fantasmas a raya, incluso los que había creado él mismo.

Se incorporó, apartando las manos de la barandilla.

—Lo siento, cariño —susurró—. Te habría salvado si hubiera podido.

La música cesó de repente.

Estaba apartándose de la barandilla del balcón cuando un grito de mujer lleno de angustia rasgó la noche, seguido por la detonación de un solo disparo.

Espantado por aquel grito desgarrador, Max corrió por la galería de la primera planta mientras se ponía atropelladamente la camisa. Cruzó el descansillo y enfiló las escaleras sin dedicar ni una sola mirada al retrato de Angelica.

Poco dispuesto a perder unos minutos preciosos recorriendo la casa a oscuras, abrió la puerta delantera y cruzó a todo correr el patio de baldosas plagado de malas hierbas. El cielo estaba despejado, salvo por algunos jirones de nubes y un neblinoso espolvoreo de estrellas. En una noche así era imposible confundir el restallido de un trueno con el estallido de un disparo.

La torre se erguía en medio de la oscuridad. Max tuvo que rodearla dos veces antes de encontrar por fin una puerta exterior. Al principio temió que estuviera atrancada, pero cuando aplicó el hombro a ella y empujó con todas sus fuerzas, cedió con un ronco gruñido de protesta. Se halló en la primera planta. Los rayos de luna que entraban por las estrechas troneras alumbraban los sinuosos escalones que conducían a la planta superior.

Cuando comenzó a subir la escalera, pudo oír la voz enérgica y firme de Anne advirtiéndole que se mantuviera alejado de aquel lugar: «Las escaleras se están desmoronando y pueden ser bastante peligrosas para quien no está acostumbrado a ellas».

No había perdido tiempo en ponerse las botas, pero se movía tan deprisa que no sentía la comezón de la piedra deshecha en los pies descalzos. Siglos atrás podría haber empuñado una espada mientras subía a todo correr por la vertiginosa escalera para tomar por asalto la torre. Ahora sólo disponía de su ingenio y del impulso instintivo de ayudar a quien hubiera proferido aquel grito espantoso.

La puerta tachonada de hierro de lo alto de la escalera estaba cerrada y bajo ella se veía una parpadeante cinta de luz. Max aflojó el paso. ¿Y si se estaba precipitando hacia una emboscada? ¿Y si sus sospechas eran fundadas, después de todo, y alguien en aquella casa quería matarlo? ¿Y si había alguien esperándolo al otro lado de la puerta con una pistola que aún no había sido disparada?

Apretando los labios en una mueca adusta, abrió la puerta de un empujón que la lanzó contra la pared de enfrente.

Esta vez no lo recibió ninguna tórtola. La torre estaba desierta. Al cruzar la estancia, las muñecas de Angelica lo observaron con ojos vacíos desde su estante.

Al borde del tocador, en una palmatoria de plata, ardía una sola vela cuya luz danzarina proyectaba un cálido fulgor sobre la torre. Bajo aquella luz acogedora casi era posible imaginar la habitación tal y como había sido la noche de la muerte de Timberlake.

Gracias al informe que Max había recibido de Andrew Murray, los acontecimientos de aquella noche habían cobrado absoluta nitidez. Mientras se volvía describiendo lentamente un círculo, la habitación pareció girar a su alrededor y el presente fundirse con el pasado. En lugar de un vigoroso viento de otoño, sintió que una cálida brisa primaveral entraba por las ventanas, que ya no estaban rotas sino abiertas de par en par y cuyos cristales divididos en rombos fracturaban el resplandor de la vela multiplicándolo en mil llamas diminutas. El encaje que colgaba del medio dosel ondeaba formando una nívea cortina sobre la cama de metal reluciente. Las teclas del clavecín no estaban resquebrajadas ni amarillas, sino blancas y lisas. La hiedra trepadora pintada en las paredes recién enlucidas se veía verde y jugosa.

Varios almohadones de seda y raso habían sido apartados de la colcha de color crema que cubría la cama y amontonados sobre los cojines de encaje del asiento de la ventana. Era un escenario propicio para la seducción.

Angelica habría tenido que aguardar el momento oportuno para escabullirse de su fiesta de cumpleaños e ir a reunirse en secreto con Timberlake. Ya habrían celebrado juntos, públicamente, el éxito del desvelamiento del retrato: Timberlake solazándose en las exclamaciones de asombro y los aplausos de los invitados, y Angelica maravillada al verse por primera vez a través de los amorosos ojos del pintor.

Al oír el tamborileo fantasmal de unos zapatos de mujer en la escalera, Max se giró en redondo para mirar la puerta.

Probablemente, mientras subía a toda prisa la escalera de caracol, Angelica habría oído aún las risas sofocadas, el tintineo de las copas de champán y la música de la orquesta de cuerda que, saliendo por las puertas abiertas del salón de baile, se esparcía por la oscuridad. Habría aparecido en la puerta, jadeante por subir tan deprisa las escaleras, las mejillas arreboladas, los ojos de color cereza brillantes de nerviosismo y expectación.

Timberlake habría estado de pie allí mismo, decidió Max, donde la luz de la vela lo mostraría en todo su esplendor. Le habría dedicado aquella sonrisa burlona que ella tanto amaba, y su pelo reluciría como oro batido. Habría estado tan guapo, tan arrebatador... como un joven príncipe que acabara de escalar los muros de la torre para robar un beso. ¿Cómo podía ella resistirse? ¿Cómo podía resistirse cualquier mujer?

Max cerró los ojos e inhaló el soplo espectral del jazmín cuando Angelica se precipitó en la habitación, atravesándolo, y se arrojó en brazos de Timberlake. ¿La había seducido él con un vals privado alrededor de la torre antes de apoderarse de sus labios trémulos y suaves como de un premio? ¿Cuánto tiempo había tardado su abrazo en volverse demasiado prieto, sus besos demasiado violentos, sus manos demasiado osadas? ¿Cuánto tiempo había tardado en hacer añicos las esperanzas y los sueños de Angelica arrojándola sobre el asiento de la ventana y echándose sobre ella, rasgando con manos ansiosas el vestido que ella habría elegido sólo para complacerlo?

¿Era entonces cuando había gritado ella? ¿Cuando su hermano había subido corriendo las escaleras e irrumpido en la torre pistola en mano y había puesto fin para siempre a la vida de Timberlake y a sus ruines maquinaciones?

Max abrió los ojos. En el suelo de madera, junto al asiento de la ventana que daba al mar, había una mancha oscura: una mancha que no estaba allí la última vez que había visitado la torre.

Cruzó la habitación y, agachándose junto a la mancha, la tocó con dos dedos y descubrió que aún estaba caliente y pegajosa. Al llevarse los dedos a la nariz e inhalar, sintió el olor inconfundible y acre de la sangre fresca.

Se levantó despacio, limpiándose los dedos en los pantalones. Una racha de viento atravesó la torre y extinguió tanto la vela como su visión del pasado. A la luz de la luna, la estancia apareció en su ruinoso estado. Una grieta aserrada partía en dos el espejo. Del dosel de la cama colgaban jirones de encaje podrido, como el sudario de un cadáver que jamás sería hallado. El asiento de la ventana era una boca abierta cuyos dientes de madera pútrida aguardaban para devorar a cualquiera que se acercara demasiado.

Sin la vela para mantener la oscuridad a raya, la noche de más allá de la ventana se hizo más nítida. Max contuvo bruscamente la respiración al divisar a una mujer en pie en la punta misma del promontorio.

A fin de cuentas, no se había olvidado de soñar. ¿Acaso no la había visto así otra vez, en sueños? ¿De pie al borde de los acantilados, con sus faldas del color de los botones de oro ondeando en torno a ella?

Quiso gritar su nombre, pero sabía que no lo oiría entre la violenta voz del viento y el fragor de las olas que se estrellaban contra los acantilados.

Se precipitó escaleras abajo. Resbaló en un escalón desmoronado y estuvo a punto de caer, pero no aminoró el paso ni siquiera al llegar al pie de las escaleras. Salió bruscamente de la torre y al emerger de sus sombras descubrió que el viento había disipado las nubes pero había dejado las estrellas colgando como esquirlas de hielo sobre un campo de terciopelo negro.

Atravesó a toda velocidad la vereda y corrió por el borde de los acantilados, hacia el promontorio. Podía estar soñando, pero las piedras afiladas que desgarraban las plantas de sus pies parecían dolorosamente reales.

Al acercarse al promontorio, casi esperaba encontrarlo tan desierto como la torre. Pero ella seguía allí, una figura esbelta de pie a solas sobre el frágil lecho de roca que sobresalía por encima del agua.

La Dama Blanca de Cadgwyck.

El claro de luna plateaba las crestas de las olas tras ella y la pintaba con su luz amorosa, haciéndola parecer etérea. Max se detuvo trastabillando, el pecho sacudido por la respiración entrecortada. Le aterraba la idea de que, si daba un solo paso más hacia ella, la sobresaltara haciéndola caer por el borde del precipicio. El viento lo golpeó con la fuerza de un puño como si tratara de mantenerlos separados.

Ella se volvió lentamente para mirarlo por encima del hombro. El cabello oscuro fustigaba su rostro, del que Max sólo veía su mirada de melancólico arrepentimiento. Luego, ella se volvió hacia el mar, abrió los brazos como si fuesen alas y desapareció por el borde del acantilado.

—¡No!

El áspero eco del grito de Max resonaba aún en sus oídos cuando se abalanzó hacia delante y se precipitó de cabeza al abismo, tras ella.

Capítulo 33

*M*ax se estaba hundiendo.

La oscuridad lo envolvió en su abrazo seductor como si estuviera esperándolo desde siempre. Oyó su susurro sibilante por entre el fragor que resonaba en sus oídos, prometiéndole que lo único que tenía que hacer era cerrar los ojos y abrir la boca y podría dormir sin que volvieran a perturbarlo los sueños. Se preguntó si Angelica habría escuchado aquella misma voz años antes.

Luchando por resistirse tanto a la voz como a la presión que hinchaba sus pulmones, pataleó frenéticamente para impulsarse hacia la ondulante órbita de la luna. Salió a la superficie justo a tiempo para que una ola salada se le metiera en la boca. Tosió y escupió, y luego aspiró ansiosamente y volvió a zambullirse, haciendo caso omiso del doloroso arañazo que se hizo contra una roca cuando otra ola intentó arrastrarlo a la muerte.

Era inútil intentar ver algo entre las tinieblas. Cerrando los ojos, movió el brazo entre el agua, buscando alguna prueba de que no estaba solo.

De que no era demasiado tarde.

Sus manos se cerraron una y otra vez sobre el vacío, hasta que sintió que su aliento y sus fuerzas comenzaban a flaquear. Parecía que su Dama Blanca iba a reír la última, al fin y al cabo. Casi podía ver a Anne poniendo los ojos en blanco por su estupidez cuando marchara ante el alguacil para explicarle cómo se había ahogado su último señor tras lanzarse a los acantilados para rescatar a un fantasma.

Sintió entonces las cintas sedosas del cabello de una mujer escurriéndose entre sus dedos abiertos. Se abalanzó hacia delante, temiendo a medias que sus brazos se cerraran en torno a los huesos podridos de un cadáver que llevara una década atrapado bajo el mar. Pero sus brazos se llenaron de una carne viva cuya agitada suavidad era indudablemente femenina.

Una sensación de euforia inundó sus venas y alentó su determinación. No iba a llegar demasiado tarde. Esta vez, no.

Sujetando su presa con un brazo, empleó sus últimas fuerzas para dar una poderosa patada que los impulsó a ambos hacia la superficie. Emergieron entre las olas tumultuosas, boqueando para respirar. La marea descendente intentó arrastrarlos hacia el interior del mar, pero las fuertes patadas de Max consiguieron alejarlos de las rocas mortíferas y llevarlos hacia la suave curva de la cala donde el oleaje murmuraba en lugar de rugir y la arena rielaba como polvo de diamantes a la luz de la luna.

Las olas siguieron golpeándolos desde atrás hasta que salieron a la orilla y se desplomaron sobre la arena mojada, tosiendo y escupiendo todavía.

Max estaba tan agotado que no protestó cuando su compañera se desasió de sus brazos y, tras alejarse unos pasos de él a gatas, se puso en pie tambaleándose.

Jadeando todavía por el cansancio, se volvió para mirarlo por entre los mechones de pelo empapado que se pegaban a su cara.

—¡Maldito seas, Maximillian Burke! ¿Es que nunca vas a dejar de rescatarme?

A pesar de que el miedo había suavizado su timbre enérgico, era imposible no reconocer aquella voz severa. Max se sentó, apartándose el pelo mojado de los ojos. Si antes no parecía un arenque varado, ahora sin duda sí. Sobre todo, con la boca abierta por el asombro.

Su ama de llaves se erguía ante él. El vestido amarillo del retrato, pegado a su apetitoso cuerpo, dejaba ver lo que había estado ocultando bajo sus tiesos vestidos y sus delantales durante todas esas semanas. Sin la redecilla que solía sujetarlo, el cabello le llegaba casi a la cintura. El peso del agua no podía lastrar por completo su exhuberancia natural. Ya había empezado a rizarse en encantadores tirabuzones al relente del mar.

—¡Idiota! —gritó—. ¿Se puede saber qué demonios creías que estabas haciendo?

Levantándose despacio para mirarla cara a cara, Max dijo con calma:

—¿No crees que debería ser yo quien preguntara qué demonios estabas haciendo?

—Bueno, simplemente me apetecía darme un bañito a medianoche —contestó ella con voz rebosante de sarcasmo.

—Quizá deberías pensar en nadar en un sitio donde no corras peligro de morir aplastada contra las rocas.

—¡Sé perfectamente dónde están todas las rocas! ¡Tú no! Podrías haberte estrellado contra una y haberte roto esa estúpida cabeza tuya. Claro que, teniendo en cuenta lo dura que la tienes, seguramente se habría roto antes la roca. Y no habría corrido peligro de morir aplastada contra las rocas si no hubiera tenido que volver a lanzarme al agua para intentar rescatarte.

—Si no querías que me lanzara detrás de ti, ¿qué querías que hiciera? —bramó él, cada vez más confuso e iracundo.

—Quería que te marcharas, tonto, terco, amor mío —gimió ella con los ojos llenos de lágrimas—. ¡Quería que fueras como todos los demás, que te largaras con los faldones de tu carísima levita entre las piernas y volvieras corriendo a Londres!

Max sopesó sus palabras un momento.

—Si no querías casarte conmigo, sólo tenías que decirlo. No hacía falta que te arrojaras por un acantilado.

Un sonido estrangulado, a medio camino entre un sollozo y un grito, escapó de la garganta de Anne. Tambaleándose todavía, se inclinó para recoger un puñado de arena mojado y se lo arrojó a la cabeza.

Max lo esquivó fácilmente.

—Eras tú desde el principio, ¿verdad? —preguntó cuando las piezas del rompecabezas comenzaron a encajar por fin—. Las luces misteriosas, la caja de música, la risa fantasmal... Tú eres la Dama Blanca de Cadgwyck Manor. —Caminó por la arena hacia ella, tan incapaz de escapar a su influjo como cuando la había visto al borde del precipicio—. Pero ¿por qué, Anne? ¿Qué tienes que ganar perpetrando una farsa tan peligrosa?

—¡No es lo que tengo que ganar! ¡Es lo que puedo perder!

Antes de que pudiera explicarse, Dickon y Pippa salieron de entre las sombras de la base de los acantilados, seguidos de cerca por las cinco Elizabeth. Max los vio correr por la arena hacia ellos, Dickon delante. Aunque hubiera un camino labrado entre las rocas, era imposible que hubieran bajado tan rápido el empinado farallón de los acantilados.

Las cuevas, pensó. Las cuevas que Dickon había prometido enseñarle antes del incendio. Apenas un par de décadas antes, aquellas costas habían estado plagadas de contrabandistas. ¿Por qué habría de sorprenderle descubrir que las cuevas eran pasadizos secretos que llevaban a la casa? Qué demonios, ¿por qué habría de sorprenderle nada de lo que pudiera descubrir aquella noche?

Dickon y los demás se detuvieron. Cuando Pippa se inclinó para apoyar las manos en las rodillas y recuperar el aliento, Dickon dio un salto y lanzó el puño al aire, hacia Max.

—¡No puedo creer que estés vivo! —El chico dedicó a Anne una sonrisa entusiasmada—. Deberías haber visto cómo se ha lanzado detrás de ti por el acantilado. No ha dudado ni un segundo. ¡Ha sido magnífico!

—¡Ha sido un disparate! —gritó ella antes de volverse de nuevo hacia Max—. ¡Yo era un fantasma! Se suponía que ya estaba muerta. ¿Cuál era tu brillante plan? ¿Reunirte conmigo?

—En realidad no tenía ningún plan. —Max miró a los demás con los ojos entornados—. Aunque obviamente vosotros sí. ¿Cuál ha sido tu papel en todo esto, muchacho? —le preguntó a Dickon, confiando en aprovecharse de la euforia del chico para sonsacarle la verdad.

Dickon interrogó con la mirada a Anne. Cuando ella respondió con un cabeceo cansino, su sonrisa se hizo más amplia.

—Mi misión era encender la vela y abrir la caja de música cuando Annie diera la señal.

—Y yo tenía que poner el grito —añadió Pippa ansiosamente, a todas luces cansada de ocultar su talento—. Espeluznante, ¿a que sí? Creo de verdad que tengo talento para el escenario. Estoy pensando en ir a Londres para probar suerte en las tablas. Muy bien podría ser la próxima Sarah Siddons.

Max fijó su mirada oscurecida en las Elizabeth, que seguían apiñadas y con los ojos como platos.

—¿Y vosotras?

Las doncellas conferenciaron un momento entre sí y luego empujaron a Lisbeth hacia delante. Mirándolo con timidez, la muchacha esbozó una torpe reverencia.

—Nosotras teníamos que limpiar la torre antes de que volviera el señor. Ya sabe, para que pensara que se había vuelto tarumba y cogiera el próximo coche de vuelta a Londres, como hicieron los otros.

—¿Y cómo es que no le habéis puesto una sábana encima a la pobre Nana y habéis hecho que se pasee por el prado arrastrando los pies y haciendo resonar unas cadenas? —preguntó Max.

—Nana se encargó de retorcer el pescuezo al pollo que usamos para la sangre —respondió Dickon alegremente—. Mañana cenamos pollo estofado, ¿sabe?

—¿Y cuál tenía la misión de colarse en mi dormitorio en plena noche?

Max sospechaba que ya sabía la respuesta a esa pregunta.

—Yo. —Anne cruzó los brazos con aire desafiante—. Tu ropero tiene un falso fondo que conduce a un pasadizo secreto que se usó una vez para esconder al párroco de Cadgwyck cuando los soldados de Enrique VIII vinieron a buscarlo. Fue bastante fácil entrar en tu alcoba, abrir las puertas del balcón y agitar un frasco de perfume alrededor.

Max la miró con enfado, preguntándose si habría sido ella siempre que había creído sentir la presencia de Angelica junto a su cama.

—Debería hacer que os encarcelaran a todos. Pero por desgracia no creo que encarnar a una muerta sea un delito que se castigue con la horca. —Comenzó a acercarse a ella mientras intentaba descubrir cómo podía una mujer parecer una rata mojada y estar tan guapa al mismo tiempo—. Puede que le ahorre molestias al alguacil y te estrangule yo mismo.

Ella dio un paso atrás, recelosa, pero antes de que Max la alcanzara, otra figura salió del farallón del acantilado. Max sacudió la cabeza, asqueado.

—Y supongo que fue él quien disparó la pistola.

Se volvieron todos y vieron a Hodges avanzar por la arena a la luz de la luna, empuñando una pistola de duelo de cachas plateadas.

—No. —A Dickon se le borró la sonrisa—. Eso también era cosa mía.

—Dickon... —dijo Anne en voz baja.

Obedeciendo a su orden tácita, el muchacho rodeó de inmediato con los brazos a Pippa y a las criadas y las alejó del peligro.

Max puso los ojos en blanco.

—No sé por qué te preocupas tanto. Esa pistola ya se ha disparado.

—Es un juego de dos pistolas de duelo —murmuró Anne con calma, como si un demente con intenciones asesinas no avanzara hacia ellos por la playa—. Estaban las dos cargadas y no sé cuál de las dos lleva.

Max se lanzó hacia delante, decidido a interponerse entre el arma y ella. Pero antes de que lo consiguiera Hodges levantó la pistola con mano sorprendentemente firme y le apuntó al pecho. Max se quedó paralizado, temiendo hacer cualquier movimiento brusco. Sin querer podía incitar al mayordomo a apretar el gatillo, y si fallaba era fácil que diera a Anne.

La voz de Hodges resonó más firme de lo que Max la había oído nunca.

—¡Apártate de ella, bellaco o te mando de un tiro al infierno!

—Baje la pistola, Hodges —repuso Max suavemente mientras se apartaba poco a poco de Anne, en lugar de acercarse a ella—. Luego podemos hablar de hombre a hombre.

—¡Tú no eres un hombre! ¡Un hombre no intentaría forzar a una muchacha inocente! ¡Eres un monstruo!

Hodges echó hacia atrás el percutor de la pistola.

—¡No! —gritó Anne, dando un paso hacia él con la mano extendida—. No fue él quien intentó hacerme daño. Él ha intentado salvarme. —Compuso una sonrisa trémula y en su voz se insinuó una nota suplicante—. ¡Míralo! Está todo mojado porque saltó al agua detrás de mí. ¿Verdad que es bobo?

Hodges ladeó la cabeza, mirando todavía a Max con evidente recelo.

—Pero juraría que te he oído gritar.

—He sido yo —dijo Pippa ansiosamente—. He visto... he visto una araña. Una araña muy grande y peluda.

La mano de Hodges había empezado a temblar.

—Ya está, tesoro —dijo Anne en tono apaciguador—. ¿Por qué no me das esa pistola tan fea y dejas que Dickon te lleve a la cama? Debes de estar cansadísimo.

El mayordomo sacudió la cabeza.

—Es todo culpa mía. Fui yo quien lo trajo aquí. No pienso dejarte a solas con él. No debería haberte dejado a solas con él.

—¡Hodges! —dijo Max, insuflando a su voz toda la autoridad de la que fue capaz—. Soy su señor y le ordeno que le dé a Dickon la pistola. ¡Enseguida!

Fue casi doloroso ver cómo se le encorvaban los hombros, cómo se ablandaba su semblante en una mueca de perplejidad.

—Sí, milord —susurró—. Como guste.

Dejó caer la mano a un lado, la pistola colgándole de los dedos. Dickon corrió a quitársela de la mano y Anne cerró los ojos y dejó escapar un trémulo suspiro de alivio.

—Tienes razón —farfulló el viejo, levantando la mano para atusarse el pelo—. Estoy muy cansado. No estoy acostumbrado a estar en pie hasta tan tarde... El baile, tantos invitados de los que ocuparse... Qué lío tan espantoso...

—Venga, señor —dijo Dickon, agarrándolo por el codo—. Voy a llevarlo a la cama.

Antes de que Dickon pudiera conducirlo hacia las cuevas, Hodges se volvió para mirar a Anne.

—Cuánto me alegro de que decidieras ponerte ese vestido para el baile. Estás absolutamente deslumbrante con él. Era de tu madre, ¿sabes? Por eso quise que te pintara con él. Habría estado tan orgullosa de ti...

Anne dio un paso hacia él, la cara contraída por una emoción dolorosa.

—¿Sabes quién soy?

—Claro que sé quién eres. —Hodges le sonrió. Todo el amor del mundo brillaba en sus ojos—. Eres mi niñita querida, mi ángel... Mi Angelica.

—Santo cielo —musitó Max al darse cuenta de que su mayordomo no era tal, sino el viejo y loco lord Cadgwyck en persona.

Anne se acercó a él. Tomó su cara colorada entre las manos, acercó los labios a su frente, se apartó y susurró:

—Buenas noches, papá.

El anciano le apartó el pelo mojado de la cara y la miró con ternura.

—Ea, no llores, muñequita. Ya sabes que no soporto que llores. Eres mi niña buena, ¿verdad que sí? Siempre has sido mi niña buena. Me alegro tanto de que hayas vuelto... Llevaba tanto tiempo esperándote...

Seguía sonriéndole por encima del hombro cuando Dickon lo condujo hacia la casa. Los demás esquivaron la mirada de Max y echaron a andar tras ellos, dejándolos solos en la playa.

Todavía de espaldas a él, Anne se rodeó con los brazos y tembló al aire frío de la noche.

Max meneó la cabeza, atónito por lo que acababa de presenciar.

—Ese pobre diablo... No me extraña que esté tan confuso. De veras cree que eres su hija. Después de tanto tiempo, ¿quién habría pensado que...?

Se interrumpió cuando ella giró la cabeza para mirarlo con una expresión de súplica contundente como un mazazo.

Debería haberse dado cuenta antes. Lo había tenido allí, delante de los ojos, desde el principio: en su forma orgullosa de inclinar la cabeza, en el brillo travieso de sus ojos, en la sonrisa burlona que siempre parecía asomar a sus labios, incluso cuando no sonreía. Tal vez nunca pudiera estar a la altura de la visión absurdamente idealizada de su persona que mostraba el retrato, pero era muy bella a su manera: más bella aún a ojos de Max, debido precisamente a los defectos que el artista había decidido ocultar.

Recordó entonces sus propias palabras cargadas de engreimiento: «Siempre he creído que cualquier misterio no es más que una ecuación matemática que puede resolverse si se encuentran las variables correctas y se las aplica en el orden adecuado.» ¿Cómo era posible que todas las variables que había descubierto fueran incorrectas y que a continuación las hubiera aplicado sin orden ni concierto?

Mientras la joven del retrato y la mujer que se erguía ante él se fundían en una sola, se dejó caer sobre la roca más cercana y la miró mudo de asombro.

Capítulo 34

*S*orprendida por lo bien que sentaba tener de nuevo forma y sustancia, Angelica se volvió para mirar a Max, sacudiéndose el pelo para apartárselo de los ojos.

—No tienes que fustigarte por no haber visto antes el parecido. Laurie tenía el don de halagar a sus modelos hasta que quedaban irreconocibles incluso para sí mismos. Y soy diez años más vieja que cuando se pintó el retrato. Hace tiempo que perdí la redondez de la juventud. Naturalmente, en mis momentos de mayor vanidad todavía me gusta pensar que guardo cierto parecido con esa criatura espectacular. Pero mi pelo nunca ha sido tan lustroso, mi nariz tan perfecta ni mis mejillas tan sonrosadas. Y Timberlake insistió en pintarme con la boca cerrada para ocultar ese feo hueco que tengo entre los dientes.

—Yo adoro el hueco de tus dientes —gruñó Max—. Pero ¿por qué? ¿Por qué rayos fingiste tu propia muerte?

Incapaz de soportar el peso de su mirada inquisitiva, Angelica se volvió hacia el mar y contempló cómo la luz de la luna danzaba sobre las crestas de las olas.

—Esa noche, cuando me arrojé al acantilado, tenía intención de quitarme la vida. Pero por lo visto Dios, en su infinita sabiduría, tenía otros planes. Caí muy lejos de las rocas y cuando la corriente comenzó a arrastrarme bajo el agua y mar adentro, descubrí que seguía siendo tan egoísta y decidida como siempre. No era propio de mí darme por vencida, hundirme en el mar y sufrir el trágico fin que merecía. Así que respiré hondo y eché a nadar hacia la cueva. Verás, siempre he sido muy buena nadadora. —Una leve sonrisa tocó sus labios al recordar días más cálidos, correrías de verano con su risueño y pecoso hermano a su lado—. De pequeños, Theo y yo solíamos escabullirnos por las cuevas para venir a nadar aquí en cuanto nuestro padre se descuidaba. Tuve que hacer acopio de todas mis fuerzas, pero por fin conseguí llegar a esta misma playa. —Se giró para mirarlo, correspondiendo a su mirada con otra de igual ferocidad—. Esa noche, se arrojó al mar una niña. Y salió una mujer. Una mujer dispuesta a sobrevivir y a recuperar todo lo que había perdido.

—Anne Spencer —dijo Max en voz baja.

Ella asintió con una inclinación de cabeza.

—No habrían permitido que Angelica Cadgwyck volviera a la mansión. Pero yo sabía que, con paciencia e ingenio, Anne Spencer podría colarse por la puerta de servicio. Así que arrojé mi chal al agua, volví a la casa por las cuevas, hice la maleta y me escapé.

Max se levantó. Su rostro era un estudio de rabia y frustración.

—Sigo sin entender qué te impulsó a cometer un acto tan desesperado. ¿No había nadie que pudiera ayudarte?

—Theo ya estaba en un barco con destino a Australia, encadenado, y habían venido a llevarse a papá al asilo de Falmouth. Iba a ser mi última noche en el único hogar que había conocido. El abogado de papá nos hizo una visita esa mañana. Tuvo la amabilidad de señalar que podía haber ciertas oportunidades para una joven con mi aspecto y mi crianza a la que se consideraba «mancillada». Incluso se ofreció generosamente a llevarme a Londres él mismo e instalarme en un apartamentito que podría visitar cada vez que se le antojara.

—Dame su nombre —dijo Max tajantemente—. Le hundiré en menos de dos semanas... si no lo mato primero. ¿Cómo, en nombre del cielo, sobreviviste tras morir esa noche?

Con un encogimiento de hombros, Angelica restó importancia a todos esos años de soledad y esfuerzo.

—Me puse a servir. Me convertí exactamente en quien decía ser. Aprendí todo lo que había que saber sobre cómo llevar una casa para poder regresar aquí algún día y poner Cadgwyck patas arriba. —Una sonrisita desganada afloró a sus labios—. A menudo imaginaba cómo se reiría mi padre si estuviera en su sano juicio y supiera que su princesita mimada cambiaba sábanas y fregaba suelos.

Max no pareció divertido en lo más mínimo.

—¿Por qué volviste a este lugar? ¿Por qué corriste ese riesgo? ¿Porque Cadgwyck era tu hogar?

Ella levantó la mirada hacia lo alto de los acantilados, por donde asomaban apenas el tejado desigual y las ruinosas chimeneas de la mansión.

—Mi hogar y mi prisión. Hay días en que pienso que nada me gustaría más que prenderle fuego yo misma y verla arder. —Se acercó a él, ansiosa por hacerle entender—. Pero desde la época en que Theo y yo éramos muy pequeños, mi padre nos contaba historias de un tesoro fantástico y misterioso que había traído de Jerusalén uno de nuestros antepasados después de la última cruzada. Mi padre nunca se preocupaba por sus acreedores ni por sus deudas crecientes porque nos decía que, si alguna vez las cosas se ponían muy feas, podríamos vender el tesoro y seríamos tan fabulosamente ricos que nunca más nos faltaría nada. —Suspiró—. Pero nunca nos dijo cuál era ese tesoro, sólo que estaba escondido en alguna parte dentro de los muros de la mansión.

A Max le habría costado menos articular palabra si no hubiera puesto tanto cuidado en suavizar su tono áspero.

—¿Y si ese tesoro no ha existido nunca? ¿Y si no era más que un cuento fantástico surgido de una leyenda y de las absurdas ilusiones de tu padre para entretener a sus hijos?

—No podía permitirme creer eso. Sabía que, si lograba encontrarlo, podría pagar a un abogado para que limpiara el nombre de Theo y a un investigador privado para que lo localizara y lo trajera de vuelta de Australia. Podríamos comprar una casa nueva en alguna parte, lejos de aquí, y volver a ser una familia.

—Tu padre parecía muy cómodo con esa pistola en la mano. No fue Theo quien apretó el gatillo esa noche, ¿verdad?

Angelica cerró los ojos un momento, atormentada por imágenes que durante una década se había esforzado por olvidar.

—Los dos me oyeron gritar, pero fue mi padre quien subió primero por la escalera y me encontró con el vestido medio roto y a

Timberlake encima de mí, intentando... —Tragó saliva, sorprendida por lo vívido que era aún el recuerdo de aquella noche—. Fui allí creyendo que iba a proponerme matrimonio, a pedirle mi mano a mi padre. O quizás incluso a intentar convencerme de que me escapara con él. ¡Qué tonta y qué ridícula fui dejándome engañar por los trucos de ese charlatán! Y por culpa de mi locura mi familia lo perdió todo.

—Puede que fueras joven, inocente e ingenua —dijo Max suavemente—, pero no eras tonta.

—Mi padre disparó a Timberlake, pero la tensión fue demasiado para él. Se desplomó, agarrándose la cabeza. Theo y yo sabíamos que no sobreviviría en prisión, y menos aún en ese estado. Así que acordamos no decirle a nadie lo que había pasado en realidad. Cuando los primeros invitados subieron corriendo las escaleras desde el salón de baile, encontraron a Theo junto al cuerpo de Timberlake, con la pistola. —Levantó el mentón y miró fijamente a los ojos a Max. Ya no tenía que ocultar el brillo sanguinario de su mirada—. Ojalá le hubiera disparado yo.

Max asintió lentamente con la cabeza.

—Ojalá hubiera sido yo. ¿Cuánto tiempo tardaste en volver aquí?

—Seis años. Pasados cinco, conseguí sacar a mi padre del asilo haciéndome pasar por una prima lejana. Llevaba tanto allí que nadie se acordaba de que había sido un señor poderoso. Sus guardianes creían que no era más que otro de sus delirios. Lo encontré viviendo entre mugre en una celda que era poco más que una caballeriza. —Bajó los ojos y se mordió el labio, reacia a desvelar un dolor tan íntimo—. No se acordaba de mí. Hablaba constantemente de Angelica, pero nunca pareció reconocerme.

—Hasta esta noche —dijo Max en voz baja al recordar la tierna adoración que había visto en la mirada de su padre cuando le había apartado el pelo de la cara—. ¿Y Pippa y Dickon? ¿Dónde los encontraste?

Angelica se sacó por la cabeza la cadena del guardapelo y se lo tendió. Max abrió el guardapelo y una expresión de perplejidad arrugó su frente al contemplar las dos miniaturas que contenía.

—Te reconozco a ti y al niño, que debe de ser Theo. Pero ¿quiénes son los dos niños del otro lado?

Angelica se inclinó hacia delante y señaló a la niñita de rebeldes rizos morenos que sostenía en los brazos gordezuelos a un bebé ceñudo, vestido con un largo faldón blanco.

—La niña es Pippa y el niño es Dickon. Son hermanos míos por parte de padre.

Max pareció casi tan sorprendido como cuando había descubierto que ella era Angelica.

—Por favor, no juzgues a mi padre con demasiada dureza. Para honrar la memoria de mi madre, decidió no volver a casarse. Pero era viudo desde hacía mucho tiempo, de ahí que trabara «amistad» con una costurera de Falmouth, joven y bonita. Cuando ella murió durante una epidemia de cólera, mi padre trajo a Pippa y a Dickon a nuestra casa y los hizo pasar por primos lejanos. Estaba decidido a ocuparse de ellos en todos los sentidos, tanto en lo económico como en lo sentimental.

—¿Qué fue de ellos después del colapso de tu padre?

El rostro de Angelica volvió a endurecerse.

—El abogado de papá, siempre tan amable, consiguió encontrarles hogar... en un hospicio de Londres. Tardé casi cinco años en dar con ellos. Pippa había sido adoptada por un comerciante rico y se había acostumbrado a vivir entre algodones, y Dickon había escapado del hospicio y estaba viviendo en la calle, robando carteras para ganarse el pan. —No pudo evitar reírse al recordarlo—. Aunque los dos vinieron conmigo por propia voluntad, es imposible que conozcas a dos mocosos con tan malas pulgas. Pippa todavía se cree la señorita de la mansión, pero Dickon comenzó a florecer cuando lo traje aquí y lo dejé correr libre por los páramos.

Max la miró enarcando una ceja.

—¿Y quiénes son las Elizabeth? ¿Unas primas lejanas?

—Chicas que se habían extraviado en este mundo. A la mayoría las encontré en las calles de Londres, medio muertas de hambre y abandonadas por hombres que iban a resolverles la vida, o eso creían ellas.

—¿Y Nana?

—Es mi antigua niñera. Mi madre murió en el parto y Nana me crió desde entonces. Cuando volví a Cornualles, vivía con su hijo y sus nietos en una aldea de por aquí, pero enseguida aceptó regresar a Cadgwyck para pasar aquí sus últimos años. Todas las personas a las que traje a esta casa tenían una cosa en común: conocían el poder de los secretos y sabían guardarlos.

—¿No estás olvidando al miembro más importante de tu pequeño y acogedor hogar?

—¿A cuál?

—La Dama Blanca.

Anne levantó la barbilla altiva.

—Nadie de por aquí ha olvidado a Angelica Cadgwyck y su trágico fin. Empezamos a difundir nuevos rumores sobre el fantasma mucho antes de llegar. Como ya has descubierto, la gente de por aquí es supersticiosa. Siempre está dispuesta a creer que el brillo de una lucecita en la noche o el golpe de un postigo es cosa de alguna alma en pena. Al poco tiempo, los nuevos propietarios de Cadgwyck no pudieron encontrar a nadie lo bastante valiente para pasar la noche aquí, y mucho menos para servir en la casa.

—Y entonces fue cuando acudió al rescate la pragmática Anne Spencer —repuso Max con un deje de ironía.

La sonrisa servicial de Anne Spencer apareció en los labios de Angelica.

—¿Quién podía resistirse a un ama de llaves honrada y con toda una plantilla de sirvientes a su disposición? Cuando nos instalamos, fue aún más fácil mantener viva la leyenda de la Dama Blanca. Con cada nuevo señor, la mansión se volvía un poco más inhóspita, un poco más embrujada.

—¿Cómo conseguiste que los aldeanos no os reconocieran?

—Dickon se parece mucho a Theo, pero Pippa y él eran muy pequeños cuando se los llevaron. Y nunca dejábamos que Hodges, quiero decir, mi padre, fuera al pueblo.

—¿Y tú? Vas al pueblo todas las semanas. ¿Cómo demonios no te reconocen?

—Aunque no estuviera el retrato para confundirles, guardo poco parecido con la niña mimada a la que conocieron. La gente ve lo que espera ver. Y la mayoría no se fija en los criados. Para el resto del mundo, son casi tan invisibles como fantasmas.

Max sacudió la cabeza.

—Cuando pienso en tu pobre padre condenado a vivir como un criado en su propia casa... —Arrugó el entrecejo—. Espera un momento. Me dijiste que fue él quien estipuló en su testamento que el retrato de Angelica no saliera nunca de la casa.

—Esa estipulación no existía. Fui yo quien sacó el retrato del desván y lo colgué en el descansillo para mantener viva la leyenda de la Dama Blanca. Y para recordar a la niña que había sido una vez... y no quería volver a ser. Luego llegaste tú y lo estropeaste todo. Demostraste que seguía siendo la misma necia romántica dispuesta a entregar su corazón a un hombre por el precio de un beso.

En los ojos de Max habían comenzado a amontonarse peligrosas nubes de tormenta.

—¿Tú, una necia romántica? Yo acabo de arrojarme por un acantilado por ti.

Ella sacudió la cabeza tristemente.

—Por mí no. Por ella. Por Angelica.

—Tú eres Angelica —respondió con voz ronca—. Mi cerebro se negaba a reconocerlo, pero en algún lugar en el fondo de mi corazón creo que siempre lo he sabido.

Se miraron el uno al otro a la luz de la luna largo rato antes de que Angelica dijera con voz queda:

—Si vas a mandar a buscar al alguacil para que me lleven a prisión, supongo que debería empezar a buscar otro empleo.

—Sí. Creo que sería lo mejor. Para los dos. —Se irguió, de nuevo el frío e imponente aristócrata que había llegado a Cadgwyck semanas antes—. Tendré mucho gusto en escribirte una carta de recomendación.

—Dadas las circunstancias —contestó ella envarada—, sería sumamente generoso por tu parte.

—Seguramente rezará poco más o menos así: «Angelica Cadgwyck, conocida también como Anne Spencer o por otros alias que desconozco, es el dechado mismo de todo cuanto un caballero buscaría en un ama de llaves: deslenguada, mandona, tramposa, orgullosa, astuta, maquinadora, carente de escrúpulos y absolutamente implacable cuando se trata de conseguir sus metas...

Aunque las palabras de Max zaherían su tierno corazón como un látigo, Angelica refrenó su lengua, consciente de que se había ganado cada sílaba de su agria reprimenda.

—«Inteligente, valerosa, honrada, sensata, decidida, paciente, generosa, amable, devota, una excelente cocinera, una maravilla con los niños, los ancianos, los débiles de sesera y las pequeñas y exasperantes mascotas, leal hasta decir basta y, de lejos, la mujer que mejor besa que he tenido nunca el placer de llevarme a la cama. Para cualquier hombre sería una bendición acogerla en su hogar, no como ama de llaves, sino como esposa. Razón por la cual le ruego me haga el favor de convertirse en la mía.»

Angelica le dio la espalda. No quería que viera las lágrimas que inundaban sus ojos.

—Sé lo que intentas hacer, Maximillian Burke, y no voy a permitirlo. Ya no soy una damisela en apuros, y no necesito que me rescate alguien como tú.

Él la agarró por los antebrazos, calentando su piel helada con su calor irresistible. Acercó los labios a su pelo y su voz áspera como el humo la hizo estremecerse, presa de un deseo más profundo que el simple anhelo.

—Soy yo quien necesita que lo rescaten. Sálvame, Anne... Angelica... amor mío. Sálvame de volver a ser el hombre que era antes de venir aquí. Sálvame de todos los años de soledad que tendré que soportar si no te tengo en mis brazos. Sálvame de pasar el resto de mi vida anhelando a una mujer a la que nunca podré tener.

Angelica se volvió en sus brazos. El bello y amado rostro de Max se emborronó ante sus ojos cuando levantó la mano para tocar con la punta de un dedo su entrecejo, fruncido en ese ceño que tanto amaba.

—Bajo esa máscara temible que llevas, no eres más que un romántico sin remedio. Es lo que siempre me ha gustado más de ti.

Max la miró. Sus ojos ya no eran fríos: ardían con un fuego feroz.

—No quiero seguir sin tener remedio. ¿Me darás esperanza?

—Te daré algo más que eso —prometió ella, sonriéndole entre el tembloroso velo de sus lágrimas—. Te daré mi corazón, mi cuerpo y mi amor mientras ambos vivamos.

Max sacudió la cabeza con expresión solemne.

—Eso no es suficiente. Si mueres antes que yo, Dios no lo quiera, tienes que prometerme que volverás para atormentarme hasta que volvamos a reunirnos.

—Descuida. Prometo gemir y hacer sonar tan fuerte mis cadenas que no volverás a dormir decentemente por las noches. Sobre todo si cometes la estupidez de volver a casarte y traer a tu flamante esposa a Cadgwyck Manor.

Los labios de Max se curvaron en una sonrisa malévola.

—Si de mí depende, no volverás a dormir decentemente por las noches después de que nos casemos.

Cuando una alegre carcajada escapó de los labios de Angelica, la cogió en brazos y giró con ella en un amplio círculo. Por fin había logrado atrapar a su fantasma, y allí, en la misma playa en la que había acabado, comenzó de nuevo la vida de Angelica Cadgwyck.

Epílogo

················· •••••••••••••••••••••• ·················

El carruaje de Maximillian Burke cruzó la imponente verja de hierro forjado y enfiló la larga y sinuosa avenida de conchas aplastadas. Asomó la cabeza por la ventanilla del elegante vehículo, ansioso por ver su hogar. Cuando los afilados gabletes y las altas chimeneas de ladrillo de la casa aparecieron ante su vista, su corazón brincó lleno de una innegable mezcla de satisfacción y orgullo.

Cadgwyck Manor era una de las joyas más refulgentes de la costa de Cornualles. Nadie podía afirmar que había conocido mejores tiempos, pues sin duda aquellos eran los mejores. Una lustrosa puerta de madera de cerezo tapaba la entrada de la antigua barbacana que servía tanto de vestíbulo de entrada como de corazón de la casa. Hermosas alas de estilo isabelino flanqueaban la barbacana. Las grotescas gárgolas que hacían las veces de desaguaderos habían sido sustituidas por orondos querubines de piedra.

La mansión parecía no sólo bien conservada, sino mimada en extremo, como si sus recias paredes pudieran muy bien montar guardia al borde de los acantilados cinco siglos más.

Una torre salida de un cuento de hadas coronaba el extremo del ala oeste, rematada por un bonito gablete de tejas rojas. El sol otoñal brillaba en los cristales romboidales de sus ventanas, y por sus paredes de piedra se había dejado trepar la hiedra lo justo para darle un aire de encantamiento. Max sintió que una sonrisa lujuriosa afloraba a sus labios. La torre servía ahora como alcoba principal de la casa, y Max tenía intención de obrar allí su magia esa misma noche.

Cuando el carruaje se detuvo en el patio, con su hermoso tiro de caballos grises corveteando todavía, inquietos, un lacayo de librea azul y dorada corrió a abrir la portezuela lacada.

—Bienvenido a casa, milord —dijo Derrick Hammett, cuyo cabello rojizo y afable sonrisa conformaban de por sí una estampa acogedora. El muchacho ya no tenía las mejillas hundidas. Sus anchos hombros llenaban tan bien la librea que las Elizabeth se sonrojaban, tartamudeaban y tenían que abanicarse con sus plumeros cada vez que pasaba por su lado.

—Hammett. —Max saludó al joven con una inclinación de cabeza y una sonrisa al apearse del carruaje—. Espero que su madre y su hermana estén bien.

—Lo están, milord. Ya lo creo que lo están.

Max no tenía motivos para dudar de la palabra de Hammett, sobre todo ahora que la madre y la hermana del muchacho trabajaban en la cocina de Cadgwyck. Últimamente no parecía escasear el servicio. La generosidad de los señores de la casa para con sus sirvientes se estaba volviendo legendaria en aquellos contornos. En diciembre anterior, sin ir más lejos, habían dado un baile de Navidad para los criados con fuentes de ponche caliente y especiado, púdines flambeados y un aguinaldo de dos libras por barba. Cada criado había recibido además una bufanda de colores tejida por Nana para ayudarles a pasar los crudos meses de invierno.

Max entregó su sombrero y su bastón a Hammett y, al volverse hacia la casa, aspiró profundamente el aroma del mar, que para él se había convertido en sinónimo de hogar.

La puerta de la mansión de abrió de repente.

En algún momento de su vida se había imaginado volviendo a casa de un largo viaje y que su amante esposa saliera a recibirlo seguida por uno o dos niños, todos ellos ansiosos por saltar a sus brazos y llenar su cara de besos.

Una cara que se distendió en una enorme sonrisa cuando Angelica bajó corriendo los escalones del pórtico y cruzó el patio, con el rostro encantador iluminado por la alegría y los brazos ya extendidos hacia él.

Dickon iba tras ella. A sus catorce años, sus piernas y sus brazos larguiruchos parecían haber empezado por fin a cobrar empaque. Pippa caminaba tras su hermano haciendo girar la sombrilla que llevaba a todas partes para proteger su piel del sol. Era una señorita demasiado digna y elegante para dejarse sorprender correteando por un patio.

Max abrió los brazos y Angelica se arrojó a ellos y cubrió de besos su cuello y su mandíbula. Él la rodeó con los brazos, escondió la cara en aquel pelo que aún olía a pan recién horneado y disfrutó de su cuerpo sólido y cálido. Suponía que siempre temería íntimamente que, al tenderle los brazos, se desvaneciera en una nube de vapor con olor a jazmín.

Ella echó la cabeza hacia atrás y Max se apoderó de sus labios risueños en un tierno beso. Sintió la firme hinchazón de su vientre apretándose contra su entrepierna. Pronto tendría un hijo propio que saldría corriendo a recibirlo cuando regresara de un viaje. Aunque no pensaba hacer muchos más viajes sin tener a Angelica a su lado.

De momento, sin embargo, tendría que contentarse con *Pipí*, que brincaba alrededor del alegre grupito erguido sobre sus recias patas y profiriendo agudos ladridos ideados con el único propósito de romper los tímpanos de los humanos.

—¡Cuánto te hemos echado de menos! —exclamó Angelica—. No puedo creer que hayas dejado que esa vieja y fea Compañía te alejara de nosotros otra vez.

—Lo siento, amor mío. Les dije que no volvería a la junta directiva, pero había un asunto muy importante que exigía mi atención.

Ella le lanzó una mirada altiva.

—Yo soy un asunto muy importante que exige tu atención.

—Y te prometo que, ahora que estoy en casa, no tengo ninguna intención de descuidar mis deberes.

Le lanzó una sonrisa traviesa y después se apoderó de nuevo de su boca en un largo y feroz beso que hizo gruñir a Dickon y a Pippa esconderse tras la sombrilla con los ojos en blanco.

—¿Qué tal tu viaje? —preguntó el chico, siempre deseoso de oír hablar de aventuras y climas exóticos.

—Demasiado largo —contestó Max.

—¿Me has traído un regalo? —inquirió Pippa, mirando esperanzada hacia el carruaje.

—Claro que sí, mocosa. Pero no he podido traerlo conmigo. Me temo que tendrás que tener paciencia hasta que llegue.

Max estaba deseando ver su cara cuando conociera al robusto y calvo pintor de setenta y tres años que llegaría dos semanas después para pintar su retrato como regalo por su decimoctavo cumpleaños.

Angelica dio unas palmaditas al bolsillo de su delantal. Todavía tenía la costumbre de ponerse un sencillo delantal blanco encima de los exquisitos vestidos que él había encargado a las mejores modistas de Londres para su extenso guardarropa.

—Mientras estabas fuera he recibido otra carta de Clarinda.

Desde que se habían casado, Clarinda y ella se escribían con frecuencia, lo cual habría resultado inquietante para cualquier hombre que las hubiera amado a las dos en distintos momentos de su vida.

—Ash y ella vendrán en noviembre a pasar unos meses y quería saber si pueden traer a Charlotte y pasar la Navidad aquí, con nosotros, en Cadgwyck.

Max exhaló un suspiro resignado.

—Si nunca voy a librarme de ese haragán de mi hermano, supongo que más vale que me acostumbre a tenerlo por aquí. Quizá pueda sacar los soldaditos de plomo y ganarle una batalla.

—También quieren traer a Farouk, a Poppy y a sus hijos. Si no te importa, claro.

—¿Por qué iba a importarme? Espera un momento —añadió, advertido por el brillo travieso que danzaba en sus ojos—. ¿Cuántos hijos tiene Farouk?

Angelica lo miró pestañeando, toda inocencia.

—La última vez que los conté, creo que eran veinte.

—¿Veinte?

—Bueno, de momento sólo tienen un hijo de los dos, pero Farouk tenía un harén antes de enamorarse de Poppy.

Max sacudió la cabeza, perplejo.

—Santo Dios, y pensar que yo estaba dispuesto a contentarme con una docena escasa.

—¡Ja! —respondió Angelica, apoyando una mano sobre su

vientre—. Te contentarás con dos si de mí depende. O puede que con tres, si no frunces el ceño y me gruñes demasiado.

Max se inclinó para frotar la nariz contra su cuello al tiempo que murmuraba:

—Creía que te gustaba que gruñera.

Angelica se rió como una niña y se apartó para mirar su cara.

—¿Se sabe algo esta vez?

Max titubeó. Cada vez que había estado en Londres los últimos dos años para reunirse con su equipo de detectives, los mejores que podían contratarse, incluido Andrew Murray, el hombre que había descubierto la verdad sobre Laurence Timberlake, había tenido que sofocar la esperanza de sus bellos ojos castaños al regresar a casa.

—No, sigue sin haber noticias —dijo suavemente, y vio cómo torcía el gesto—. Pero te he traído algo que tal vez te interese.

Max movió un dedo en dirección al carruaje. Un hombre salió lentamente de las sombras del vehículo. Si el sol no hubiera aclarado su cabello leonino hasta dejarlo de un rubio pálido y sus pecas no hubieran estado enterradas bajo un profundo bronceado, habría sido como ver a Dickon con veinte años más.

El hombre se quedó junto al carruaje con el sombrero entre las manos, retraído como si no estuviera seguro de qué acogida iba a recibir.

—¿Theo? —musitó Angelica, y una mezcla de asombro e incredulidad apareció en sus ojos.

—¿Annie?

Su garganta subió y bajó cuando tragó saliva, presa de un visible arrebato de emoción.

Max sintió un nudo en la garganta cuando Angelica corrió hacia su hermano y le echó los brazos al cuello dejando escapar un sollozo de pura alegría. Cuando Pippa y Dickon hicieron amago de acercarse, Max los contuvo. Quería dar a Angelica y a Theo tiempo para disfrutar de su reencuentro. Pasados unos minutos, después de que rieran, lloraran y se hablaran entre susurros, Angelica les hizo señas de que se acercaran a saludar a su hermano.

Dickon comenzó enseguida a tirar de Theo hacia la casa.

—¡Quiero que me hables de Australia! ¿De verdad hay ositos que viven en los árboles y comen hojas y liebres tan altas como un hombre que pueden tumbarte de un solo puñetazo?

Pippa los siguió, haciendo girar todavía su sombrilla.

—¿Hay muchos presos guapos en Australia? ¿Muchos buscan esposa?

Angelica dio el brazo a Max y apoyó la cabeza en su hombro mientras caminaban hacia la casa.

—No puedo creer que hayas hecho esto por mí.

Él dio unas palmaditas a la mano con que le rodeaba el brazo.

—Haría cualquier cosa por ti. Hasta lanzarme por un precipicio.

—Si te reúnes conmigo en la torre esta noche cuando todos se hayan ido a la cama, te demostraré todo lo que estoy dispuesta a hacer por ti.

—¿Todo? —repitió él esperanzado, ladeando una ceja.

—Todo —prometió ella con una sonrisa.

Subieron las escaleras del pórtico y al entrar en la casa vieron que los demás ya se habían encaminado a la cocina, sin duda siguiendo el aroma irresistible del pan que Angelica había sacado del horno poco antes de que llegara el carruaje de Max. Al principio pensaron que el vestíbulo estaba desierto, pero luego oyeron una peculiar melodía de tintineos y maldiciones.

La portezuela del reloj de péndulo que había al pie de la escalera estaba abierta. El padre de Angelica se había metido a medias dentro de la caja. Lo único que se veía de él era su trasero enfundado en paño negro.

—Pasa la mayor parte del tiempo esquivando a las enfermeras que has contratado para cuidarlo —susurró Angelica—. Como de todos modos el reloj seguramente no volverá a funcionar, hemos decidido que no haría ningún daño dejarle hurgar en los mecanismos. Así está entretenido.

Su padre salió del reloj con el pelo blanco de punta y la nariz manchada de grasa.

—Ahí estás, muchacho —dijo, señalando a Max con una llave de madera—. Tráeme una taza de té enseguida.

Cuando desapareció de nuevo en el interior del reloj, Angelica explicó en tono de disculpa:

—Cree que él es el señor de la casa y tú un lacayo.

—Entonces más vale que le traiga el té para que no me despida.

Estaba tirando de ella hacia la cocina cuando un primer y majestuoso *gong* resonó en el vestíbulo. Se miraron incrédulos cuando el reloj siguió sonando. Era la primera vez que su voz se dejaba oír desde la noche del baile del decimoctavo cumpleaños de Angelica, y no se calló hasta que hubo dado exactamente doce campanadas.

Al volverse, vieron que el padre de Angelica alzaba triunfante un deslumbrante rubí del tamaño de su puño.

—Pensé que era el mejor sitio para esconderlo, con todos esos idiotas deambulando por la casa por tu baile de cumpleaños. ¿Cómo iba a saber yo que se quedaría encajado entre los engranajes?

Max y Angelica cambiaron una mirada atónita y rompieron a reír. Ahora que ya no lo necesitaban, el tesoro de Cadgwyck había sido hallado. Eran ya lo bastante sabios para comprender que el único verdadero tesoro residía en el amor que habían encontrado el uno en brazos del otro.

Cuando Max levantó a Angelica en brazos, riendo todavía de alborozo, la joven que ella había sido antaño los miró desde el retrato del descansillo y en su mejilla se dibujó por fin un hoyuelo al esbozar la sonrisa que había estado conteniendo todos esos años. Max le guiñó un ojo por encima del hombro de su mujer.

Al parecer, Maximillian Burke sabía soñar, después de todo.

Y ella era la mujer que había hecho realidad todos sus sueños.

www.titania.org

Visite nuestro sitio web y descubra cómo ganar
premios leyendo fabulosas historias.

Además, sin salir de su casa, podrá conocer
las últimas novedades de
Susan King, Jo Beverley o Mary Jo Putney,
entre otras excelentes escritoras.

Escoja, sin compromiso y con tranquilidad,
la historia que más le seduzca
leyendo el primer capítulo de cualquier libro
de Titania.

Vote por su libro preferido y envíe su opinión
para informar a otros lectores.

Y mucho más…

NUESTRO ECOSISTEMA DIGITAL

NUESTRO PUNTO DE ENCUENTRO
www.edicionesurano.com

Síguenos en nuestras Redes Sociales, estarás al día de las novedades, promociones, concursos y actualidad del sector.

 Facebook: mundourano

 Twitter: **Ediciones_Urano**

 Google+: **+EdicionesUranoEditorial/posts**

 Pinterest: **edicionesurano**

Encontrarás todos nuestros *booktrailers* en **YouTube**/**edicionesurano**

Visita nuestra librería de *e-books* en **www.amabook.com**

Entra aquí y disfruta de 1 mes de lectura gratuita

www.suscribooks.com/promo

Comenta, descubre y comparte tus lecturas en **QuieroLeer®**, una comunidad de lectores y más de medio millón de libros

www.quieroleer.com

Además, descárgate la aplicación gratuita de **QuieroLeer®** y podrás leer todos tus *ebooks* en tus dispositivos móviles. Se sincroniza automáticamente con muchas de las principales librerías *on-line* en español. Disponible para **Android** e **iOS**.

store/apps/details?id=pro.digitalbooks.quieroleerplus

iOS

:om/es/app/quiero-leer-libros/id584838760?mt=8